向阳而生

我青葱的大学岁月

王奕皓◎著

漓江出版社
·桂林·

图书在版编目（CIP）数据

向阳而生：我青葱的大学岁月 / 王奕皓著 .-- 桂林：漓江出版社，2024.3

ISBN 978-7-5407-9711-9

Ⅰ．①向… Ⅱ．①王… Ⅲ．①自传体小说 – 中国 – 当代 Ⅳ．① I247.5

中国国家版本馆 CIP 数据核字（2024）第 023310 号

向阳而生：我青葱的大学岁月

XIANGYANG ER SHENG : WO QINGCONG DE DAXUE SUIYUE

作　　者　王奕皓
出 版 人　刘迪才
出版统筹　文龙玉
责任编辑　宗珊珊
装帧设计　莫　莫
责任监印　黄菲菲

出版发行　漓江出版社有限公司
社　　址　广西桂林市南环路 22 号
邮　　编　541002
发行电话　010-85891290　0773-2582200
邮购热线　0773-2582200
网　　址　www.lijiangbooks.com
微信公众号　lijiangpress

印　　制　河北赛文印刷有限公司
开　　本　710 mm × 1000 mm　1/16
印　　张　16
字　　数　251 千字
版　　次　2024 年 3 月第 1 版
印　　次　2024 年 3 月第 1 次印刷
书　　号　ISBN 978-7-5407-9711-9
定　　价　66.00 元

序

炫彩流光为青春作注

乐天先生在其《忆江南·江南忆》中无限深情地写道：“江南忆，最忆是杭州。山寺月中寻桂子，郡亭枕上看潮头……”写下这些字句时，曾任杭州刺史的诗人已年逾半百。不知他是否会想到，1200多年以后一个20多岁的学子像他一样在兹念兹，更以洋洋数十万字的深情，“最忆”杭州的学习生活。此刻我正在览阅的《向阳而生：我青葱的大学岁月》，便是王奕皓于杭州落墨，写对一座城市、一所大学、一段时光的深情忆念。

感谢诗人刘克兄，极其热情地把作者“推”给我。如果说之前我对奕皓并不了解的话，那么翻阅书稿之际，我对这个浑身充满活力且一路奔跑、一路攀升的年轻人，顿生“后生可畏”之感。这是个典型的“别人家孩子”，不仅从小好学上进、品学兼优，而且爱好广泛。受家庭影响，他从小酷爱摄影，表现出不俗的天赋，9岁时就在全国摄影比赛中获奖，摄影作品积累了厚厚两大册；喜爱运动，中学时代一直是篮球场上的“旋风小子”。高中三年后，他以优异的成绩考入浙江传媒学院，学习影视摄影与制作（电视摄像）专业；完成本科学业后，又考入北京师范大学—香港浸会大学联合国际学院，攻读传理学硕士学位。《向阳而生：我青葱的大学岁月》所记录的，正是他在西子湖畔求学时的所见所闻、所思所感。

越是看到文字的欢哀，看到行走的踏实，越是能感知精神的共鸣。漫步在青春洋溢的文字中，仿佛与作者在大学校园里并肩而行，宛若与一群优秀学子席地而谈。在美丽的西子湖畔，奕皓度过了自己丰富多彩、收获丰饶而又独具特色的大学时光，留下了人生最美的行迹。他清新质朴的叙写，于谦逊自信中为我们勾勒了青春奋发的无限可能：大学四年，他从摄影到摄像无障碍接轨，乘兴而学打牢专业基础，勤于实战提高拍摄水平，放弃周末假期休息参与摄制的 6 部纪录片在央媒播出；喜欢钻研、乐于探究，先后有 5 个项目获国家知识产权局颁发的实用新型专利证书和发明专利；担任学生会执行主席，把同学们的学习生活组织得有条不紊、风生水起。他曾获浙江省高校思政微课大赛一等奖，入选新苗人才计划，被评为浙江省优秀毕业生，还获得了国家奖学金、“中国大学生自强之星”奖学金。大学四年，他是货真价实地满载而归。

“心有多大，舞台就有多大。”作为学子，王奕皓所展现的一代人奔跑攀登的英姿，想必也缘于坚毅、务实、阳光、向上的心性。他生于军人之家，其父作为以摄录器材为武器的部队宣传干部，对他的影响是超前的、直接的、深入的。对于奕皓而言，摄影作为一种自发的爱好和被顺势引导的行为，自幼便灌注于心灵。豫东农村为根，苏北军营成长，负笈于西湖之滨，掌镜于烈日风霜，耳濡目染在此，幸福安宁在此，学习探索亦在于此。统而言之，少年时代的经历给予他的是正向，是精神，是毅力，是勇气。及至进入大学时代，他便显现出卓尔不群的自觉自主、强劲持久的学习能力，以及非同一般的创造精神。

《向阳而生：我青葱的大学岁月》以从容自信的笔调记录了作者大学生活的喜乐哀愁、现实关切和憧憬向往。诚如书名，“青葱”隐含着生涩，包含着生机，蕴含着生长，意味着无限可能。在这部书的字里行间，既呈现了每个大学生都会经历的学习生活细节，也蕴藉着杭州这座历史文化名城对高校风习的濡染，以及由此形成的人文气息；既展现了每代人都可能经历的参加军训、参与社团、迎接考试、社会实践、校园恋情等，又珍藏着可能只有这代人才会如此以身介入的网课冲浪、自然保护、校企合作，特别是抗洪抢险和抗疫行动。由始至终，作品都带着热血情怀和赤子之心。时光穿梭在此时和彼时，似乎每经一地，文字都能从纸面跳脱出来，成为校园生活鲜活的存在。他走过的每一段路，留下的每串脚印，都有回音——作者从自我出发，写学习琐事，写生活日常，写一己感受，也写一代人对生活的理解，对人生的思考，以及对未来的眺望。尤其可贵的是，作者还通过不同视角记述了高校学子对公益事业的一片热忱，对社会进步的寸心助力，对国家前途命运的关切，对重大政治事件的关注。

无论什么时代，深深浅浅的迷惘迷离或许一直都在。值得注意的是，奕皓这拨学子，大学生活不比以往，因为四年之中，有整整三年时间，他们和世人一样是在抗击新冠疫情的苦苦煎熬、阵阵挣扎和漫漫等待中度过的。放眼社会，以此为借口自暴自弃者有之，躺平者有之，摆烂者有之。三年中，这世界换了人间；校园之中，大概物不是人亦非，许多人的心态变了，甚至茫然失去了方向。而一批如奕皓者，却能排除干扰、突破困扰，在知识的海洋里勉力前行，想方设法甚至勇于冒险参加社会实践和专业实践。这些想来殊为不易。种种况味，书中有大量的正面记述，也有细致入微的刻画和深刻细腻的思索。这既是一个人的青春记忆，也堪称一代大学生甚至一代人的集体“备忘录”。

大学，对于有过大学生活的人来说，到底意味着什么？是学识的丰富、眼界的开阔、理念的更新、能力的增强，还是一纸文凭、一份学位？从整个生命的纬度来看，其实最为重要的意义在于，它是踏入社会的桥头堡，是进入人生疆场的至为重要的缓冲地带。甚至，它是之前没有，此后不再的一个静谧的“理想国”——虽然有时这“国”中也并非全然理想。或许正因如此，人们才对大学时光念念不忘，毕生追怀。

回首当初，作者刚刚踏入大学校门时，面对那幅迎新标语“风里雨里，浙里等你”，是如何神情激荡、心潮澎湃。几年过去，那标语已成为精神故乡的原风景，成为渐行渐远的记忆，成为一条风干的脐带。而今，作者走出这所大学，又在另一所大学继续深造，并终将一部忆旧布新之作重磅推出。游走于北京和珠海，奕皓是否会时时想起西子湖畔的大学时光，是否会想起乐天先生诗中关于杭州的邀约——“何日更重游”？

炫彩流光，青春最美的注脚。奋进吧，小伙子！走出母校时，你曾以她为傲；重游杭州时，母校当以你为荣。

是为序。

2023 年 12 月 28 日于解放军文工团

（雷从俊，军旅诗人、评论家，在《人民日报》《解放军报》《文艺报》等发表作品千余篇，出版作品集四部；荣获解放军文艺新作品奖、长征文艺奖等数十项荣誉；多次任全军大型文学征文活动评委、北京大学生电影节评委，曾被授予“践行新时代文艺战士价值观标兵”称号。）

CONTENTS 目录

序　章　值得纪念的升学宴

2019年9月1日。

下午四点的时候，我妈告诉我，今晚要一块儿到外边去聚餐。地方不远，就在德义山庄的德义厅，包间我爸都已经订好了，只等我们过去。乍听到这消息的时候我只觉得自己是幻听了。毕竟我爸这人跟别人不太一样。他是军人出身，又是个公职人员，若论公干，或许还称得上是雷厉风行、处世周密，可一旦涉及家庭的事，其保守态度可说僵化死板、不知变通。别说让他主动请客，哪怕熟人请他去喝顿酒，对他都像是触犯天条。

我挠破头皮也想象不出得是什么样的大人物才能让我爸破例一回，只好问我妈："真的假的？谁这么有面儿？"

我妈笑着说："你。"

我着实有些受宠若惊："不能吧……"

"怎么不能？还有两天开学，你爸怎么不得给你办个升学宴庆贺庆贺啊？"

可我仍然心存疑虑，毕竟这实在不是他老人家的风格。

果然，我妈一边拿抹布擦着桌子，一边有心无心地又补了一句："今晚还请了任彦睿一家。"

"哦。那就说得通了。"

我说呢，他儿子我哪来这天大的面子，这顿饭恐怕就是专门请他们的，叫上我才是顺便。

可我能说什么呢？我爸请他们又不是临时做的决定。任彦睿是我初中加高中六年同学，所以两家一直走得比较近。在高考前最后三个月，我爸妈在学校旁边租了套房子打算过来陪读，可偏巧那段时间两人的工作任务繁重，实在脱不开身，于是只好委托了任彦睿的妈妈裴荣阿姨过来照看。其间，我和任彦睿每天的衣食住行全由裴阿姨一个人照管，所以于情于理，我爸都得请她。

事实上我爸也的确早在几个月前就想找机会答谢她了，只是身为公职人员一直不好请客，到今天下午他才总算下定决心，邀他们一起过来参加我们的家庭聚会，权当是给我和任彦睿举办一场升学宴。

既然他拍了板，我也只好认命地在我妈的催促下着手完成我爸下达的第二条指令：给这场并不完全属于我的升学宴写一份祝酒词。

这对我来说并不算难事。我很快就写好了，并在晚宴一开始的时候不失豪情地把它念了出来。可出乎我意料的是，我爸居然也准备了一份。我眼看着他在我之后笔挺地站起来，然后从怀里掏出那张粉红色的打印纸，小心翼翼地把它展开。他极严肃且庄重地站在酒桌前，那五毛钱一张的纸用两手举着，举到一个我怀疑他根本看不清上面到底写了什么的高度上，然后又戴上一副不知道他打哪儿借来的老花镜，开始一板一眼地朗诵。

我只能用“朗诵”这个词，因为没人会把祝酒词用他那种腔调读出来——别人念祝酒词都是又哄又笑，想尽了法子调动气氛，偏偏他一本正经，把简单几百个字的祝酒词读得声情并茂，或者说催人泪下。

席间坐的都是亲戚朋友，对他不可谓不熟悉，可照旧被他这一出唬得大气不敢喘，个个都眼观鼻鼻观心，满脸写着不知所措。

我倒还好，总比他们要从容些。好歹给他当了快二十年的儿子，早习惯了他随时随地的真情流露和率性而为。但很快，就连我也开始乱了阵脚。因为我爸他好像真把他自己给读哭了。

我循着那疑似哭腔的声调抬头望去，果然见他脸上有两条银线在昏黄的灯光下闪闪发亮，那是两条尚未干涸的泪痕，来自一双躲藏在老花镜后的浑浊的眼。

我爸曾是一名军人，一名有着十几年军龄的老兵。一个连笑也不多见的人，如今却忽然当着众人的面泣不成声，这实在让人惊讶，没人能不惊讶。

我只好也挺了挺腰坐正了些。我不敢不严肃对待这场宴席。

但我爸仍然哽咽。

我听不太清他到底读了哪些，可我大概明白他想说的是什么。他是真心把今晚这桌酒席当作了对裴阿姨的感谢宴。几百字的祝酒词有大半篇幅都是在表达他对裴阿姨的感激之情。这样的诚意不能不让裴阿姨感动、让旁观者动容，也让我心生愧疚。

我突然有些后悔，觉得自己刚才送出的那段祝酒词忽然间变得苍白、单薄和缺乏诚意。是因为我只把今晚这桌酒席当作了自己的升学宴吗，又或是我太在意祝酒词的那个“祝”字了？

可我的祝酒词中的确也提到了对裴阿姨的感谢。我仍然记得裴阿姨在每天清晨的时候为我送上热腾腾的早饭，在阳光正好的时候为我洗晒衣服，我的鞋子是她刷的，袜子是她洗的，甚至藏在枕头下的内裤也是她洗的，出租屋里的所有东西都是她一个人拾掇，我的书包上有她缝过的棉线，兜里也总有她塞进来的零钱。

有段时间我幻听，总听见有人趴在我的耳边唱歌，我怀疑自己精神错乱，随口跟她说过一次，她便忧心如焚，立刻通知了我爸妈把我送去医院进行检查，尽管检查结果只是高考来临压力太大。

悉心呵护，视如己出，她待我大概便是如此。可这些都是我现在记起来的。刚刚念祝酒词的时候，我还记得这些吗？我不知道。我好像只记得我自己，记得这是我的升学宴，记得我终于考进了我梦想中的大学。

“自己得意的时候，就忘记了别人的开心和难过。”我不该成为这样的人，但我未尝不是这种人。我抬头看着我爸，他已经读完了那篇祝酒词。他的目光没有一瞬落在我身上，我羞愧得不敢再看他。然而更令我感到意外的是，他居然正在给自己倒酒。一向滴酒不沾的他，今天居然把杯子斟了个满满当当，这种行为比前面念祝酒词更加让人刮目相看。

他老人家大概也意识到大家都在盯着他，只好微微红了老脸解释：“今晚我要特意敬裴大姐一杯。”

“好啊！”

这当然好。亲戚朋友聚会就是图个热闹，偏偏他老人家喜欢以茶代酒，每每不能让人尽兴。为这事，不知道有多少人想过偷偷往他的茶杯里倒酒，现在他主动破了例，自然叫人喜出望外。

“好！早该这样了！”

“就是，该喝就喝，大家聚一块儿不就图个痛快？”

“待会儿也不能光给裴大姐敬酒，怎么着也得一人敬一杯不是？”

他们起哄得厉害，我却听得不无担心。就按我爸那耿直得不知道拐弯的性子，搞不好还真会一人一杯这么敬下来。结果他还真打算这么干。俩杯子一碰，满满一杯酒就当白开水一口闷了。痛快倒是痛快，就是这么个喝法他非醉不可。

可他却半点不在乎，还真就来者不拒，一个个挨着去碰杯。

眼看着几杯酒下肚，他脸就涨红得跟茄子似的，我只好跟着站了起来：“叔叔阿姨们，今天怎么说也算我的升学宴，能不能换我来给大伙儿敬酒？”

“能啊！这怎么不能？”

一群人又惊又喜，心里好奇这从不沾酒的爷俩今天怎么忽然开戒了。

只是我爸显然不乐意，哼哼唧唧地开始埋怨：“大人的事，小孩掺和什么。给我坐下。”

我只好也哼哼唧唧地回话：“不小啦，爸……过年就二十啦，早就是成年人啦。您不会还以为我是高中生吧？”

大家拍着手哄笑。

其实，我爸不知道的是，每次到寒暑假，高中同学生日聚餐，喝酒是难免的事情，我已经偷偷地练了自己的酒量，但是我不能让他们发现。

而我爸大概已经有了几分醉意，挠了挠自己的脖子，茫然地思考了好半天也不知道该说什么来反驳。

旁边的人都不禁被他这副略显笨拙的可爱模样逗得哈哈大笑，按着他的肩膀让他重新坐了回去：“行啦，你儿子孝顺知道心疼你，你就让他喝呗。大小伙子怕什么。”

于是我爸只好默许。

我给自己倒满酒，也学着他们的样子碰杯，然后仰着脖子一饮而尽。

可惜，姿势学得是挺潇洒，就是力度稍微大了点，差点全灌进自己的鼻子里，没喝完就弯着腰开始咳嗽。

旁边的叔叔笑哈哈地走过来给我拍后背："没事吧？怎么样，这酒好不好喝？辣不辣？"

我抬手擦了擦眼角呛出来的泪珠，咬着牙回话："不辣，就是有点激动。"

他们笑作一团："哈哈哈。喝不了就少喝点，别硬撑着。"

大概是看到我们爷俩相继"败阵"，我妈便主动站了起来："既然今天大家这么高兴，我提议，就由我来领一个酒怎么样？"

领酒是我们徐州的传统，大家在酒桌上喝尽兴了就把小杯倒入分酒器，满满一分酒器大约有二两五，一口气喝完。

俗话说得好：感情深一口闷。

听了我妈的提议，没有人敢说不好，我妈的酒量是大家都领教过的，没人敢不服，话音未落便响起阵阵掌声。

我妈也半点不含糊，拎着分酒器一气呵成，面不改色，可谓豪气干云。

我和我爸则悻悻坐着，悄悄对望一眼，互相打个酒嗝，又默默把头低下。要论酒量，果然还得看我妈。

第 1 章　激动人心的开学季

2019 年 9 月 4 日，凌晨 4 点。

天色微亮，繁星如尘。

我一个人坐在客厅的沙发上，手边放着我的相机，开始了对我入学后的无限畅想。我一定要好好学专业，大学一定要谈个女朋友，入学的篮球比赛我要拿 MVP……

我录取的是浙江传媒学院影视摄影与制作专业，拍照摄像总是免不了的。

我从小就喜欢摄影，早在两岁的时候就整天抱着一台相机不撒手。那台“傻瓜相机”当时是在一家摄影器材专卖店里买的，模样算不上好看，四四方方，瞧着跟块砖头似的。拆开来也没多复杂的内部构造，浑身上下总共就两个按钮，一个快门管拍照，一个取胶卷的开关，但凡长了手的人都能摸索着用它拍两张，要不怎么说是“傻瓜相机”呢。“傻瓜相机”是我爸教我学照相的第一台相机，至今我仍然保存着。

另一台相机我印象深刻，是当年我获奖后，我爸用我参加摄影比赛获得的奖金，又添了一部分钱给买的。

在我很小的时候，我爸在驻徐某部从事新闻宣传工作，每次从部队回来，身上总背着一台照相机。那是一台真正用于摄影的专业相机，漆黑的壳子，镜头边儿绕着一圈红纹，模样如何且不论，光是捧在手里那分量就让我有点欲罢不能。因此，我一有空就跑去摆弄一番。我爸一点也不担心我把他的宝贝弄坏了，不但放心让我玩，而且还向我传授照相机的使用原理和摄影技巧。

有我爸这么一位启蒙老师指导，我六七岁时专业相机的基本功能键就熟悉得差不多了，光圈、速度的调节，对焦以及胶卷的感光度之类较为复杂的操作知识也算得上了如指掌，偶尔还会给爸妈“咔嚓”来一张。

也正因如此，我才有机会在 9 岁那年有了属于自己的第一台机械照相机。

那是 2008 年，大概在 7 月的时候，中国法学会和共青团中央共同主办了一场以“爱祖国、学法律、创和谐”为主题的全国青少年摄影大赛，我爸瞥见这条消息就心血来潮地给我报了名。

刚开始，我们爷俩都没指望能获奖。毕竟是我头一回参赛，只想着尽力把作品拍好，给往后的摄影之路积累经验。一个偶然的机会，在学校组织的法治小报比赛中，获奖同学们手举自己绘制的法治小报，脸上荡漾着纯真的笑容，我用相机把这一幸福的瞬间定格在镜头里，没想到这张照片居然从全国 3000 多幅参赛作品中脱颖而出，并一举斩获了少儿组（12 周岁以下）的二等奖。

获奖结果是 2009 年 12 月 16 日揭晓的，我是江苏省唯一一位少儿组获奖者。最重要的是，这次比赛我还获得了 1000 元的奖金。这对 9 岁的我而言，可称得上是一笔天大的巨款。

我爸大概也是觉得我在这方面真的有天赋，于是以我的奖金为基础，又慷慨地拿出 1000 元为我购置了我人生中的第一台机械照相机。

一晃十多年过去了，手里的相机一代代更迭，但我选择的摄影之路却从未更改，这功劳无疑应该属于我爸。

想想这些，我很庆幸自己有一个懂摄影的老爸。

我最后望了眼星空，然后毅然关了窗户，拉好窗帘。其他房间也陆续传来了关窗和锁门的声响，我爸妈拎着大包小包也从房间里走了出来。

我爸面上仍是一贯的严肃与不苟言笑。我妈则十足是有着大敌当前的慌乱。

“等等，还有东西没拿。”我妈急忙折回卫生间，把置物架上的瓶瓶罐罐丁零当啷地扫下来往行李箱里塞。

可行李箱早被塞得满满当当，再容不下任何的东西，她只好匆匆起身又往卧室里跑。

我爸终于有几分不耐烦了：“不用拿了！你拿那些做什么？”

我妈提着袋子跑出来，赔着笑脸哄道：“皓皓到那边用得上。”

“他到了学校再买不就是了？”

“皓皓习惯用这个牌子的……谁知道那边有没有得卖。”

我爸没再说话，但脸色显然不太好看。

我妈委屈地向我做个鬼脸，但仍然执拗地钻回卫生间里，弯下腰把毛巾和瓶瓶罐罐尽可能多地往袋子里装。我和我爸则站在已经关了灯的客厅门口等着。父子俩站一块儿，我这才恍然发现自己竟比爸爸高出了许多。不过比起我妈的唠叨和关切，我爸对我的态度总像是带着点说不清道不明的疏离与冷漠。哪怕这会儿我们爷俩正肩并肩站着，他也丝毫没有要跟我搭腔的意思，只是凝眉望着我妈的方向，尽管我发誓他能看到的只有那堵白墙。

但就在我以为我爸不会开口的时候，我爸却忽然抬头看了我一眼：“钱都带好了吗？”

我说：“嗯……”

于是他点头：“嗯。”

又是新一轮的沉默。

我只好走进卫生间。

想完全拒绝我妈塞进来的东西是不可能的，除非我想在开学临别的这一天跟他们二老大发脾气，所以我便允许她把几件确定不会把行李箱撑爆的物件塞了进去。但行李箱打开的瞬间，我就开始后悔。

因为我爸冷不丁从我身后探出半个身子：“我给你准备的东西怎么没带？”

“……装不下，我就拿出来了。”

这话显然没什么说服力。

他立刻板起了脸催促：“去拿去拿，怎么装不下？”

我只好不情不愿地回屋。

我爸送我的东西正在我的床上摆着，那是两本我的作品集，里面收录着我爸为我精心挑选的所有获奖的照片以及我拍摄的专题报道。我记得他当时还专门找了印刷厂，把这本摄影报道集印了 20 本，为的是在参加学校艺考面试的时候派上用场，给评委老师一个好印象。

我承认，我爸这人做事是比我心细、有条理，也许这就是军人出身的习惯养成。之前我用过的早就被淘汰了的老相机，至今还被他摆在书房的书柜里安静地陈列着。

可我就是不明白，为什么大学都开学了还非要带上这个集子，是要我展示给谁看？我的新室友吗？明明他教育我的时候也说要我脚踏实地，不能自矜功伐，现在倒好，功劳簿都替我准备好了。

我心里有些烦躁，但还是勉强压了下来，尽量心平气和地说："行李箱都满了，真放不进去了。"

于是我爸拿着我递过去的两本作品集，眉头紧巴巴地拧着："把这些洗面奶之类的先拿出去，到了学校那边再买。"

我也紧紧沉下脸色，只沉默以对。我妈夹在中间，察觉到了空气中这僵持的气氛，便笑脸赶过来试图打个圆场："洗面奶和牙刷都是用得上的，你这两本书也不急在这一时，有机会给他寄过去就是了。"

可我爸这人犟起来谁的话也听不进，见没人动手，就自己弯下腰去把我妈刚放进去的东西都拿了出来，好给那两本作品集腾地方。

我实在有些憋闷。我想我的脸色一定很难看，因为我妈悄悄用胳膊肘捣了我一下，然后向我摆摆手摇头示意：别跟你爸一般见识。

我抿了抿唇。我不跟他争，大不了到了学校再扔掉就是，反正这次新生报到，我是一个人过去。我的车票是早上 6 点的，爸妈送我到车站。也许是被晨风吹得冷静了些，出了门，心情终于舒畅了许多。也许，都要分别了，再闹不快那就真的没意思了。

所以我自打下了车就一直想找机会多跟他们二老聊两句。可我妈眼睛根本不往我身上落，哪怕是在跟我聊天，视线也总往车站的商店里看，大概又是在考虑要不要再多买点东西好给我带上。

而我爸就更不可能看我了。无论是取票还是找检票口，他都是伸长脖子目视前方，只管走得虎虎生风，不知道他是真忙还是在刻意做出一副忙碌的样子。我只好埋头跟着。

好在等一切都忙完，在候车的时候我俩总算聊了两句。虽然他聊天的时候依旧是背着手，目不斜视地叮嘱，并没有抬头看我，内容也无非是要我好好学习，和同学特别是室友一定要处好关系的老生常谈，但我们爷俩之间的气氛多少有些缓和。我已经不再期待更多。

眼看着检票口的黄字终于变成了绿色，在我拉起行李箱准备检票的时候，他终于把头抬起来看了我一眼，说："出门在外，照顾好自己！"

我说："嗯。"

于是他再次点头。

第 2 章　开启我的大学之旅

我下车的时候已是中午。

我完全没想到浙江的 9 月会这么热。穿着荧光绿马甲的交警在热浪里维持秩序，数不清的人在穿梭。

我拖着行李箱在马路边上喘着粗气，狼狈得像条被热坏了的癞皮狗。万幸的是马路对面就是我此行的终点。

我遮着前额望过去，望见了那片铺开在校门口的葱郁的花草，一块绾色的巨石陈列其上，像一个横卧在花毯上的女人，从胸口到膝盖书写着六个光辉闪耀的鎏金大字——浙江传媒学院。

浙江传媒学院，这是我的大学。我把这六个字反复咀嚼了好几个来回。

随后，我掏出相机想把镌刻这六个字的巨石拍下来，可惜我一直没能等到机会：总有人喜欢携家带口地站在它前面，然后随机拦下某个过路的人，请帮忙拍一张全家福。

实在是……庸俗，可也挺让人羡慕。所以我也就不单拍这块石头了。我挑了家我最喜欢的路人甲乙丙，并在他们站在那合影的时候，咔嚓一声把他们连同他们脸上的微笑与欢喜一同拍进了镜头。然后我深吸一口气，尽可能平静地走向我的大学。可一阵风却急急掠过我的身旁，把校门边儿一张鲜艳的横幅吹得猎猎作响。我闻声看过去，于是那张横幅就柔柔地铺进我的视野："风里雨里，浙里等你。"

我没有跟它道谢，因为我终于还是忍不住加快了脚步。我追上了那阵风，跟着它一起踏进校门。我穿过鱼儿游动的水池，穿过绿树遮阴的小路和流水潺潺的假山与人工湖，我热情地拥抱着我的大学。

我的大学似乎也在尽力地拥抱着我。因为无论我走到哪儿，都能真切地闻到一种让人心醉的奇异的香味。我想，这一定是因为她爱我也爱得热烈。尽管后来我发现，那纯粹是因为9月正是桂花盛开的季节，道路边种满了桂花树——我的大学是桂花味儿的。

接下来要去报到。新生报到比我想象中的要麻烦一些，人多倒还是其次，主要是人生地不熟，我拖着行李箱穿来逛去一时也不知道该奔向哪里。好在校方已经提前想到了这一点，在我们这些新生必经的地方往往会有新张贴的大红色的指示牌，以及早就候在那里的穿着红背心来迎新的学长学姐。要不是我一直陶醉地瞎逛，也许他们早就该碰上我了。

现在倒也不迟。我看到一位短发学姐向我小跑过来，她个儿不高，但打扮得很成熟，脸上化着精致的妆。要不是年轻，我几乎以为她是老师。

“是学弟吗？来报名的？”她问我。

“对对，”我忙不迭应着，“您是？”

“叫我学姐就好。”

她问过我的学院名称就带我前往学院的报名点。

而我则跟刘姥姥似的跟着她，一边四下里张望，一边连着声惊叹。

我说：“咱学校可以啊，这环境真不错。”

“是吗？”她笑吟吟地回头，“比你的高中好？”

“那可好太多了。要不是门口写着学校的校名，我还当自己是进了公园呢。”

“哈哈！”她又眉眼弯弯地笑，“也还好啦，绿化是搞得不错。”

我也嘿嘿地笑着。

我说：“学姐，你是志愿者？”

“嗯。青协的。”

我心里一惊，问：“青年志愿者协会？”

大概是我惊讶得太厉害，以至于她不得不再补充一句：“是学校的社团。”

“……什么是社团？”

“社团就是……”她放慢了脚步，脸也微微仰着，看得出她思考得十分认真，尽管最终她还是以挥手作罢，“反正……到时候你就知道啦。到时候会有‘百团大战’，有很多社团可以报名。你可以随便选你喜欢的参加。”

我说：“那我可以进你们社团吗？”

“可以呀。”她撩了撩头发，脸也有些发红。

而我仍然嘿嘿地乐。

我说：“我也想当志愿者。真的，明年这时候你叫我，我跟你一块儿来迎新。”

“好呀。”她说。

有了这位学姐的帮助，报名、缴费、办校园卡，一切都进行得格外顺利，总共也只耗了短短几分钟。唯一的缺憾就是我只顾着观光和聊天，居然忘记了问她的名字。等我意识到这点的时候，我已经拉着行李走进了寝室。

我的寝室是 106 室。如果说学校的环境已经让我惊艳，那寝室的配置就足够让我瞠目结舌了。

四个人的房间，每人都有一张单独隔开的书桌，连体的衣柜和架在书桌与衣柜正上方的床铺。外面是阳台，里边配有独立的卫生间，风扇、空调和饮水机也都一应俱全。

但最让我感到震撼的还是我们寝室中间悬挂着的东西——一台老电视机，那居然是一台电视机。我万万没想到学校居然在寝室里放一台电视机。当我抬头看到它的时候，我几乎感动得要落泪。

尽管它的模样并不好看，甚至可说是灰头土脸——它是我小时候就见过的那种方方正正的、带着长屁股的、充满廉价感的老电视，并且在未来四年里它也几乎没有被我们任何一个人打开过，但它的存在仍然让我欣喜若狂。

因为它那土里土气的外壳底下罩着的是两个熠熠生辉的大字——生活。

它的存在，真正昭示着这间寝室将是我们生活的地方。

大学四年，我们将会生活在这里，而绝非只是在这里睡觉。

我趁着其他室友还没来的时候，给我们的寝室拍了一组照片，并在寝室提前建好的微信群里把它们发了出去。毫无疑问，那台老电视果然是他们讨论得最热烈的物件。

很快我的室友们也陆续都到了。

第一个来的是慕善奇。他是我们全寝室最让人印象深刻的，没人能不对他印象深刻，因为这家伙光身高就足有两米零五。老家大连的，性格还不错，直率坦诚，不做作，模样也长得不赖，就是那脑子不太灵光，时常就爱抽风。我后来参加学院的篮球队就是跟他一块儿去的。

另外一个是谭家俊，湖南人，长得挺帅，情商也高，身边常年是莺环燕绕，大一的时候就总跑出去参加各种聚会，可他本人好像对交女朋友这事儿并不怎么感兴趣，所以我们寝室就管他叫“交际花”。

最后一位叫瞿琦雷，家是杭州本地的。他人比较宅，但不是一般的宅男，他是个技术宅，平时不怎么出门，有空就坐在电脑前钻研电影。瞿琦雷是位真大佬，人家看欧美剧都是直接看原版的，根本用不着字幕，电影理论方面懂得也多，拍的短片也都能拿得出手。我心里还挺佩服他的，虽然我也不清楚到底是佩服他的博闻强识，还是佩服他能在椅子上一坐一整天。

室友四人，他们三个同一班级，我和他们竟然不是一个班级的。

可不管怎么说，大学四年能有幸和他们三个做室友，我运气不错。

我们四个都不是多拘谨的人，很快大家就都彼此熟悉了，然后我们开始分享每日的心得。

我喜欢这段经历。一群人到了一个陌生的环境，大家一起摸索着生活，每天聚在一块儿交流新发现的地点和见闻，比如大个儿知道了篮球该在什么时候、在哪里借；家俊发现原来往后走两步，在女生宿舍那边居然还有一个食堂。

我们每个人都在探索，怀着好奇和憧憬探索我们的大学，探索它的每一个角落，探索周边的环境，探索身边的每一个人，最后，我们开始探索自己，探索自己接下来的四年要做什么，探索未来走向何方。

第 3 章　热血沸腾的军训

很快，我们迎来了大学生活的第一场重头戏——军训。

我本人是很喜欢军训的，因为我爸就是军人。受他的熏陶，我打小就对部队有着无限的好奇与神往，偶尔也会跟着爸爸去军营。

这次负责我们军训的教官都是从部队里选派来的，每班各有一名教官。

我们摄像 3 个班合并成七连，分配到的教官姓王。王教官个子不高，年纪也很轻，看面相估摸着比我们大不了多少，五官眉眼仍显稚气。

既然大家年龄相仿，相处起来自然就很玩得来。班上不乏常去找他打听军旅生活的同学，我便是其中之一。

原因无他，主要是听我爸讲他的军营生活听了十好几年啦，偶尔也想调换下位置，让我也给他科普一回什么是现代化的军事管理。

可惜，王教官对自己的军旅生涯守口如瓶，唯一肯跟我们透露的就是他在部队里是个连长，是新兵机枪班的班长。

于是我们就管他叫“机枪班王教官”，简称“机枪王”。

这个名号可算是喊进他心坎儿里去了，每回我们这么喊他的时候，他都笑得骄傲又谦虚：“没有的事啊，别瞎喊！”然后，他就把自己的微信名称偷偷改成了“机枪王”。

可惜学校不让我们学生要教官的联系方式，不然我会把他的资料界面截图下来发到我们班群去群嘲一番。

不管怎么说，王教官这人待我们不错。我们军训是 2019 年 9 月 9 日开营，正是南方“秋老虎”肆虐的时候，空气又热又潮。跑步时还好，一停下来身边儿就连阵凉风也不起。只有队伍里从彼此身上传过来的暖烘烘的热气，动辄闷人一身汗，让人恨不能赶紧找条河扎进去。

所以，每逢要站军姿的时候，王教官总会尽可能地物色一块有树荫遮蔽又四面通风的宝地好让我们少受些罪。

有时候，其他班也会乌泱泱地拥过来抢地盘。我们自然是严防死守，寸土不让，誓死捍卫每一片树叶的阴影，只求它能大发慈悲，给我们多增加哪怕一丝丝阴凉。

而王教官这时候多半会找来张板凳坐着，一边喝着自带的热茶，一边居高临下地看着我们在地上瘫成一团，脸上带着得意扬扬的宠溺的笑。那样的笑让我印象深刻。

我特喜欢看到军人笑，我总感觉他们的笑脸跟旁人的不一样。也许是因为他们的笑容总是很阳光很单纯，眉眼之间尽是蓬勃的少年气。

我不清楚，也许……

我想，也许有一天，这样的笑容也会出现在我的脸上。

除了我们的教官，军训中另一件不得不提的大事恐怕就是拉歌了。

“拉歌”这个词乍听起来没什么，但凡军训，必有拉歌。早在六年前大家在初一的时候就接触过了，算不得多新鲜的东西。

可我万万没想到，就是这样一个缓解训练疲劳的小节目，居然又一次给我那没见过世面的灵魂留下了极其深刻的烙印。我们班的训练场地和八连、九连的是挨着的，所以休息的时候我们三个连一般是扎堆聚在同一片阴凉下的。

那天拉歌时也是如此。

我们三个连像往常一样各自据好一块角落，然后互相挑选对方的人出来唱歌。

可出乎所有人意料的是，第一个被点名的居然直接来了首意大利语的美声歌曲。

在之后的半小时，我又很快地看到了山东的梆子、江苏的昆曲、天津的相声、苗族的传统舞、巴西的伦巴，以及拉丁舞和芭蕾。

我以前见过的没见过的，听过的没听过的歌舞艺术轮番登场。

这样堪称豪华的拉歌现场一度让我以为是在某届艺术节的现场。

所有人都惊呆了。连教官们也惊掉了下巴。他们张着嘴面面相觑，大概也在心里感叹说真不愧是艺术学院的学生。

而我也惊叹。除了惊叹，我一时不知道还能说什么。我忽然很后悔自己没带相机过来，想立刻跑回宿舍去拿，想把这些都拍下来。我要把这一切都拍下来，不只是在围出的空地上表演的他们，还有席地而坐的我们。

我扭头看着坐在我身边的同学。他的背和脖子都放松地弓着，脸却微微地仰出一个角度。他藏在镜片底下的眼睛一眨不眨地望着在空地上表演的人。他的身体和表情几乎凝固，只有他的唇型还在微微地变幻，于是，惊讶、赞叹、欣赏、嫉妒、羡慕和自惭形秽，这些情绪几乎同时出现在了他的脸上。也出现在每一个坐在地上仰望他们的我们的脸上。

没人不想成为主角。我不知道这场拉歌会让多少人的心灵被永久地震撼，也不知道他们在拉歌结束，在垂头望着自己脚下的时候都在思考些什么，但我忽然明白了，我该思考的是什么。

同样的震撼在接下来的半个月里持续上演，并在军训的最后一天达到高潮——我们的迎新晚会就要开始了。

迎新晚会的举办地点是桐乡，我们的另一个校区。

白天的时候我们进行军训成果展示。我们连成绩还不错。我的成绩也还可以，军训标兵，意料之中，但也是一份荣誉。

落日西沉，舞台与灯光架已经在广阔的操场上搭建完成，灯光和摄像都在做最后的测试。

我们班的位置靠近云梯，我抬头就能看见一位戴着鸭舌帽的摄像师坐在云梯上聚精会神地调整机器。

于是我在帮桐乡学生会工作人员分发应援棒、气球和盒饭的时候，专程把他那份儿给送了上去。

我说："师傅，调机子呢？"

摄像师叼着烟回头瞄我一眼，点头道了声谢，示意我把盒饭放在旁边，就继续摆弄他的摄像机去了。

我没玩过摄像机，可那设备看着就比我脖子上挂的相机复杂。尤其是他还在这台本就庞大的设备上额外接了两个支架，上边架着两块不知道做什么用的显示屏。

我着实看得心痒。我把盒饭放在一旁的箱子上，然后好奇又艳羡地蹲在他身边眼巴巴地看着。

他大概也是一个人在上面坐得发闷了，脚下已经有了好几个烟头。见有人在旁边兴致勃勃地看，他心里也觉得欢喜，于是就挑了挑眉毛，言语里不无骄傲地问我："想不想试试？"

"想啊。"我舔了舔嘴唇，恋恋不舍地回道，"不过还是下回再试吧，没玩过这东西，别给你弄坏了。"

第 4 章　拉开迎新晚会的序幕

主持人们踏着鼓点走到台前，男的西装笔挺，女的风姿绰约，每个人脸上都带着极专业的舞台笑容，用清脆的嗓音一起宣布迎新晚会正式开始。

于是，舞台屏幕上烟花四起，各路领导轮番致辞。

平时少见的大人物们，忽然一块儿出现在我们面前，若在平时，大概真会把我们吓一跳。偏偏我们现在群情奔放、亢奋激昂，倒让他们显出几分羞怯。在简短而不失热情地致辞后，他们便笑吟吟挥着手下场了。

我们也终于等来了期待已久的歌舞表演。绚烂的灯光，动感的舞台表演，大型摄像机的摇臂划过我们的头顶，楼阁一样的组合屏幕又把表演者的舞姿放大在我们眼前。没有在现场大概永远体会不到这种震撼的感觉。落地音响放出来的音乐好像不是在你的耳膜炸响的，而是在你的身体里激荡，穿透你的胸腔与灵魂共鸣。

我们很激动，可令我们激动的又不只是歌舞。

我们更惊叹于这场晚会的筹划者——早在晚会正式开始之前我们就私下讨论过。有人说，这场迎新晚会是我们学生自己的社团筹备的，从舞台设计，到节目编排乃至节目的宣传和拉赞助都是学长学姐们一手操办。

第一次听到这样说的时候，我们每个人都不信。

尽管我们已经见识了大学的卧虎藏龙，但是，要一个刚刚从高中的书海里抬头看世界的学生去相信这样的盛况是出自我们的同类之手，这未免过于超乎想象。

现在，我们却不得不相信我们的耳朵——每一个表演者登台的时候，主持人都会高声报出表演者的名字和他所在的学院。

国际传播学院，电视艺术学院，媒体工程学院……

在台上表演的那些，是我的前辈，也是我的同学。

几年前，甚至一年前，他们当中或许也有许多人曾坐在我今天坐过的位置上，而现在，他们正在自己的舞台上大放异彩。

这种感觉很奇妙，尤其是当无数根应援棒组成的七彩的灯海正在你身边翻滚涌动的时候，你难免会产生一种奇异的恍惚感。

我在这种梦幻般的恍惚中长久地仰望着舞台上的人。他的身影却在音浪里渐渐变得模糊，而等我再次看清他的时候，才猛然发现，他居然长着和自己相似的五官。

或许，我的确可以成为他，又或者，我可以做得更好。意识到自己在想什么以后，我忽然忍不住发笑。高中毕业三个月，现在我倒忽然体会到了刘邦、项羽见秦王出游时的心境。

恰在此时，熟悉的歌声在耳边响起——

我们都是追梦人

千山万水奔向天地跑道

…………

《我们都是追梦人》，是我很早以前就听过的一首歌，当时只觉得土气，现在听来居然别有一番味道。

我们来浙传何尝不是为了追求我们的梦想？

绵绵的细雨仍在我们的头上如丝一样飘荡，流彩的灯光把湿漉漉的湿气映出七色的霞光。

但我们感觉不到湿意，我们热情如火，我们向着舞台欢呼，因为那上面正跃动着前辈的青春和我们的未来。

舞台上的气氛只会比我们更加热烈。

令人目眩的歌舞一支接着一支，民族乐、街舞、说唱和国风舞轮番登场。

民族乐空灵宁静，悠远绵长；国风舞轻柔温婉，婀娜曼妙。街舞动感奔放；说唱激越铿锵。

整场晚会的所有节目都是学长学姐们自主编排的。他们来自不同的专业，也来自不同的社团，譬如文学社、汉服社、街舞社、云门舞社。

这是我第一次对社团这个概念有了直接的认识。

所谓大学社团，应该就是一群有着同样爱好、特长和梦想的青年所组成的一个彼此学习、相互扶持、共同成长的小群体。

这也是大学和高中最大的区别——在这里，我们要试着离开老师的庇护，正如当初离开父母的庇护一样，我们要再一次学着去成长和蜕变，学着去依靠彼此，依靠自己。

我想，后来会一口气报了 8 个社团，和这场迎新晚会给我带来的感触应该有分不开的关系。

当然，浙传迎新晚会最受期待的节目还得是那两个：诗歌朗诵《浙广是一条河》，还有每年必出的配音节目。

《浙广是一条河》是自建校之初就存在的表演节目，那时候我们学校的名字还叫浙江广播电视高等专科学校。

而配音节目则没有固定的名字，更没有固定的内容，而是结合时下的热点和流行内容编排一个全新的节目。

一首诗歌，一场配音，一个象征着传承与初心不变，一个象征着进步和与时俱进。

承前启后，继往开来。这也正适合我们这一届迎新晚会的主题——不忘初心，红船领航。

我们是 2019 级，入学这年恰好是新中国成立 70 周年华诞。

晚会举办的地点，桐乡校区又恰巧在嘉兴。

因此除了以往有的迎新节目，这回还特意加入了许多给祖国的献礼节目，例如社团说唱《厉害了我的国》以及国家艺术基金资助项目和浙江省精品工程扶持项目、浙江传媒学院与嘉兴市委宣传部联合打造的音乐剧《红船往事》。

百年前嘉兴南湖的一艘红船，在风雨飘摇中载着党和新的中国成长为今天这般巍峨宏伟的模样，现在，将为我们领航。

我们是伟大祖国的一分子，我们正与我们的国家一同成长。这感觉每每让人热泪盈眶。

晚会一直持续到晚上九点半，我们依依不舍、余兴未尽，可也不得不拖着沙哑的嗓子回到班车那儿排队站好。

轰鸣的引擎声依次响起，我在汽车暴晒后散发出的皮革气味中回头凝望着操场的方向，那边的灯光也还亮着，但彩色的灯光已经被更明亮的黄白色光取代，于是操场亮如白昼，宛若日出。

迎新晚会的结束即宣告着我们正式成为浙传的一员。

我想向那边挥挥手，跟桐乡的同窗挥别，带着重重的心事，我却只在心里向他们道了声再见，也跟军训时的自己和入学前的自己告别。

挥别了军训，挥别了桐乡的同窗，生活总是要继续，明天又会是一个全新的开始。

我们的教材已经领到了，军训的时候我喊了旁边宿舍的人一起去教学楼领的。课表也已经出了，关于课表 APP 的使用方法也有人上传到了班群。不得不说，大学的课程看起来的确比高中要轻松，除了周三几乎是满课，其他几天几乎都有大量的空闲时间，甚至周二和周五整个下午都没课。

一切都将步入正轨，我们很快就要开始上课了。只是在这之前，我们还有一项重要的工作要完成——竞选班委。

第 5 章　承诺与责任

军训期间是没有班委的。新生大大小小的事务几乎都是由辅导员和高年级派过来的两个班级助理负责。

所以，在早自习的时候，我们的班主任范高培就赶在正式开课前为我们举办了个临时班会以竞选出我们班的班委。

这会儿他正站在黑板边上，龙飞凤舞地写下“班长”两个字，然后回头问我们：“哪位同学有意竞选啊？”

全场静默。

我们这些坐在前排的纷纷回头望了眼，不禁哑然失笑——整个班将近四十个人居然没一个举手的。

班主任窘迫地跟着笑了两声，不甘心地用粉笔在黑板上重重敲了敲：“班长啊，没人要当吗？”

回应他的仍然只有窸窸窣窣的笑声。

他百思不得其解，只好回头用粉笔把“班长”两字重新描了一遍，可实在也看不出自己到底是哪里写错了：“是写的班长啊。怎么班长还没人当呢？来来，谁想当？别害羞嘛，都是自己同学。”

台下的人还是面面相觑——不想竞选的人乐呵呵地东张西望，想竞选的人怯生生地左右打量。很明显，大家都在等，等第一个举手的人，但一直没人举手。

站在太阳底下军训的时候倒是做什么都敢为人先，可是回到桌椅整齐的教室，在雪白的墙壁中间坐下了，反而回归了高中时的腼腆与羞涩。

他们不敢举，我心里也发怵。可真要这么拖下去，那军训就算白训了，昨晚心底的告别恐怕也成了笑话。所以犹豫再三，我还是迟疑但坚决地举了手。班主任则立刻转身在黑板上写下了我的名字，唯恐下一秒我就要反悔。

但他委实是多虑了。我想当班长并不是临时起意。早在军训的时候我就决定了等正式开课这一天，我高低也得竞选一回班长。选不选得上另说，主要是总得试一回。

毕竟仔细算一算，小学六年，初中加高中又六年。整十二年的学生生涯，我居然没当过一个学期的班长。这回要是不能把这个缺憾赶紧弥补了，以后恐怕就更没机会。

有了我这第一个吃螃蟹的人率先垂范，其他人也终于把手举了起来。而且，其踊跃程度完全超乎我的想象，共有四个。

名字都在黑板上，我大致看了眼，他们四个都是班上最优秀的人，跟他们竞选班长的确有些难度。不过，其中最让我在意的那个人是邵翊宸。

他这人不仅入学成绩优秀，而且性格尤其好。这种好并不仅仅体现在他平易近人，或者宽厚平和上面，而是在于更深层的东西。他这人心细。

心细就意味着他总是可以随时关注到班上每个人的情绪波动，并且一言一行都会尽可能地照顾到每个同学的情绪。说话时和风细雨，做事时考虑周详，因此他在班里班外人缘也最好，可获取的信息渠道也非我可比。

三天前，我去教学楼领新教材时，是他帮忙组织的人。昨晚课程表 APP 也是他首先在群里宣传的。据说是别的班的人先转发给他的。

我想我这方面确实不如他。尽管我的身边也从不缺朋友，但我却不是个心细的人。或者说，在这点上我跟他根本就是完全相反，相较于心细如发，豪爽大度和不拘小节这类词汇可能更适合形容我。

要和他竞选班长，我心里的确有些没底。可话又说回来，哪有什么目标是没有竞争者的？

比起自惭形秽，如何正确地意识到自己和竞争者各自的优势与不足才是脱颖而出的关键。

我不拘小节，同学与我相处就不会放不开；豪爽大度，同学就敢直言不讳。和颜悦色是一种处世之道，坦诚相待又何尝不是？况且，作为班长最需要的品质应该是统筹和协调组织能力。我一向认为班长是架在老师与同学之间的一座桥梁。

对上，负责向老师传递同学们的合理化建议；对下，向同学们传达老师和学校的最新活动及相关信息。对内，维护班级稳定和同学之间的团结；对外，维护班级的荣誉和利益。既要“想同学们之所想，急同学们之所急”，在同学之间发生矛盾时，公道正派地当好“调解员”，处理好同学间的矛盾纠纷，也要有全局视野，充分发挥每个同学的聪明才智。

以上这段话就是我竞选班长时的发言。

我这番话说出来自觉得意，毕竟这篇发言稿是提前备好的。因此，等投票结果出来，我的确成为班长以后，还特意去班主任面前嘚瑟过。

然而班主任只是悠悠地递来一眼：“光话说得好听有用吗？嘴上说得天花乱坠，落到实处就样样不行，可以吗？古人云，用人之道，听其言而观其行。同学们是因为你说得好听就选你的？那是因为你平时为班级做的贡献多。你真以为我陪你们军训就是站在那儿受累、晒太阳的啊？谁偷懒、谁有贡献我都摸得一清二楚。

“你不错。帮教官组织军训啊，管理纪律，在桐乡还帮同学发雨具，组织队伍找校车这些事我看到了，同学们也看得到。他们选你就是因为这个。老师我先恭喜你竞选成功，但是既然你现在是我们班班长了，以后就要做得更好，发言稿上的承诺说到了就要做到，记住了吗？”

这话说得不重，却叫我羞得满脸通红。听其言观其行，这话算是彻底烙进我心里去了。我悄悄在心底发誓，未来四年，我一定带好这个班。但事情显然没我想的那么容易，且不说课外的事，哪怕是领着全体同学去教室上课这件看起来平常的小事也足够我焦头烂额。

因为大学的授课方式和高中、初中并不相同，没有固定的同桌，没有固定的教室，甚至连教学楼都不固定。经常是这两节课在这间教室上，下一节就要集体转移到另一间教室，偶尔还会几个班共同坐在一个教室上课。上课坐在哪个位置也全凭自己的心情。

这样的授课方式新奇归新奇，可造成的后果就是每到换教室，尤其是下午第一节课的时候，总有几个同学会迷路。

为此，我不得不把一位学长之前提到的课程表 APP 的安装包上传到群文件以及把导入课表的正确步骤一一截图发到群里。

然而即便如此，也仍要面对各种意想不到的问题。最让人头疼的是有些同学会因为微信群消息太吵而干脆屏蔽了群消息。上课手机静音，下课忘记打开声音的不在少数，再重要的群通知他们也很难及时看到，我不得不把线上通知的方式临时退化成通信靠喊的模式。

好在经过一周左右的摸索，我们终于渐渐习惯了大学的教学方式。

第 6 章　社团的期待

10 月 22 日，学校那边传来消息，社团招新活动正式开始。

全校大大小小的学生社团都在这天开门纳新，号称“百团大战”。我趁课间从教学楼的窗子里往外瞥了一眼，传媒大道两旁已然摆开了长龙一样的招新摊位，火红的遮阳棚从教学楼下一路盛放到东门十字路口。

为了确保能招收到足够的新社员，这些社团也都拿出了看家的本领——汉服社穿着最美的华服招新，话剧社打着快板拉人，文学社以赠书利诱，电影协会则许诺入社即有佳片免费看。

那些热烈的挥着宣传单在摊位前高声吆喝；大胆的随机把一个幸运儿拉进摊位里大肆推销；也有几个淡泊的，抱一瓶矿泉水笑看相邻的社团争争抢抢，偶尔也伸出手去给某个在摊位前长久逗留的人递上一张等待填写的报名表。

五米宽的长街被挤得满满当当，其热闹景象堪比游园盛会。我在楼上看得心痒，等放学就立即邀上三五好友一头扎了进去。

只是这魂牵月余的社团忽然一齐敞开大门，一时间还真叫人眼花缭乱。我们几个一趟走马观花下来，除了热闹，什么也没看见。于是只得折回去，各自以自己的兴趣与理想去按图索骥。

我要找的社团主要有两类：一类是学生会，另一类是与摄影相关的社团。前者可以锻炼自己的组织能力，后者可与同好交流，强化自己的专业技能。

整个招新周期下来，我一共在此次参与招新的 65 个学生社团以及校艺术团中发现了 7 个符合期待的社团组织，分别是校学生会、院学生会、官微图片中心、团委新闻中心、浙传新闻摄像组等。

此外，我还和舍友一起报名参加了我们学院的篮球队——“欲文明其精神，先自野蛮其体魄”，学生在教室坐立得久，报个体育类的社团，时常去运动一番，总归于身心有益。

当然，我一口气报了这么多社团，并非出于踌躇或者优柔寡断，而是因为报名和成功入社中间还有一道程序，叫作社团面试。

换句话说，光报了名不成，社团那边也要择优汰劣，认真考量筛选一番。

这道程序其实没什么问题，只是我心里仍然忐忑——谁知道跟我一起面试的都是什么样的强人。所以还是多报几个社团才稳妥。万一最想去的没去成，总有其他的社团兜底，不至于绝了自己后路。只是这样一来，面试就成了件头等烦心的忙碌事。

我需要记住 8 个社团各自的面试时间和地点，并在接下来的一周时间内完成全部的面试。

为了防止遗漏或者错过时间，我特意为自己拟了个临时的日程表出来，并提前定好了闹钟，每天伴着铃声急赴面试场地。

整整 8 个社团，光是在几栋教学楼里穿梭寻找面试地点就已经让人头皮发麻，更别提有几个热门的社团面试还要排队等候，甚至有两个社团面试的时间只相差几分钟，以至于我不得不在结束这个社团的面试之后，立即飞奔着赶往下一个面试点。

不过面试的次数多了，我渐渐总结出几条规律来。譬如面试官惯用的三板斧：第一斧叫作“你为什么想来我们社团”；第二斧是“你有什么爱好、特长或者历史成绩”；第三斧则稍带点图穷匕见的意味，面试官们总要趁报名表码齐摆正的时候，有意无意地那么随口一问：“能不能吃苦，愿不愿打杂？”

这第二问看的是能力，第三问在意的是品行，按说这两问才是最能影响面试结果的。然而，大部分面试失败的学生却是倒在了第一问下——他们要么呆立台上一脸茫然，要么磕磕巴巴，通红着脸支吾了半天也讲不出个所以然。想来还是准备不足，抑或他们心里也没个明确的答案。

但不管是什么原因，面试时卡壳、拘谨和羞怯都是大忌，这样的表现自然不会给面试官留下好印象，后面被淘汰也是可以预见的。好在这个问题虽然是每个社团必问，但其本身难度并不大，只能打初次面试的人一个措手不及。后面再面试其他社团的时候，只要提前打个腹稿也基本就顺利过关了。

我倒是不曾折在这个问题上。因为我本人还算是比较外向的，或者说比较放得开。站在台上不说多才思敏捷，至少能做到对答如流。何况，为应对这些面试我做了充分的准备，或者说是有人帮我做好了准备。

帮我的人正是我那远在千里的父亲。开学前一天，他硬往我行李箱塞了两本册子——记录着我从小到大所获荣誉的那两本作品集。一个月前我曾视它们为消解我斗争意志的功劳簿，誓要把它们扫进垃圾堆以弹冠振衣求一个全新的开始。现在却恍然开悟，人哪有把过往清零的本事。

成就也好，过错也罢，新的枝叶总是要生在过去的枝蔓上，树干曲直，梢头高低，依凭的终归是过往的沉积。认清这一点，我也就不再那么抵触这两本册子了，甚至还有些佩服我爸的先见之明和高瞻远瞩。若换我，是绝不会想到把自己的过去整理归档以备不时之需的。至少从前不会。

总之，参加这些场面试的时候，我一直随身带着这两本册子，并在面试官问出第二问的时候把它们一一呈递上去供面试官们阅览。不是标榜功业，而是展示我过去的努力和现在的技能水平。于是场场面试都顺利过关，我成功加入了我选择的每一个社团。

到这儿我才算彻底松下一口气，心里隐隐有些得意和欢喜。这种欢喜不仅仅来自我成功加入社团，最重要的是我获得了一种来自他人的肯定。如果说成功竞选班长是给我吃了一颗定心丸，让我知道我在军训时的表现仍算优秀，那么，现在成功通关这些社团就相当于给我打了一针强心剂，使我大受鼓舞。

我就是在这一天忽然开始觉得，尽管大学人才济济，但我不必比人稍低一头，因为我未必不是人才中的一员。我把这个喜讯告诉了我爸，语气里也丝毫不掩饰自己对他的感激与崇敬。

他听了自然也得意。最怕的就是他老人家得意，因为一得意话就变多。后面没聊几句，他果然又开始殷切地絮叨些我早就听出了茧的说教的话。而我仍在电话这头做出一副很受教的样子，没有像之前一样不耐烦地敷衍。

等他絮叨够了，也得意够了，终于心满意足地挂了电话的时候，我把他印的那两本作品集从头到尾又看了一遍，然后小心抚平封面，收存了起来。

这上面记录的是单属于我的足迹，我想，在未来的几年我也该试着让它们变得更厚一些。

可我没有想到的是，成功通过面试并没有让我的生活变得轻松。相反，它正变得越发忙碌。因为加入社团并不是参加比赛，不是得了一张入社通知就算万事大吉——社团需要参与。

大到社团会议，小到各种社团实践和日常会议，社团运转的每个环节都需要社员参与其中。一些专业性较强的社团甚至还会专门开设课程来教新社员各类专业技能。比如，我加入的某个摄影社团就会在周末的时候召集社员去一间空教室，由社团的前辈们为我们讲授摄影的相关技巧或是分享心得。

这正是我加入此类社团的初衷。但麻烦的是，我的时间似乎并不允许。我仍然是个学生，学习仍是我的首要任务。于是，在接下来的几周，我需要在每天上课之前点名，上课时听讲，下了课整理笔记，并在完成课后作业之后，迅速跑出宿舍楼，奔走于不同社团。

微信几乎一天 24 小时在线，8 个社团的集合通知不能错过。偶尔得空了，还要赶紧打开学院的班干部群瞟一眼，看下是不是有新的消息急待传达至班群。

更要命的是，我还要打起精神备战 11 月的篮球新生杯和 12 月将要举行的英语四级考试。

整个人一下子从军训时的“训完即自由”的休闲状态切换成了高强度的忙碌模式。

各种杂七杂八的事务实在让我有些应接不暇。我也试着依照前面的经验，去给自己拟了张日程表。然而，这方法现在却不灵了，社团和学校可不管你的时间是如何安排的，该来的活动和通知一样也不会少。

于是日常被打乱，日程表也宣告失效，我照旧每天疲于奔波。当然，这个问题不单单是困扰着我，我身边的同学也同样深受其扰。尤其是那些和我一样，同时加入了多个社团的人。

因为几乎所有社团都会把社团活动设在同一个时间段，于是运气好些的，参加完这个社团会议还能卡着点赶去下一个社团的实践活动；运气差的，则往往遇见自己加入的两个社团在同一时间开会，只得二选一。

社团自然也有苦衷。因为成员通常不是来自同一个专业，甚至不是来自同一个学院，大家的空闲时间彼此冲突。

换句话说，尽管每名社员都各自有充裕的空闲时间，但大家同时空闲的时间却寥寥无几。因此，几乎所有的社团都会把活动安排在学校的公共休息时间，比如周二下午，或者每周末的晚上，以确保每名成员都有空参加。

这对只加入一个社团的人自然是好事，但同时加入多个社团的人却因分身乏术，只能顾此失彼。于是，有人缺席也就成了社团活动的常态。而这种缺席又往往会在接下来的几个月演变成失落、冷清、不告而别和不欢而散。

第 7 章　我的社团规划与梦想

新成员流失这种现象在人数较少的小型社团尤为普遍。毕竟，当自己被迫在两个社团之间做出选择的时候，多数人都倾向于留在人数更多的社团。

人多意味着热闹，热闹又驱动着热忱。一群满怀热忱的年轻人聚在一块儿，像白杨树似的朝气蓬勃，向阳而生，不说前途如何光明，至少这四年大学路上绝不会走得单调乏味。

而小社团呢，人少，而且要不了多久，就会有新人陆续告缺。最后能留下的，多的不超过八个，少的则就此曲终人散，只得个干戈寥落，人走茶凉。我加入的某个社团即是如此。

社长和其他社团干部是 2017 级，社员则是我们这些 2019 级，至于去年收入的 2018 级的社员，竟一个也没留下。

可小社团真的就一无是处吗？也未必。小社团人少，于是每名成员都备受珍视，见面几次就能彼此脸熟，成员关系密切，社团氛围愉悦轻松。偶尔组织活动的时候也是人人有份参与。大家风雨同舟，齐心协力共同经营自己的社团，带来的成就感和凝聚力自是无可比拟的。

而且，由于人少，小社团的竞争压力也比大社团小得多。凡是肯负责任的社员往往会在一年后接任社长或社员干事。于是从前辈手里接手社团，并用自己过去一年锻炼出的能力去努力经营它，见证它在自己的手下如何成长。这对习惯小圈子，又渴求提升自己管理和组织能力的同学来说，不啻为最优选项。

所以还是那句话，万事万物都要辩证地看待。坦途也好，崎岖也罢，适合自己的才是最好的。

要是报名的社团太少，则不慎落选后将无处可去。可报名太多又容易扰乱日常生活。

留在大而繁荣的社团，可以帮助自己拓宽视野，最大限度地提升自己，但社团内部竞争激烈，内向拘谨的人容易受到冷落。

选择小而温馨的社团，可以收获友情，磨砺心性，但能获得的资源有限，心气高的难免常觉内心郁闷。

大概过了两周，我也做出了自己的选择。我在 8 个学生组织里选择了校学生会和全媒体中心作为我以后主要参与的社团。

其他社团的活动则多多少少放弃了一些。但并没有完全退出，在他们需要帮忙的时候，我仍然会尽力帮助。毕竟当初是我选择了他们的社团，如果抽身走人，就等于浪费了他们一个招新名额，于情于理都不合适。

更何况在做出主次取舍之后，我的时间显然充裕了不少。而且几周下来，我对学校和社团的活动主要安排在哪天也大致做到了心中有数，不会再像之前那样手忙脚乱、应接不暇。至于社团要我帮忙的事情，通常只是拍照而已。

虽然我们学校设有自己的器械室，无论是足球、篮球一类的体育用品，还是相机、导轨、摄像机、影室灯这些影像设备都可以随时登记借用，但通常情况下，能够自带设备的，大家还是优先选择自带。

一来是取用方便，二来毕竟是自家的东西，操作熟练，用起来也不会太束手束脚。

于是我就成了 8 个社团的头号“工具人”，凡需要摄像的时候，他们总能想起我，而我也乐在其中。

因为我是发自内心地热爱摄影。我最爱的就是每天带上自己的相机在校园里信步而行。偶尔撞见让自己眼前一亮的景象便马上按下快门，把这个令人怦然心动的瞬间化作永恒。

只是社团派发的任务不会让人这么悠闲。通常是带有比较明确的时间规定和内容要求的。几年的社团活动参与下来，我最常做的就是给出席演讲的讲师或者参加晚会的学生和老师们拍合影。

这类任务难度一点不高，但拍摄过程却颇为煎熬。

我还记得接受的第一个任务是在下沙图书馆前面给几位教授拍一张合照，用作校园电视台的新闻插图。

我们学校有两栋图书馆：一栋在下沙，另一栋在桐乡。

我们这儿就是下沙，这里图书馆距离我们的教学楼不远，是座坐北朝南的米白色建筑，馆前的道路以及喷泉广场也都以打磨光滑的花岗岩铺就。

开着清扫车的环卫师傅每天早晚两次把石面打扫得纤尘不染，光可鉴人，更衬得白玉一样的图书馆整洁明净，使这栋收纳了170万册藏书的建筑显得尤其崇高与圣洁，足见学校对知识与理想的推崇与敬意。

可由此也造成一个缺点，就是环境光太亮。

尤其是赶上正午阳光猛烈的时候，视野里一片雪白，晃得人睁不开眼。

我给老师们拍合照的时候就赶上这样的情况。于是站在图书馆前面的一众老师都在强光下眯着眼，呈现在镜头里的样子自然不够美观，我几次调整面向都收效甚微，最后只得勉强找了个稍好些的瞬间按下了快门。

类似的状况并不少见。这也是出任务和平时拿着相机随手拍最大的区别。任务总是有要求的，为了任务的顺利完成，难免需要牺牲一些画面的美感，或者说艺术性。毕竟我不能把老师们扣在这里，要他们陪我一起等一个最完美的画面。这是在拍合照，而不是拍艺术照。

但许多人似乎很难转过这个弯。社团三年，我见过太多费尽心血却不讨好的事情。譬如艺术团要做活动宣传单，负责设计海报的女生用了一晚上也没把海报做出来。

那张半成品发群里我们看过，海报设计得委实不错。可问题是，再精美的半成品也是半成品，活动搞宣发总不能把只上了一半色的草稿张贴出去。于是社长只好亲自下场，只用几分钟时间就从素材库里拼接出了一张海报。质量诚然远不如前者，可至少没耽误了复印张贴。

那小姑娘心里委屈，设计了整晚的心血成了废纸，还差点把活动搞砸。

可是能怎么办呢？多数社团任务就是这样，时效性压倒一切。

对于普通社员们来说，手脚麻利有时候远比创意新颖重要。所以有些前辈总跟我说，社团是学校到公司的过渡阶段，也是浪漫与现实的交锋前沿。

无论想不想，一团团没边没际的花朵终归要在这里被锤炼成一颗颗契合社会运行的螺丝钉，抛光出厂以供使用。

说到这里不得不多插几句，“螺丝钉”一词近来似乎多遭误解，甚至常被用作贬义。一提起它，许多人心里就自动浮现出这样两个词：“千篇一律”与“个性全无”。

然而，我眼见的螺丝钉却不尽如此。且不说它们长短粗细，样式规格各有差异。即便是同款螺丝钉，有的光泽莹亮，钉到哪里都能独当一面；有的锈迹斑斑，落户新居也要与人共朽。那筋骨强韧的，弯折形变也绝不松脱；可那松松垮垮的，半点固定作用也起不到，只挂在螺孔就善哉善哉，分明都个性鲜明得很。

言归正传。作为社会的育人班，通过大大小小的与社会接轨的社团活动来培养我们这群将成为社会中坚力量的接班人，就是大学社团继提供交友平台和技能培训之外的第三个作用。

社团活动比起中学时的特长校队的确更像是在社会中工作。就拿全媒体中心的社团日常来说，我们这些负责拍摄新闻素材的人，要去指定的地方拍摄照片或视频，并精选其中最好的发送到社团新闻编辑部的邮箱。由编辑部进行审查择优，然后下发至文案组配以文案说明并撰写成稿。

随后照片和视频被剪辑成新闻画面，文案稿件会被传至主持人那边，并由负责摄像的在演播楼将其拍摄成片。

然后又是后期组需要负责的调音、调色、剪辑等一系列后期工作。

一个短短 10 分钟的视频，却是几十个人在背后夜以继日、运转不休的劳动成果。

这已经不是几个人同心协力完成一项任务了，这是真的在工作。除了取材范围较小和受众太少，整套流程与任何一家电视台新闻中心别无二致。

虽然我这人在摄影方面还算有些本事，很早的时候就有获奖的照片被使用在新闻中，但是，当自己从新闻里的一个被展示者变为幕后的工作人员的时候，那种新奇又令人感动的体验我至今印象深刻。

最重要的是，那一刻我又有了一个新的奢望。我体会到了成就感，但它不再来自我的照片，而是来自这条刚刚播出的新闻，这条由我参与制作的新闻。

我忽然又有了要自己拍摄视频的冲动，或者说到这时候我才真的想加入视听这个行业。在此之前，我只是一个摄影爱好者。虽然不知道这样的想法算是目标还是野望，但我的确想这样做。后来我也的确这样做了，这些是后话，暂且不提。

第 8 章　克服起床难的思考

社团活动日趋稳定，日程表也重新规划妥当，现在的生活总算平静了许多。

其他同学也都陆续进入了状态，每天早、晚自习点个名，除了请假的几乎都是全员就位，大家都安静地伏在桌上忙着自己手头的事情。

有时候我学得累了，抬头观望四周，竟常常会有梦回高三的错觉。只是由于上课要穿梭于不同教室，我们离开教室时便不能留下任何私人物品。因此课桌上也就没了高中时堆积如山的学习资料。取而代之的是简单的几本书、几支笔，以及薄薄的电脑与手机。

我第一次见有人在晚自习打开电脑时，心里吃惊不小，甚至一度乱了方寸，不知该不该去管一管。要知道，这东西可比手机要显眼得多。无论是他周边的同学还是在教室外巡视的纪检部成员都可以很轻易地发现。

于是我先是借着上厕所的由头出去了一趟，见其他班级也有人带了电脑才稍稍放心了些。待我问过其他班的班长，才终于确认，大学的晚自习是允许携带手机和电脑进入教室的。

因为大学的许多课外作业或学生自己的事情都需要用电脑来完成。而我也在返回教室的时候刻意瞥了眼那位同学的电脑屏幕，他果然正在忙着剪辑视频。

事情到这儿似乎也就结束了，但我心里还是有一丝担忧。允许学生带电脑来晚自习，直接原因或许的确是电脑有用，但究其根本，还是因为大学是个讲究自由风气的地方。但凡可以放开的，学校一定会放宽权限。

这种极高的自由度和充足的课外时间正是大学与中学的主要区别之一。尤其是进入后面几个学年的时候，早自习和晚自习还会陆续取消，到时除了每周不超过 6 小时的平均课时，剩下的时间全部由我们自己来支配。

时间忽然从一种紧俏的稀缺资源变得充裕且稀松平常。我们都成了时间的暴发户，每天一睁开眼就有大把的空闲时光由着我们善用或挥霍，没人指导，也没人监督。换句话说，我们几乎失去了管束。任课的老师再不会像高中那样紧追在我们身后督促，但是我们未来的道路却不会因此变得平坦——学业的压力方才卸去，四年后的就业压力又汹汹而来。

在“生活全凭自律，学习全靠自觉”的大学里，我们仍需要保持高中时的学习劲头，或者说，我们要比在高中时还要努力。这就要求我们要有极高的自制力。但这样的自制力并不是人人都有，许多新生恐怕很容易就会放任自己堕落下去。

当然，即便如此，我心里仍然认同大学的管理方式。因为即便是大一的新生，大多也已经成年。无论愿意与否，成年人都该学会对自己负责。我们每一个人终归要试着去独立，更多地去依靠自己，而不是依赖他人的监督与帮助。只不过作为班长，我觉得有义务时刻注意班上同学的状态，遇到松懈的总要提醒一声，至少在他们养成自律的习惯之前努力引导好。

于是我每天早上都会第一个走进教室，并趁着早自习尚未开始就先把自己需要预习的课程都提前看完。这样自习课上就可以腾出更多的时间来关注班上的同学。

这样的管理或许严格了些，但我一直认为，到大三大四或许可以放松一些，但大一的时候一定要对班上的学生严格要求。当然，这种严格不是完全不分先后与轻重，而是主次分明，有的放矢的。例如，出勤总是我关注的重中之重。

不管校学生会的人前来检查与否，我都会在每天的早自习开始前进行一轮全班点名。

因为人是有惯性的。从静入动也好，由动转静也罢，这种状态的转换总是最耗神费力的。就像鸟儿从地面起飞时总是要拼命扇动翅膀，人在要起床时也需要比平时更坚定的决心与毅力。

若是稍微怠惰些，便常常会想出许多借口来说服自己继续安逸地卧在床上，直到早自习迟到，甚至旷课。

但若跨过这个关口，那么接下来穿衣洗漱、上早自习乃至接下去的全部课程几乎都不需要额外的助力。而我之所以这样关注起床问题，并不是大惊小怪，而是“起床难”的确是造成学生迟到的最主要的原因。

之前看过一篇关于大学生迟到早退现象的调查报告，全文我已经记不太清楚，但关于学生迟到原因的分析却令我印象深刻。

其中一个原因是“起不来”或“起晚了”，因此迟到的人数约占迟到总人数的三分之一；另一个原因是“这门课太无聊，不想去”，因此迟到的人数约占迟到总人数的三分之一；剩下的其他原因占三分之一。

由此可见“起床难”在大学生群体中的确是个棘手的问题。

我自己倒还好，我爸打小把我当半个军人培养，这点自制力总归是有的。但光我一个还不行，我现在是班长，至少要把班里的学风管好。首先就要杜绝班上的迟到早退现象。毕竟大一还算我们最规矩的时候，要是大一就开始迟到，后面想收束恐怕就更难了。

这第一条原因产生的迟到还好说。每天坚持的早自习点名的确解决了起床难的问题，也保持住了我们的早自习出勤率。但因为第二种原因产生的迟到就暂时超出了我的能力范围。我能做的只是向任课老师反映一下，让讲课不那么有趣的老师可以试着讲得更好一些。

这当然收效甚微。毕竟许多老师都是在浙传任职了几十年，早就形成了自己独特的教学风格。若要改起来绝非一日之功。好在我们班的老师讲课大多风趣，即便的确有几位老师讲得略枯燥，多听几堂也便慢慢适应了。师生彼此尊重，倒也相安无事。

三年下来，我们班的出勤率一直排在学院前列，“必修课选逃，选修课必逃”的现象没在我们班上出现。

眼看着一切风平浪静，我们的英语老师又忽地扔来一个重磅炸弹：我们该备考了，英语四级马上就要开始报名。现在是 10 月末，距离考试仅有两个月时间。英语不算我的强项，为应对 11 月的期中考试我已经火力全开，现在凭空又多个英语四级考试，叫人顿感压力倍增。

尤其是我们中十个有九个连英语四级是什么都不知道，更别提知悉它的考试范围与难度了。老师自然比我们从容，只让我们这次一定要报名。因为这场考试对我们实在太重要了。

以前听人说大学是难进易出，这话并不准确。要想在大学毕业也并不是一件容易的事情，因为大学与高中不同，不是上满课时就可以轻松拿到毕业证的。

要拿到自己的毕业证，尤其是学业证需要满足许多项条件，而“通过英语四级考试”就是其中一条。类似的条件还有“通过计算机一级考试”“全部课程平均学分绩点在 2.0 及以上”以及其他诸如“志愿服务分”“社团实践分”“讲座分”，等等。

虽然我不提倡功利主义，但是大一的时候就把这些毕业条件记在心上，做好一个四年的规划，然后一个一个条件地去达成总归是于己有利的。若是临近毕业才匆匆去补全这些任务，恐怕时间也难允许。而参加英语四级考试，拿到四级证书就可以列为大一必须完成的事情。

老师也说，哪怕这次考试没能通过，去熟悉一下流程和题型，下次考试也就有了三分底。于是我当天就报了名，日程表里也新添了一项每天背单词，做英语四级考试真题的学习任务。

学习地点就在之前提到的图书馆。我们的图书馆是栋十层建筑，除藏书以供阅览，还专门收拾出几间作自习室，里面常驻的是每一届的大三学生。

因为大四的同学正在外实习，大一、大二的忙着岁月静好，整个学校只有大三学生的压力最大，他们要忙着筹备自己的未来，无论是打算考研、考公务员还是考教师资格证。只有在临近考试的时候，我们这些无忧无虑的学弟学妹们才会一窝蜂地拥进图书馆去读书学习。

不必担心没有空座。自习室跟教室一样，也讲究人走桌净，不允许占座抢座。所以只要去得早，一定有座位可用。而且，如果去图书馆的人实在太多，学校还会增设一间新的自习室来分担压力。

虽然我也是图书馆的常客，可我去自习室的次数并不多，因为我发现了一个更好的去处——楼梯。

第 9 章　发现图书馆展厅

我第一次踏上图书馆的楼梯时就被大大地震撼了一番。

因为图书馆的楼阶格外宽阔，于是上下两层楼楼梯的相接处就形成了一个十分宽广的平台。每个平台都背靠一个楼梯出口，关了门就是个对外面隔音的私人空间，非常适合在这里念书或者背单词。

因此自三层往上，几乎每个这样的小空间都有人在那里或行或立地小声背书。明明是踏进楼梯间竟像是误入了一座玲珑佛塔，每一级佛塔上都有修持的僧人在虔诚地唱念经文，喃喃诵经声不绝于耳。而他们也的确有着苦行僧一样的毅力，每个人都在为自己的未来拼尽全力。

我有些受感染，于是也常来这里，尤其是喜欢在正午的时候过来。清凉的地板明净无尘，随便找个靠墙的位置席地坐下，顿感暑气全消。这种状态下背起单词自然效率颇高。

偶尔学习累了，便把书卷一合，耳听着楼上或楼下偶尔传来的读书声，自己在心里暗自揣度：楼上那位念诵时带着闽南口音的学长今天似乎没来；楼下背书的那位学姐又在同一篇文章的同一个位置卡了壳，我是不是应该出声提醒她一下。

但我从来没有提醒过，我也不知道是出于什么原因。有时候就是这样，总觉得大家还是不要深入了解的好，只做个浙传图书馆的馆友，在懈怠时听着彼此的声音互相在心底打气，一起为各自的梦想努力拼搏，也就足够了。

除了楼梯间，图书馆里另一个我常待的地方就是图书室了。图书室里也有几张桌椅，就在重重的书架后面。我偶尔也会到这里读会儿书，因为这里大概就是整个浙传最安静的角落，有时甚至会被自己翻书的声音吓一跳，因此这里尤其适合做些需要潜下心去完成的事情。

至于别人常说的书香，我并没有闻到过，反而是在翻开角落里那几本书页发黄发硬的旧书时，常闻到一股呛人的尘气，像是书页剥落的细小的碎屑。味道虽说不上好闻，可总给人一种极厚重的神秘感，这也是我喜欢待在图书室的原因之一。

当然，不同楼层的图书室会有不同的体验，有些图书室就没那么安静，因为图书馆的书是分类存放的，尤以四层、五层的图书室人最多。这两层主要收录的就是文学与艺术类书籍，它们显然比《新闻传播学》或《电焊工艺》这类专业类书籍更受读者追捧。

虽然每一层图书室里，大家都在努力保持安静，但来往的人多了，看起来也会显得比较热闹。我觉得这样不错，图书分类也把读者分了类。每个图书室都有着相同爱好或兴趣的人。有缘的或许还可以结为书友，一起谈论某本书里的情节，累了就去楼下的咖啡吧里坐一坐，也算是一种消遣。

但要说在图书馆学习有没有什么需要特别注意的地方，却也有几个。

首先是不要在图书馆吃东西，这条是写在图书馆的管理条例里的，因为食物碎屑很可能会招引老鼠来啮咬书籍。

再就是，最好不要在雨天进入图书室，这条管理条例里没有提，但我觉得还是应该要注意，因为书籍毕竟是纸质的，水汽太重的话很容易受潮发霉。

这两条都是针对保管图书而言的，最后一条是在自习室学习的事情。

那就是图书馆，尤其是那几间自习室助眠功能相当不错。因此，如果要去自习室学习，一定要带上两三杯提神的咖啡，或者在感到困倦时出去走一走。一来放松心神，休息眼睛，二来说不定会有些奇遇。

原因我是不曾细究的，想来多是因为环境过于安谧，冷暖又十分合宜。初次去的人学习一段时间后十有八九都会意识模糊，并很快开始闭着眼睛胡乱点头，直到打出最后一个呵欠趴在桌上睡个天昏地暗。

即便是常去的我，在图书室里待久了，出来的时候也有些犯迷糊。某次，两只没了指挥的脚让我信马由缰，等回过神来的时候，我已然到了一处从未去过的地方。

这是一条约十米长的不算太宽敞的走廊，走廊里散放着半人高的玻璃展柜。

虽然仍在图书馆里，但这边的大灯几乎是不开的，四周更没有一扇窗户。站在走廊外面朝里望去，只觉得这条走廊昏沉沉的，仿佛一条幽邃的山体隧道。我禁不住好奇走进去，挨个展柜看了一遍。里面展示的是往届学生留下的毕业作品，比如泥塑、绘画、服装设计、动画模型等。

既有钢琴家在废墟上演奏的场景定格，也有海外留学生寄回的摄影作品。但是这些展柜摆放得并不整齐，显然只暂时寄存在这边。真正的展厅恐怕还在别处。于是我继续探索周边，果然很快又找到了一条新的隧道。这回是一条亮堂堂的时光隧道。

隧道总共分为三个部分，除了用以展示刚刚更新过的学生作品与学校所获奖项的办学成果展览厅，还多了另外两个全新的部分，一个是校史陈列馆，一个是广电设备展示厅。

校史陈列馆排在最前。柔和的灯光下展示的是浙传四十年的沧桑与风雨，也是浙传四十年的成长记录。从最初建校时的校门旧址照片到历代官方印章的陈列，然后是往届的知名校友照片的展示……

不知怎的，这个校史陈列馆总让我想起我爸为我准备的那两本作品集。两者有太多相似之处。若是把母校比作一个人的话，我想我会很愿意拿上我的作品集凑过去。既愿听她温柔地讲述过去四十年的故事，也愿意拿出孩童般的勇敢与稚气向她炫耀自己那点微如萤火的成绩，我想那一定可以换来她宠溺的微笑。

但是，要说最震撼我的展厅，无疑是最后那个——广电设备展示厅。无关展品高下，实在是这个展厅太对我的胃口。

从西到东，展柜里依次陈列着不同年代的字幕机、非编机、电影放映机、模拟调音台、模拟特技台、录像编辑系统，以及我所钟爱的跨越不同年代的各型号摄像机、摄影机。从百十年前的黑白相机、胶卷相机到现在大大小小的数码相机，都收藏在一个不算宽敞的展柜里，那不再是印在课本上的图片，而是一个个掉了漆却不失光泽的机器，它们展现了广电设备的演化史。

我看见了每一个时代的相机的实物，看清了它们的每一个细节。我欣喜若狂，却也大为怅惘。倒不是为目睹了人类广电设备的更迭演化史而感动，而是对自我的一些反思。因为我本人是目标性比较强的人，既然来图书馆是为学习，便从来只奔自习室与图书室而去。

这样的性格固然不错，毕竟心无旁骛才能持之以恒。但是，我来图书馆一个多月，居然直到今天才发现图书馆里还有这样一个隐秘的角落。不知我那过去的二十年是否也曾因类似的原因，错过了许多类似的偶遇。所以说，偶尔放下手头的事情去四处走一走、看一看，也不失为一个好的选择。

虽然我做出这个选择的时候，常常是出于被迫——我在图书馆泡了半个月，到 11 月初的时候又接到新的任务。

2019 年 11 月 12 日，百世集团冠名的浙江传媒学院迷马 FUN RUN 4.0 暨丁香医生·2019 全国大学生酷跑迷你马拉松公益挑战浙传站活动将在我校下沙和桐乡两个校区同时举办。

我加入的几个社团纷纷提前请我去拍摄现场画面，看到微信群发来的通知想都没想就应了下来。然而一查资料我才发现，这次任务的难度不小。

首先是拍摄地点在户外，时间又是夜晚，对拍摄者的技术要求颇高。其次就是这回要拍摄的活动规模空前盛大，参与人数极多。

去年举办的那届迷马跑光是我们下沙校区就有 2815 人参加，若连桐乡的学生也算上，总计有 4954 人跑完全程。这次的规模更是只大不小。

我在海报上大致看了眼本届迷马跑的相关介绍，光是主办这次活动的就有大学体育教学部、全媒体实验创新中心、工会、官方微信记者团、大学体育教学部体育社团等众多部门；又有学校保卫部、学工部、桐乡校区管委会、后勤服务中心、巨量引擎浙江分公司、校媒科技、运动世界校园 APP 等协办；百世集团冠名，中国青年报社、中青校媒指导，丁香医生公益支持。

不仅如此，许多学生社团也都安排了跟跑人员进行实况记录，以便在赛事结束后在自家公众号发布相关文章。

预测当天集结在这里的人将不下 3000。而且因为迷你马拉松是一项长跑运动，活动范围也非常广，起点在体育馆前，然后环校竞跑，全程5公里，中途还需要经过三个打卡点进行人脸识别的打卡环节。

这么多人在5公里长的跑道上有序地比赛对学校来说是一个非常大的挑战，因此为了维持比赛秩序和防止意外情况，学校还专门抽调保安在赛道周边防护，除打卡点外，又另设了几个服务点，安排人员在服务点为选手分发红糖水或热水，提供休息座位。

我本来只想拍张照片完成任务，可我的心却在查阅往届迷马跑相关介绍的时候被逐渐引燃，在得知我的室友都成功报名参赛以后，我心里那细微燃烧着的火苗终于开始变得澎湃，我也报名参加了迷马。

为了不耽误已经应允的摄影工作，我在比赛开始前的几天晚上就常去规划路线上走一走，提前熟悉赛道环境，也选出了几个采光适合摄影的位置。毕竟到时我要参与其中，不能保证在跑步时还有余力观察哪一处的光线适合拍照，提前勘察一番，好做到心中有数。

第10章　篮球新生杯，一个崭新的起点

第四届浙传迷马跑如期举行。2000多人的队伍已经聚集在体育馆前，更多的人还在陆续赶来。

活动组织人员有条不紊地穿梭其间，为赶来参赛的人配发荧光的头箍与手环。校党委委员、副校长李文冰手捧话筒致辞。

我站在体育馆的石阶上放眼望去，整条传媒大道已经被密集的人潮占满。潮头处是最为拥挤的，那些抢占了起跑最优位置的选手正摩拳擦掌，做着赛前的拉伸活动，俨然是为拔头筹而来。潮尾则稍显懒散，多是好友们三三两两地聚在一起或是欢畅地聊天，或是互相加油打气，显然这场比赛的名次并不在他们的考虑范畴，他们更在意坚持跑完全程时的欢喜与毅力上的自我突破。

从拥挤的潮头到松散的潮尾，参赛选手绵延百米，头顶晃动的红色或蓝色的“鹿角”与“牛角”汇成了一条荧光的长河。我在用相机记录下这一幕幕场景时，不由得想起了在开学典礼上老师们深情朗诵的那首诗歌——《浙广是一条河》。

浙广是一条河，一条由无数学子与老师汇聚而成的奔腾大川。就像这次迷马赛跑一样，这是真正意义上全校人的盛会。因为这一届迷马的参赛人员中还首次加入了教职工团队。跃跃欲试的老师们出现在学生的队伍里，每一张面庞都洋溢着学子一样的青春与容光。

8点25分，随着发令员一声枪响，这条青春的长河开始奔涌。

我也加入了前进的人群。可惜我不能跑得太快，一来我要随时拿起相机给参赛的人员拍照，二来我加入的电艺篮球队正在篮球新生杯的小组赛里打得火热，我不能在这里过度消耗自己的体力。

于是我全程用一只手按住挂在胸前的相机，缓缓地追随人群慢跑，只是偶尔加快脚步，跑到我前几夜选定的地方守候着选手们跑进我的镜头，然后按下快门。

这是一场竞赛与娱乐并重的比赛，我的镜头里也不分强弱。我既拍摄奋勇争先的种子选手的雄伟英姿，又不忘记录那些与好友并肩奔跑的休闲选手的灿烂笑容。

而教职工群体大多已步入中年，体力也不复当年，所以多数教职工都处在队伍的中后段与休闲选手一起，迈着养生的步伐一路小跑。也有几位身手矫健的老师硬是跑到了最前头，即便与种子组的学生相比也不落下风。

除了选手们，我还给在沿路服务的志愿者也拍了几张，一场比赛的顺利举行，跟他们的默默付出是分不开的。所以等跑完全程以后，我也加入了他们的行列，主要任务就是负责给后续加入抑或尚未跑完全程的选手添一碗补充体力的红糖水，并引导他们正确地完成打卡。

活动一直持续到晚上十点左右。根据赛后的统计，本届迷你马拉松赛跑，下沙校区的参赛选手是 3680 名，桐乡校区是 3183 名，比去年整整多了上千人。

总共六位优胜者从这近 7000 人的队伍中脱颖而出，获得了比赛最终的奖品与一张表彰荣誉的红皮证书。

我不认识下沙校区的前两名，但第三名我还记得。因为他正是我们电视艺术学院的，名字叫黄泽浩，我的 2018 级老学长。老学长领奖时笑得春光灿烂，在一众钦佩或艳羡的目光中潇洒转身，载誉而归。

可惜我这个当学弟的当时有任务在身，跑步时不能全力以赴，只能眼巴巴看着众人不断从我身后超过去，实在是件憾事。因此，后面再举办迷马跑的时候，我又专门参加了一回。这回没任务，也没顾虑，只管拼尽全力，奋勇争先。虽然最终还是没能拿到什么名次，却跑得酣畅淋漓，算是为自己弥补了一回缺憾。

这都是后话，当迷马跑完的时候，我们的篮球新生杯比赛也正到了决定出线的关键时刻。

其实这场球赛早在一周前就开始了。

开幕式的举行是在 2019 年 11 月 5 日，篮球队第一次招新是在 9 月 3 日，并在 9 月末与之后的“百团大战”两度招新。

但是，即便是在 9 月 3 日第一拨篮球招新时就加入篮球队的队员，他们的参训时间也不过短短两个月。

两个月时间并不足以让一名新手熟练掌握各种比赛技巧与赛场规则，所以能否胜出的关键更在于团队成员的选拔与磨合。也正因如此，篮球队的选拔可以说是所有社团里最严格的，“工作经验”一栏尤为重要。

想想也是，新生杯本就是新生之间的比赛。要是都参训个四年再比，那新生杯就该改叫毕业杯了。

何况新生杯比赛的时间似乎略显仓促，但场面仍然宏大，过程仪式感十足。与迷马一样，我们这场比赛同样也拉来了企业的赞助，巨大的广告牌立在赛场旁边，还真有电视转播赛事的即视感。

11 月 4 日最后一次赛前预热，5 日便在体育馆参加开幕式，男女篮总共十二支队伍将在为期十二天的小组赛里展开竞赛，并在其后的四天里决出最终的胜者。

开幕式上，大学体育教学部的张宏博老师首先宣读贺词。然后是电视艺术学院的慕善奇代表球员宣誓。没错，正是我的室友慕善奇。大学里每个人都在努力。显然，在过去的这段日子里，他也在自己最擅长的领域取得了骄人的成就。

而今天揭幕战出场的队伍正是我们电视艺术学院篮球队。我们电艺篮球队一向是浙传篮球队中的强队。

在第一节男篮对决中，尽管对面罚球首夺一分，可我们的心态丝毫没有受到影响，赛前制定的战略依旧，队友配合默契。很快就完成比分反超。而我也投出了本届篮球杯的第一个三分球。四节比赛下来，我们电艺篮球队与国传篮球队的最终比分是 71：34，看似胜得毫无悬念，但其中的惊心动魄只有我们知道。前两节比赛我们对对方可说是碾压性优势，尤其是第二节结束时，比分更是一度扩大到了 41：15 。

若是寻常队伍恐怕早没了再战的勇气，偏偏对面的国传篮球队却越挫越勇。自第三节开局就强势反扑，国传 13 号球员邱昱洋上来就是两罚两中，后面更是一路强打猛追。

我们这边的进攻势头一时竟有些被遏制住了。不得已重新调整战略，我和队友王思尧两人配合全力快攻才总算再度稳住局面。

当时只觉得我们是后劲不足，而对面是绝地反击，这才在气势上稍低了一头。现在回想起来，恐怕最主要的原因还是我们前期优势太大，以致第三节比赛有些大意轻敌，失了比赛该有的紧绷感，这才多次发生配合失误，并接连丢分。

好在最后是有惊无险，我们获得了最终的胜利，国传篮球队也向我们展示了他们的坚毅与骨气，两支队伍在比赛后相互拥抱，随后把赛场让给女篮。

仍然是我们电艺与国传的对决，女篮球员们英姿飒爽，攻守有致，精彩程度丝毫不逊我们男篮。

而且不知道是不是因为旁观了男篮的比赛，我们电艺女篮在第一、二节比赛中虽然也是大比分领先，创造了 20：10 的战绩，但是，她们后续的进攻势头丝毫没有半点松懈，反而一鼓作气，乘胜追击连夺 16 分，将比分战至 36：10。

最终我们的电艺女篮以 44：13 的绝对领先分数拿下了揭幕战的最后一场比赛。

电视艺术学院男、女篮两支队伍都得了一个开门红，整个电视艺术学院都为之振奋。慕善奇这个篮球队队长脸上更是风光无限，好几天走路都带风。

所以说，大学一定要多参加并且赢得几场赛事，比如迷马，比如篮球赛，又或是自己的某样作品从众多参赛作品中脱颖而出。这些经历都可以让一个学生受到众人的肯定，从而极大地培养一个人的自信心。

只是我却没空得意。学校那边又传来新通知：三级网格员党群小组干事正在招人。

我爸是党员，受他的熏陶，我还是半大孩子的时候就嚷嚷着要入党。但那时候的我并不知道入党究竟意味着什么，不知道“党员”一词背负的义务、责任、牺牲与使命。

现在我逐渐明白了其中的内涵，开始萌生了入党的念头。

而大学正是一个人入党的最佳时机。大一申请成为入党积极分子，之后是预备党员。只要自身足够优秀，大概在大三的时候就可以转正成为一名正式党员。

但我并不确定要不要劝别人积极递交入党申请书。因为据我观察，并不是所有人都对党员二字有清醒的认识。

中国人民大学国际关系学院副院长金灿荣教授曾在我们学校图书馆做过一场讲座。他说，中国共产党是做多累多，可什么也不说。这叫学习闻一多精神，虚怀若谷，礼让谦逊。

第 11 章　考试，大学生活的浪花朵朵

我是在大一入学的时候就递交了入党申请书。

班上申请的人不在少数。我不知道应不应该为入党人数多而感到高兴。因为我不能确定在数量如此之多的申请人的胸膛中跳动的是不是一颗赤诚的红心。

我想选择是，但我生怕不曾了解过这份责任的一些稚嫩的双肩担不起这样的重担；我想选择不是，可这一来又要为党和国家的命运担忧。

所以我想申请加入三级网格员党群小组，一边是向党组织靠拢，一边也想用我最擅长的镜头语言把党的故事传达给别人。光是讲还不够，要讲对、讲好，更要讲明白。

于是我文不加点地写了 1000 字的申请书递交上去，然后返回球场，继续我的比赛。

先是在小组赛顺利出线，然后在半决赛战胜对手，成功获得第四届浙传篮球新生杯季军。然后继续学习、备考、参加社团活动。

那时候班上就有人问我，明明大家都是一样多的时间，怎么我就有空东奔西跑做那么些事情，参加那么多活动，而他们却常常连写作业的时间都没有。

其实道理没多复杂。最紧要的一条就七个字：我不玩电子游戏。倒不是因为我不喜欢电子游戏。事实上，我很喜欢游戏。毕竟它被称为第九艺术，许多游戏都包含创作者对哲学命题的探讨，对社会问题乃至政治制度的表达与思考。

而且比起电影与电视这些传统的视听艺术，游戏往往有着更强的沉浸感。玩家可以在游戏中扮演主人公去亲历故事，甚至可以决定剧情的走向。这种沉浸感给人带来的冲击更强烈，引发的思考也就更深入。只是虽然类似的优秀游戏不少，可大部分人玩的都是适合大众的休闲游戏，其主要功能就是消磨时间。

玩游戏其他好处还有锻炼反应能力、活跃思维云云。但是这两条，其实多少有些自欺欺人。

网球、排球、篮球、足球哪个不能锻炼反应能力？下棋、打牌哪个不能活跃思维？而且既能锻炼身体，又能休息眼睛。

所以要讨论这个问题还是得抓住本质。玩游戏最重要的两个功能无非就是消遣和社交。消遣即是娱乐，娱乐就是放松。空闲的时间放松一下本来无可厚非。唯一的问题是，大学的空闲时间实在太多，而娱乐的时间又总是过得很快。于是玩个游戏一恍神的工夫，一天时间就已经悄然流逝。尤其是周末的时候，常有许多人起床就坐到桌边打开电脑，于是就一整天不再起身，连吃饭都要叫外卖。而稍有些自制力的人则通常会给自己制订一个小小的时间规划。比如每天玩游戏不超一小时或者两小时。

但即便如此，也要想明白，无论计划中的游戏时间是一小时还是两小时，这一天的空闲时间都已经比别人少了这一两个小时。就是这一两个小时已经足够别人完成一天的篮球训练、一项社团活动、一样课后作业或是考试前的复习。

况且很少有人有能主动从娱乐中抽身的自制力，尤其是当舍友或者自己的朋友都热衷于某款游戏的时候，为了让自己更合群，或者说和他们能有更多话题，难免会忍不住一起在游戏中度过一天又一天。于是周末的时光就这样被消磨殆尽。

因此我是不支持大学生在学校里玩游戏的。理解，但是不支持。

至于依凭游戏可以实现的娱乐与社交功能也完全可以寻找其他的活动来代替。比如给自己找一个爱好，然后通过这个爱好去结识自己的同好。

无论何时何地，社交都不只是自己周围这个小圈子的事情，试着走出寝室，外面的世界更广阔，也有更多美丽的故事等待被发现。

玩游戏一定会导致时间的浪费。即便我不玩游戏，也觉得时光在一天天飞逝。

转眼就是我们考英语四级的日子。英语四级考试与以往的考试最大的不同在于四级考试一共有三套难度相近的试卷，且多出来的两套不是作为备用，而是同时开始发放。并且同一考场中，要保证相邻两个座位的学生不会拿到同一套试题，以此来减少考场作弊现象的发生。

当然四级考试这么做是因为英语四级的分数并不重要，只要过了线，无论成绩如何都会拿到证书。

可以把它看作一场测试，只要成功过线即可，过线时分数的高低并不会产生任何影响，因此不同试卷带来的微小的分数差异可以忽略不计。

只是这一来又会产生一个新的问题，那就是三套试卷的听力也不一样，每位考生只需要听自己试卷上的听力题目即可，播放另外两道试题的听力内容反而会干扰考场。因此，英语四级考试采取的方法是为每位考生配套一副头戴式耳机。

我拿到的耳机是黑白色的电池款，一边配有一个老式的反射式液晶屏幕与调节电台频率的按钮。

为保证发下来的耳机都是可以使用的，考试前学校会统一安排几次耳机调试，即考试前几天，学校的电台会在考试时将占用的频段里播放歌曲或者往年的听力试题，这样考生就可以提前把耳机调到合适的频段。

但是，不管老师怎么三令五申，考试当天总还是有人会出各种状况：有忘调频段的，有没带耳机的，甚至还有带了耳机却忘记带电池的。于是又要到处找人借或者请老师帮忙找备用耳机，既影响了自己的考试心态，又干扰了旁人。所以最好养成在开考前一天晚上就把准考证、学生证、一卡通之类考试要用到的东西提前装好的习惯，免得第二天出门匆忙会丢三落四。最好出门前和进考场前能再多检查几遍。

其他也就没什么好补充的了，英语四级考试流程跟高中英语考试无异，仍是填涂答题卡，往答题纸上誊抄答案，诸如此类，不再赘述。

总之，既来之则安之，只管放平心态答题就是。英语四级难度并不高，只要高考时英语合格，基本就可以拿到四级证书。但有一点要提醒，大学考试作弊是极不明智的行为。

在大学，考场作弊是一种非常严重的违纪行为，轻则严重警告，重则开除学籍。尤其是在英语四级这样的全国性考试作弊的，面临的惩罚更是非常严苛，除了学校处分，还极可能要承担法律责任。

所以考试前学校一定会让学生签署诚信考试声明，开考时黑板上也常书十六个大字："考试失利，还有机会；考试作弊，取消学位。"

因此即便是出于利害考虑，也完全没必要为了这么一场每半年就会举行一次的考试葬送了自己的大学，乃至整个前程。大不了复习复习，下个学期再考。只要肯努力，总归还是能过的。

我的英语四级成绩出来就是下个学期的事情了。结果跟我预想的一样。果然成功过线，而且分数还高出分数线不少。所以，我想在接下来的日子里继续攻关，也试着去考个六级回来。

六级的英语水平差不多就足够应对国内的各个岗位了。至于雅思、托福……我现在还没有出国留学的打算，所以暂且搁置，日后需要了再考不迟。

其实像英语四、六级这样的考试其实还好说。大学四年有八次机会，尽可以放心大胆地去尝试。真正需要特别注意的是普通话水平测验。普通话水平测验分为一级到三级三个等级，其中一级最容易，三级最难。而每个等级又划分为甲、乙、丙三个小层级。

虽然大学的毕业条件里并没有对普通话水平测验提出硬性指标，即不要求学生在毕业前一定要拿到某个等级的普通话水平证书。

但是，如果今后想要从事教师行业，那么普通话考试就成为大学四年的必考项目之一。非但要考，而且等级还一定要达标，通常来讲，要达到二级甲等水平。

最需要注意的是，普通话考试虽然也是每半年即可报名一次，但是，它的考试名额有限，有时甚至整个班只能分配到寥寥几个名额。因此，一定要在大一、大二名额尚充足的时候就赶快完成普通话水平测验。而且由于它不像英语四级那样需要层层升级，即便是初次参加普通话考试也可以任选某一等级参与，所以老师们通常会建议在第一次报考的时候就选择二级。二级过了，也就没有再考一级的必要。

我大概是在英语四级考试结束后，就报了次年 1 月的普通话水平测验。毕竟资格证书这种东西，拿了用不上总强过用时拿不出来。

但老实说，我其实也不知道自己说得对不对，更没想清楚以后要不要去当老师。而且在大学前我说普通话的机会并不多，除了外出旅游，几乎都是在说家乡话，直到大学开学以后才算把普通话当作日常交流用语。我想，在这点上与我类似的人应该不在少数。

第12章　解读

另外，我觉得说不说普通话还是要分场合的。出门在外多说普通话的确方便交流。可若是在老家，大家都用家乡话交流的时候，再用普通话就有些格格不入了。

毕竟推行普通话是社会进步的需要，可保留地方方言也是在为保存中华优秀传统文化做贡献。方言中有不少词汇的读音是直接沿袭的几百年前甚至上千年前的读音，例如部分闽南话发音、江浙地区的仄声等。

保存它们，对那些解读中国古代历史和文艺作品的历史学家和语言学家来说是莫大的帮助。可是说方言太多也有一个坏处，那就是多数地区的方言和普通话其实是存在着明显的口音差异或者不同发音习惯的。所以即便是在讲普通话的时候，许多人也常常会不自觉地带出一些本地口音。

这种地方口音很难在日常生活中自我察觉到，却是普通话考试的重点扣分项，因此在开考前重新学习普通话就变得尤为重要。

文学类与语言类的专业还好，一般在上学期的时候学校会开设普通话课程，可以通过专业老师的指导来提高自己的普通话水平。其他不开设这门课程的专业的学生就只好靠蹭课，或者从网络上自己寻找视频来学习了。

不要只把它当作一种语言，而是要真正把它当作一门学问，去了解自己家乡口音的发音习惯，并在考试前努力纠正它，学习普通话的标准发音。当然，光是发音准确还不够，还需要丰富的词汇量、熟练的朗读技巧和语言组织能力。普通话考试是单人考的，小房间里只有自己一个考生，对面就是主考官，有时还会有一个副手在旁协助。

考试题目是三个：一是读出给定的词汇；二是朗读给定的选文片段；三是命

题说话。其中第二个是最简单的，因为题库里文章是固定的。买一本普通话教材，考前把题库里的文章通读一遍，不认识的字词查好，读熟记牢，到时语句通顺，逗号、句号停顿得当，不要读得磕磕绊绊，基本可以过。

困难的是第一题与第三题。

第一题主要难在要记的词汇实在太多，而且词语之间互不关联，只能死记硬背，因此在考试前需要拿出大量的时间去牢记每个词的发音。而第三题，命题说话则难在如何就选定的题目说满考试要求的 3 分钟。

一般来讲，命题的题目会在进入考场前 10 分钟左右给到考生手里，以便让考生有足够的时间打个草稿。

即便如此，也常有考生因为过度紧张而导致语速过快或者思维空白，常常在一两分钟时间内就把自己提前想好的内容说了个底儿掉，于是剩下时间只能期期艾艾地没话找话，或者与考官大眼瞪小眼挨过这漫长的最后一分钟。但在我看来，这个题目其实并没有想象中的那么难。

普通话考试主要考查的对象是考生的普通话，而不是考生的作文能力。换句话说，主考官并不会把主要精力放在你谈话的内容上，考官更在意的是你在这 3 分钟内的口音是否标准。

因为在进行命题说话的时候，人的大部分精力都会放到组织题目相关的讲话内容上面去了，从而特别容易导致考生忘记对自己口音进行调整，于是“原形毕露”，各种家乡口音自己就冒了出来。所以答题时一定要时刻牢记普通话考试最看重的是说话口音标准与否，而不是讲话内容。只要在这 3 分钟里说的话跟命题的题目大致相关，不要总是卡壳，或出现无话可说的局面就不会出现太大的问题。

可惜我第一回参加普通话水平考试的时候就忘记了这一点，只一门心思想着说些什么才能契合题目，结果口音果然跑了出来，以至于考试结束的时候，主考官凭我的口音就准确地判断出了我的老家在哪里。

另外，与普通话考试差不多同时开考的重大考试，还有计算机一级考试。与英语四级考试一样，计算机一级考试也是浙传要求毕业前必考的一项考试。没有计算机一级证书，就拿不到自己的学位证书。

因此，计算机一级考试也是必须去参加的。关于这一点我还是能理解，毕竟常听人说，现在的人不会用计算机的话就是半个文盲。至少 Word、Excel 和 PPT 这三个学习和工作中常用的软件是要学会的。

但是，我并没有在大一上学期的时候就报名参加计算机一级考试。原因是在大一的时候，几乎所有专业的学生都会上通识课，而不是自己的专业课。教授计算机相关内容的信息技术就是众多通识课中的一门。因此，我打算在学完信息技术课以后再报名参加计算机一级考试，通过一年的学习再去考总会更轻松一些。

而且在这一年时间里，自己也会在完成课后作业或社团任务的过程中用到电脑，熟练度比大一上学期一定是有所进步的。

或许到时候可以越过计算机一级，直接报考二级。何况计算机水平考试的名额非常充足，不需要像普通话考试一样太早完成。

时间到这里差不多也就要期末考试了。回头一看，整个大一上学期似乎就是在不断的考试与准备考试中度过。所以要想在大学提升自己，那自己的大学生活就不见得比在高中轻松到哪里去。不过比高中幸运的是，大学对期末考试的成绩要求并不高。

一是因为考试分数只要及格就算课程合格，二是期末考试成绩在全学期的综合成绩评定中占比并不高。没错，大学的学期末的成绩不再是只看学期末的那场考试，而是具体为三大块，分别是平时成绩、期中成绩和期末成绩。三者按照一定的比例进行折算，最终得出学生的学期末总成绩。

其中，平时成绩的获得主要是看学生的日常出勤、课堂表现和课后作业的完成情况。基本来说，只要学习还算认真的，平时成绩都能拿到 85 分以上。

若平时表现优秀一些，或者老师宽容些，那么平时成绩拿满分也是常有的事。而期中成绩也同样可以轻松考到比较高的分数。因为期中考试通常只是自己班级上举行的一场期中测验。试卷都是任课老师自己出的，内容也大都是课堂上讲过的。与其说是考试，不如说是对旧知识的巩固，而且有些课程的期中考试还并不是传统意义上坐在桌前的考试，而是通过一些课外活动来进行这半个学期的学习成果检验。比如运用所学摄影技巧拍摄几张照片，或是拍一部短片发到老师邮箱，写一篇电影观后感，从视听艺术的角度分析影片，等等。

因此，想要在期中考试中拿到80分以上的成绩，问题也不大。唯一评定标准还算严苛的考试就是期末考试。而期末考试的成绩折合进综合成绩时，通常是按照60%进行折算的。也就是说，如果自己的平时成绩和期中成绩都达到90分的话，期末考试只需要考40分就可以保证自己的学期末综合成绩及格。因此我经常在考试前几天翻看一下自己的平时成绩、期中成绩，并算一算期末我考多少分就可以及格。

虽然期末考试的成绩肯定是越高越好，但是当确信自己一定可以顺利过关时，考试的心态会不一样，就不会有太多的顾虑。以一个轻松的心态应对考试，往往可以取得出乎意料的结果。

但是，我并不鼓励太早去计算自己在期末考试应该考多少分。因为如果太早知道自己只需要考四十几分就可以成功过线的话，那么，考前复习起来往往就没有动力。如果奔着一心想着只考四十几分就可以成功过线的话，最后结果出来只会让自己大失所望，甚至挂科也不是没有可能。

挂科是大学里常听到的一个词，意思是某一科目挂掉了，没有考过及格线。在大学，挂科可以说是一件非常糟糕的事情。虽然挂科后，学校会在正式开学前几天安排一轮补考，但是，无论新补考的成绩有多高，在最后统计时都只会按照等级C，也就是60分写入档案。而大学毕业是要看专业课绩点的，也就是要把四年里全部的学期末成绩加起来，再按照一定比例折算来看是否满足毕业条件。

如果挂科的课程太多，补考的次数太多，那么最后的总分数很有可能就达不到毕业要求的分数线。到时就要多留校一年以重修或新修一门课程来填补，解决起来非常麻烦。

因此，千万不要想着补考，最好一开始就不要挂科。努力学习，分数越高，对自己将来的发展也就越有利。即便不谈将来，只看眼下的利益，也一定要考得越高越好——大学是有奖学金的。从一等奖学金、二等奖学金到优秀团员，甚至优秀寝室都可以获得相应数额的奖学金。如果成绩特别优异，还可以申请国家级奖学金。

无论奖金多少，也不管自己班上争取到了几个名额，人员的选定都是最让班干部头疼的事情。因为大学评定奖学金的系统非常复杂，除平时成绩，期中、期末成绩外，还要看学生的综合素质分数。而不同学生的综合素质分数可能相差极大，甚至完全超过了期末考试成绩的分数差距。

第 13 章　色彩斑斓的素质拓展

与绩点不同，素质拓展分的获取几乎完全来自课外，包括但不限于社团活动、志愿服务、课外实践和校园讲座。即便是那些看似与课程相关的项目，比如之前提到的普通话考试和计算机一级考试等，也仍需在课余时间去自行报名、准备和参加考试。这对我来说自然不算什么，我个性一贯开朗，又兼心思活泛，哪怕不用分数诱哄着，我也乐于去多尝试几样课外活动，所以这分数在我看来几乎等于白送。

然而，旁人并不这么想。班上仍有相当数量的同学只一心一意专注于课业，而完全忽视了课外活动的重要性。究其原因，或许是高中潜修三年的惯性尚未消退，又或是其内向、拘谨的性格使然。但无论如何，课外活动的参与度过低，都会导致他们在学期内无法获得足够的素质拓展分。

于是在学期结束，班上进行综合素质测评的时候，常会发现那些平时课堂表现优异，期末考试成绩也名列前茅的同学，综合成绩反而落后于别人。若这事只发生在那些排名不那么靠前的同学身上倒也还好，名次高高低低，横竖也不会差出多少，不必过分计较。可一旦发生在班级前几名同学身上就麻烦了。

因为综合素质测评排名的先后不仅显示了谁比谁的表现更优异，还决定了哪些同学可以获得奖学金，以及所获奖学金的数额是多少。利益一向最考验人与人的关系，哪怕是同学、室友也不例外。

更何况学校总是要先出考试成绩，再出综测排名。如此一来，那些拿到考试成绩后，满以为自己能获得奖学金的人，却因为素质拓展分偏低而被取消了资格，这事放在谁身上也会于心不甘。

这还算是好处理的，最要命的情况往往发生在大一下学期——据我了解，几乎每年每届每个班级，在进行第一次综合素质测评的时候，会有不少同学连素质拓展分是什么意思都不知道，更别说有没有在学期内努力积攒过了。

因此，这些人要么只能茫然无措，守着一张空表无所适从，要么会抓住最后的机会，匆匆找到自己以前参加过的活动的组织者，索要活动记录作为依据提交，借以迅速提升自己的素质拓展分。补分失败了的，往往更添怨气；而加分成功的，又免不得要招人猜忌。

尤其是当后者同时还是班干部一员时，这种怨愤与猜忌也会变得愈加严重起来。搞不好全班都会怀疑后者分数的迅速增加是利用了职务之便以权谋私，并由此引发班上同学对班干部整体的不信任，严重打击双方的积极性，破坏班级的团结，致使后续的管理工作难以开展。

曾有一位大一的班长就类似状况来找我，挺负责的班干部哭得两眼通红。原因是她的考试成绩是全班第五，跟前四名并没有相差多少。而她上学期忙里忙外参加了不少课外活动，等综测的时候素质拓展分往上一加，成绩居然变成了全班第一。结果这消息一公布，各种风言风语也就紧跟着传了出来。

因为不少同学都注意到这位班长前几天的素质拓展分其实并没有多少，可最后几天却在源源不断地往上加。同学们心有怨言，被反超的同学也觉得不是滋味。可这位班长心里同样也有委屈。她说又不是无中生有地胡乱加分。那些课外活动本来就是她实实在在参加过的，只不过之前懒得申请，觉得不差那点分数。等综测初版的排名出来了，她才惊觉自己加满素质拓展分的话完全可以拿到第一，于是后面几天她就把分数加了回来，哪想到同学们竟会这么说她。

我听了也只能告诉她说这件事发生了就发生了，别多想，以后多把班级团结放在首位也就是了。我没法评判她的做法到底对不对。

这种两难的问题抉择起来一向要命，无论选哪边都会觉得不合适。像她这样只牵涉自己的情况还好说，大不了委屈一下自己，能补加的也别去补加就是了，权当是当班长的顾全一下大局。

可是，如果需要补分的不是她，而是她的朋友呢？总不能因为人家是班长朋友，就取消人家的补分资格吧？可要是同意补分，最后还是逃脱不了用权力做人情的嫌疑。因此，我觉得处理这种问题的最好办法就是从一开始就别让这样两难的境地出现。

学院让传达的信息一定要传达到位，要确保班上的每个同学都能接收到，而不是只当任务一样，转发到班群里就万事大吉了。等回头需要用到的时候再去群文件里一看——已阅读人数 0，那这消息还不如干脆不转发呢。而且光传达到位了还不够，中间还得不时提醒，尤其是素质拓展分这种从通知、获取到最终申报填表中间跨度极长的事项，更是要多在班上念叨两遍。

带大学生不比带小学生容易。人虽然都听话，课业也算得上轻松，但杂七杂八的事项太多了，忙起来很容易把一些事都抛在了脑后。所以当班干部一定要记得时常提醒，别等快到 DDL（截止日期）了才去催他们赶紧填表上交。

当然，其他学生也别真把班干部当成了保姆，别什么都指望着人家通知，自己平时也得养成留意多方消息的习惯，无论班群的公告、群通知还是学校里张贴的海报和各项须知单，能看的都看两眼，毕竟扫一眼也花不了多少时间。获得的信息多了，错过的事情才会少，也就不至于将来需要的时候缺乏准备。我们班的综测倒一直进行得很顺利，大家按部就班，没出现太大的争议。虽说大一那会儿，也有同学在我路过他身边的时候问我素质拓展分到底是什么意思，以及该如何填写，可他并没有怨气，反而笑得尴尬又羞赧。因为整个班上就他一人不知道，那么到底是我没传达到位，还是他自己没把事放心上，大家都心中有数。第一学期总成绩下来，我的综测排名全班第一。同学们仍然没什么意见，因为我的期末考试成绩已经是班级第一。

就这样，大一的时候我就顺理成章地拿到了第一笔奖学金。

第 14 章　奖学金与助学金之惑

至于奖学金的数额，校级奖学金是因校而异的，不同学校奖学金多少也有所不同。我所在的浙江传媒学院，其一等奖学金设置在每学年 5000 元整。而国家奖学金的数额则是全国统一的，每学年 8000 元，另外还有为困难生额外设定的国家励志奖学金。只是国家奖学金是要大二以后才可以进行申请评定的。但这并不是说大一的成绩无关紧要，如果有心冲击国家奖学金的话，第一学年仍然要取得优异的成绩，至少也要进班级前十。

另外需要提到的就是助学金了。助学金总共分为三档，同样也是一档最高，每学年 3000 元。如果家境特别困难，可以在入学报名前就申请“绿色通道”来免除每学年的学杂费，或是申请无息助学贷款。相关内容的说明通常会作为附件与录取通知书一起发放到学生手里，以方便需要的同学在开学前准备好申请时需要的材料和证明。所以收到通知书的时候，留神别把里面的文件弄丢了。另外，说起助学金，有几个问题总是回避不了的。比如关于助学金的申请问题，几乎年年都是一大社会热点。来来回回探讨的总是老三样：

一、明明是困难生，却不愿申请助学金；

二、明明不是困难生，却在申请助学金；

三、关于助学金的使用问题。譬如有些人拿到助学金就立即大手大脚花掉，或受别人怂恿而用助学金请客吃饭，等等。

在我看来，第一个问题是最普遍也是最不该出现的。

为此，我还曾多次找班上的困难生交流过，问他们在申请助学金的时候有没有什么顾虑。答案不出所料，顾虑果然还是有的，而且主要集中在两个方面。一个是基于“面子”问题的考虑。这也是我最不认可的理由。面子或者说尊严，当然很重要。但是，拒绝接受国家的帮助绝不是体现尊严的最佳方式，独立和自强才是。

何况助学金虽然是直接用于补贴学生的生活，但其实质却是帮助家长，是在减轻长久以来一直供养子女生活学习的家长的负担。拒绝申请这些用以缓解父母压力的助学金，非但不是体现自己尊严的行为，反而是慷父母之慨，连为人子女的根本都失去了，对保全尊严更是有害无益。

贫穷从不是一种耻辱，生来贫困更不是自己的错误。畏首畏尾，安于贫困，不愿意改变才是最该引以为耻的。而对一个学生来说，最好的脱离贫困的方法就是在该学习的年纪接受来自国家和社会的帮助，抛却一切杂念，潜心学习。只有等学业有成，有了足够的知识与技能，才有实力摆脱贫困，维护自己的尊严。

因此我向来不赞成贫苦的学生以“面子”这一荒唐的理由拒绝申请助学金。但是，他们所提出的第二种顾虑，就比较现实且发人深思了。他们大部分都会担心在申请助学金之后，会被身边的人另样对待。这种顾虑乍看与第一条理由相差无几，实则有着云泥之别。前者是以自己生而贫苦为耻，是一种扭曲的三观，的确应当予以批评指正，但后者是在切切实实地表达自己的焦虑，是对未来有可能遭受的不公正待遇的一种担忧。因为现实的确如此，不是所有人都能做到对旁人一视同仁。

无论学校还是地方，都不乏一些人会以别人的家境来决定自己对这个人的态度，包括但不限于漠视、孤立、歧视乃至攻击和霸凌。而大学又多是寄宿制管理，换句话说，学生几乎全年都和同学生活在一起。一旦他们的社交环境出现问题，的确可能会对他们的身心健康造成不可估量的影响。所以，这些同学的担忧不无道理。

只不过这种因害怕被极少数人欺凌就主动放弃申请助学金的做法，在我看来仍然是不明智的。逃避并不能解决任何问题，因为别人的错误三观而放弃自己的权益更是得不偿失。

其实，细想之下，这个问题并没有看上去那么难以解决。因为大学毕竟与高中存在很大的不同。最明显的差异就是大学有着更自由也更宽松的管理方式。大学的课外时间是远比上课时间要长的，而流动的授课方式又使得同班同学的关系也比高中时要松散许多。

也就是说，在大学的时候，一个人的社交圈将不再被班级局限，而是更需要自己在其他时间去认识和结交与自己志趣相投的朋友，开拓自己的社交圈。道不同不相为谋。有时候完全没必要强迫自己去融入那些与自己并不相容的社交圈。强求来的结果有时候未必如自己想象中的那样美好。

领悟到这一点，积极去别处寻找三两个知心好友，那么这种关于被孤立的担忧也就烟消云散了。况且功利一点来说，申请助学金、进行困难生的评定也是应聘学校勤工俭学岗位的先决条件。

勤工俭学的岗位只面向困难生开放，可申请的岗位包括教授助理、办公室助理、图书管理员等几十种之多，每月工资 800 元，旨在通过以劳动换薪酬的方式为困难生提供基本的生活保障。因此，需要申请助学金的同学，一定要去申请；而不需要申请助学金的人，则坚决不要申请。当自己的同学处境不如自己的时候，不但不去给予帮助，反而还想着去侵占他们的名额和权益，可说与偷盗无异。只是判断一个人是不是困难生对普通的班干部来说还是过于困难了。身边的同学来自天南海北，大家很难了解对方的家境究竟是否真如他所说的那样。

如果仅是从对方的穿着打扮和生活习惯来判断，又很容易伤害到一些真正的困难生。因为困难生也是需要体面的，贫穷绝不意味着他们就要衣衫褴褛、形貌粗陋，不意味着他们要卑微地去符合大众心中对贫困生的印象。

我们应当尊重他们比常人更敏感的心。何况也有许多困难生会利用课余时间去从事各种兼职来提高自己的生活水平。

因此，当发现自己班的确有困难生表现得不符合自己对困难生的印象时，不要武断地认定他是在假装困难生以骗取助学金，更不要在班级中散布类似的怀疑言论。最好的方法是去找辅导员，然后尽可能全面细致地向辅导员反映自己的看法，由辅导员去对该名同学的家庭情况调查核实。

这样既可以避免自己冤枉同学，又可以帮忙维护真正的困难生的权益，为困难生群体保全宝贵的名额。

当然，也有些贫困生的确做得很出格。明明家境不好，也没有多少兼职收入，可消费起来却大手大脚，丝毫不考虑家里的经济条件是否可以负担得起。像这样的困难生其实也比比皆是。

我们班上没有这样的学生，我也不知道个中缘由是什么。想来多半还是自卑心理作祟，害怕别人因为困难生的身份而瞧不起他，于是就豪掷千金，希望以此来摆脱“嫌疑”。但无论原因是什么，这种做法都是不可取的。

如果发现自己班上有这样的同学，可以友善地提醒一下或进行劝阻。只是方式要尽量柔和，最好是在没有旁人在场的时候委婉指出。

如果能处理好奖学金的分配和助学金的申请问题，班上的班务基本就算解决了大半。

第 15 章　家人，我心中最后的防线

大学重要的不仅是校园生活，合理安排自己的假期活动也同样重要。

假期内参加一些比赛或公益活动同样也计算在评奖评优的参考项内。所以放假的时候，不妨出门为自己找些事做，既可以锻炼自己的能力，又可以增长见识，积累些人生阅历，还可以丰富自己未来简历上的内容。

不用怕没事做，只要想找，到哪儿都有忙不完的差事。

我在大学的第一个寒假始于 2020 年的冬日。离开学校的时候，我没有直接回家，而是去了我奶奶家河南省扶沟县韭园镇大王庄行政村。

我奶奶 80 多岁了，她身体不好，还伴有小脑萎缩，2015 年 6 月的时候因不小心摔倒造成多处骨折，由于做完手术康复锻炼没有跟上，至今卧病在床。2020 年元旦，病情又突然加重，好在抢救及时，并没有生命危险。

但我爸心有余悸，生怕这边再出什么状况，就跟上级请了假一直留在老家看护，因此一放假我直接买了回老家的车票。

老年人身子弱，哪怕身子骨还健朗的都比不上年轻人禁折腾，更别提我奶奶这个长年卧床的病人了。医院里来回一趟，皮肤比之前暗了一大截，头发干得像枯草，整个人憔悴得不成样子，任谁见了也难免心酸。

想也是，辛辛苦苦一辈子，好不容易盼到儿女成家立业，可自己还没享两天清福，就落下了这样的毛病，只能亲眼看着别人携家带口四处走动串门、拜访亲戚，自己却连翻个身也要旁人来帮。

只是再心疼的话也得放在心里，不能说，更不能挂在脸上。老人敏感，我们脸上有多难过，他们心里就有多自责。

这样的心理在老一辈人身上尤其常见。不知道是天下所有的老人都这样，还

是说这只是专属于他们那代人的特殊烙印，似乎比起痛苦和辛劳，他们更害怕的总是羸弱和无用——怕自己年纪大了，怕身子骨不行了，怕再帮不上儿女的忙，怕自己活着只会给儿女添麻烦。

因此，但凡一家人住一块儿，洗菜、做饭之类的家务活，老人总是要抢着干。

要么就是拿着些不知道从哪里翻找出来的旧物件，想着怎么去修修补补；要么守着永远满当当的针线盒去织毛衣、缝裤子，不辞辛劳地做着一双又一双早被时代淘汰了的布鞋。

如果家人一定要拦着，什么也不让干，他们反而会成天地心慌和焦虑。我亲戚家如此，朋友家依然如此。

有次我去朋友家做客，他奶奶就在纳鞋底。老太太挺大的年纪，戴着一副厚厚的老花镜，一遍又一遍地穿针引线。我在旁边看了一会儿，还是忍不住上前替她把线穿好。我说您图什么，这年代早没人穿这种鞋了。她心里也清楚，她做的满满一箱子布鞋至今还在她脚边搁着。除了她自己，压根就没第二个人穿。

但她还是不停地做。她说手上要是不做点什么，总感觉心里空落落的。我心想这老太太还挺可爱的。我说您干吗还要纳鞋底呢？儿子又不会不管您，何况您都养他几十年了，也该您白吃白喝一回了不是？但她还是继续纳鞋底。

她家人起先劝过几次，后来也就由着她了。其实想想这也没什么不妥的，能劝老人放下手里的活计，轻轻松松、自由自在地去休闲玩乐自然最好。可如果不能，那么由着他们，让他们自己忙碌也不算什么坏事。

一句话，只要老人家高兴就好。让老人随着自己的心愿“有所事事”，总好过让他们无所适从地每天发呆。可转念想到奶奶，我的心情一下子就沉重了起来。

我想她会不会也有这种心理？她会不会也常因为自己再不能做些什么而感到心慌和焦虑？需要和被需要都是人的基本需求，可她已然不能再通过忙碌来获得被人需要的踏实感，反而因为身体的二级残疾，无时无刻不需要人来照顾。想来这样的落差无疑会加重她内心的自责与痛苦。

后来听我的姑姑讲，她来照看我奶奶的时候，的确常看到奶奶一个人躺在床上望着天花板默默流眼泪。我没见过奶奶流泪，但这场景只想想就觉得心酸。

可我不是妙手神医，无力还奶奶一个健康身体。我只能用自己学过的一些浅薄的道理去试着开导奶奶。我常跟奶奶说，人中不中用不在于做了多少事，也没人在乎老人能为家里做多少贡献。如果硬要说有，那老人能为这个家做的最大的贡献就是好好活，没有任何事能比这仨字儿还重要。

真的，不求老人手脚麻利，勤恳吃苦，但求他们能好好地活在这世上。哪怕大家相隔万里，哪怕一年只能碰一次面。

都说游子是老人的牵挂，老人何尝不是游子的心之所系呢？父母在，家就在，子女们走多远都不会觉得飘零无依。何况老人的存在对整个家族来说也是意义非凡的。随着中国城镇化进程的加快，许多人早已经离开了生养自己的地方，同一个家庭出来的兄弟姐妹，可能分布在全国各地。那些仍然留守家中的老人们可说是子女与故土所剩的唯一羁绊。

一旦老人撒手人寰，子女扎在这片土地上的根说不定哪天也就轻悄悄地断了。

随后失掉的就是联系越来越松散的儿时玩伴和走动越来越少的老家亲戚。彼时的家终将就此瓦解，那曾枝开叶散的家族老树，终究在某个黄昏委地。

所以老人一定要保重身体，因为他们早已经和“家”这个词融为一体了。

当然，还有一条我还一直没有跟她讲过，那就是无论她身体状况如何，只要她还在，我爸就永远可以是“谁的孩子”，而不仅是谁的丈夫、父亲或兄弟。

这一点很重要，尽管我现在还不知道这一点的重要性在哪，但我心里模糊地认识到如果失去了这一身份，我爸的心里大概也会永久地缺失了什么。

总而言之，无论是我们这些被当作全家的希望的孩子，还是维系着整个家族关系的老人，或者撑起这个家的、步入中年的父母，保重身体，健康平安，才是每一位家族成员最希望看到的。

2023 年 7 月 11 日，奶奶驾鹤西去，永远地离开了我们。同是 7 月，记得爷爷去世的时候是 2011 年 7 月 2 日，同样的月份，可能是为了在黄泉之下他们两位老人能够更好地相遇吧。

奶奶去世当天，我刚刚受命出差前往西北大漠拍摄纪录片。父母、大伯等亲人瞒着我，怕影响我执行军事采访任务。出差回家后我才知道这个消息，心里很不是滋味。这不由得让我想起了我的姥爷。由于我出生在徐州，离爷爷奶奶很远，从小在姥姥姥爷家长大，爸爸妈妈一上班，就由姥姥姥爷带我。虽然我是外孙，但是与姥姥姥爷的感情不亚于亲孙子。

我上大三的时候，姥爷因病去世，爸妈怕耽误我的学习，也隐瞒着没有告诉我。

在办完丧事之后，舅舅用爸爸的手机给我打了一个电话，从他哽咽的语气中，我能听出他在故作坚强。

“皓皓，你姥爷走了，家里有我们在，就没有通知你回来，你要化悲痛为力量，在学校好好学习。”

那晚，我一人坐在学校食堂门口的长椅上难过了很久。

再说我的奶奶，印象中她对我一直都是严格的。

爷爷去世后，奶奶成了我们家的常客，父亲经常把奶奶接到徐州来和我们一起生活。

我当时年纪小，特别痴迷于网络游戏，爸妈上班以后，我总是偷偷地跑去书房短短地过个瘾，这让我练就了一对“顺风耳”。

一听到楼道里熟悉的脚步声，我就以迅雷不及掩耳之势，关游戏，关机，断电源。这一套流程我早已熟能生巧。有时还真能把爸妈骗过去。

可是，奶奶就住在书房，每次我一顿操作后赶紧从书房跑回卧室假装学习，没过多久，家里的门就开了，奶奶逐渐懂了我的意图。

到了晚上，我的一切伪装终究被揭穿，奶奶把我的“操作”一五一十地告诉了父亲。刚开始他装不知道，跟我玩了几次心理战，我被抓了几次现行之后的一顿毒打是跑不掉的。

为此，我总是埋怨一定是奶奶告的密，可奶奶每次都是笑而不谈。后来我才明白，她何尝不知孩童时期小孩贪玩的欲望，只是希望我少些对爸妈的欺骗，想让我踏踏实实地读书学习。

如今，爷爷奶奶已故，我也正在步入社会实践的路上，我好想回老家去给老人家的坟前添点新土啊！

我希望看到这本书的人能有空多回家看看父母，或是回老家多陪陪健在的爷爷奶奶聊聊天，学生小半年都在学校里度过，能陪家人的时间实在不多，等以后工作了，时间可能就更少了。展望未来，为更好的明天奋斗的时候，也请多回头看一眼，别让自己的今天留下遗憾。

第 16 章　老吾老以及人之老

当然，除了自家的老人，其他老人也同样需要我们的关注。

老吾老以及人之老，幼吾幼以及人之幼。孟子这句话可说是中华民族的一句古训了。

当然，不苛求待他们如同待自己的爷爷奶奶那般亲近，能做到尊重、关切，偶尔出手相助也就足够了。

我的老家在农村。农村的老人们都有一个习惯，那就是在冬晨的时候，都喜欢搬着板凳或马扎去某面向阳的墙根儿底下扎堆晒太阳。

一般是在早上 8 点左右陆续有人就位，到中午 11 点左右人数达到顶峰。

最多的时候大约能有二十来人聚在那边，每个人都揣着手，缩着肩，黝黑的面庞上铺着一层微黄的日光。一堵明黄的墙也被清晨的阳光晒成了暖色。边上几棵落光了叶的老树正张开嶙嶙的枝丫，举着几只缩成了毛球的麻雀或田鸦。

整个场景色调和谐统一，有着浓厚的电影的质感。我曾不止一次地想把这个场景拍下来，可惜相机总是不在身边。

这回我是直接从学校来的，全部家当都带在身上，总算没有再错过。

不止这处场景，这一趟，我把老家那些很早就想记录下的风光景色统统装进了相机，还给奶奶也拍了一张。

就在按下快门的瞬间，我脑袋瓜忽然冒出一个新奇的想法：我想要给村里的每一位老人都拍一张照片。

当我把这个计划告诉我爸的时候，他先是小小地惊讶了一下，然后才是赞同地点头。而且有那么一瞬间，我甚至还从他的目光里读出了几分欣赏。

说实话，我鲜少从他眼中看到这样的目光。以往我在他眼里看到的通常是鼓励、赞许和引以为傲，那是天然的来自父亲的目光。但这次我从他的眼里看到的却是一种来自朋友的欣赏与认可。

说起来，这种感觉在我刚回家时就隐约有了。

初时我还有些想不明白，明明只过了半年时间，按说我的心智应该也没比之前进化多少，但这一趟回来以后，好像所有人都开始真正把我当一个成年人来看待了，甚至连我自己也开始把自己置身于“大人”的位置上。

我不再像过去那样幼稚地思考哪些行为是“大人”会去做的，而是自然而然地开始考虑“大人”不该做什么。

后来，我仔细想了想才领悟，人这一生其实和历史的进程一样，都是阶段性发展的。每个阶段的开启都需要一个影响深远的、标志性的事件。

在我这里，这个成人礼一般的标志性事件不是发生在我的十八岁，而是在发生在我的大学。

从我独自一个人离家去报名的时候开始，到我第一次踏入大学那一刻，量变终于完成质变。上过大学就是大人了，哪怕我还没有毕业。我爸显然也是这么想的。

于是我们两个像战友一样并肩商量给老人拍照的计划，全程探讨和合作，而不再是从前那种父子之间的命令与执行。

虽然最终商讨的结果仍然是我更多地服从他的意见。毕竟相较于我，他有着更丰富的阅历和更妥当的处事方法，提出的方案也比我的成熟周到得多。

比如他觉得老人这一概念太过笼统，最好能定下一个确切的年龄段。以免到时候有人没拍着，只能眼看着别人拍了，会觉得心理不平衡。

再就是，最好事先去村委会找村支书王泰安商量一下。一来他那里有全村人的名册，知道哪些人符合条件。二来也可以让他用村里的大喇叭提前通知一声，好让老人们提前做好准备，该换衣服的换衣服，该洗漱打扮的也都先洗漱打扮好。

王支书也很支持我们的想法，甚至还颇有些激动。因为村里的老人是很少出远门的，即便出去一趟，至多也就是逛逛集市和商场，照相馆恐怕是绝不会进的。何况有些老人年纪大了，腿脚不利索，确实是出行不便。因此，能有人到村里为他们照相自然是再好不过。

他当时就要把老人们都召集到广场上，但我和我爸都没同意。因为老家前两天刚下过雪，天气寒冷，道路也湿滑，我们这些年轻的走路都怕摔跤，万一老人走路不小心摔倒了怎么办？

王支书一听觉得有道理，改为安排两名村干部，让他们拿上圈好的名单在前面为我们带路。

我们选定的老人是年龄在 80 岁以上的，村里一共有 34 位符合条件的老人。

拍摄的过程可以说很顺利，虽然一开始许多家庭还是不想折腾，因为老人年事已高，他们不想麻烦老人，我就耐心地跟他们讲拍照片的意义。

我清楚地记得拍摄一位名叫杨爱花的老人，她卧病在床，常年瘫痪，刚开始家里人听到要拍照有些抵触，但在村支书的再三劝说下还是答应了。我和老人的子女一同搀扶着老人坐上轮椅，整理好老人的衣服，接着我迅速调整相机，按下快门，记录下了老人最后的幸福笑脸。这位老人在 2022 年 12 月 1 日因病离开了人世，她的家人再次见到我时，激动地说："老人去世前，多亏你之前来家里拍了这张珍贵的照片。"

2020 年 4 月 13 日，我意外收到了一封来自老家的感谢信。

信是村里的老人们委托村支书王泰安寄过来的，里面详尽地描述了当时拍照的过程，比如我给老人梳头，用热毛巾给老人擦去脸上的污渍，以及帮一些行动不便的老人穿衣，等等。言语朴素，情感真挚，处处可见感激之情。

信里提到的这些事我几乎都没了印象。倒不是我记性差，而是实在没觉得这是多大的事，更不觉得这有什么大书特书的必要。拍照前帮被拍照的人拾掇打扮一番，这不是每个人都会做的吗？总不能让人一脸污垢地出现在镜头里吧？

后来我才知道，老人们会把这些事记在心上，恰恰是因为会这么做的人并不多。很多人都不愿意接触老人，不是因为所谓的人情冷漠或者缺乏爱心，而是出于一个很简单的原因——怕脏。

许多人都觉得老人脏，人脏，衣服脏，气味也脏。暗沉的皮肤松松垮垮，身上总有着灰褐色的老年斑。衣着几乎从来都是暗色，哪怕偶尔穿件红的也常是紫檀或重枣一样的暗红，更别提由于身体机能退化、代谢不畅而引起的老人特有的气味。

甚至连老人自己也这么觉得。在我帮他们打扮的时候，他们甚至还要躲着我，嘴里不住地说些自己老了、身上脏之类的话。

客观来说，老人的确不如年轻人那样整洁体面，尤其是一些生活条件差的老人，更是很难保证自己的卫生，并不是他们自己不想讲卫生，实在是身体不支持。

我拜访的这些老人都是八十多岁的。说句实在话，大部分都是那种你把镜子端到他们面前，让他们自己对着镜子打扮，他们也只会摇摇头，愧疚地跟你说一句“老花眼啦，看不清了”。

再者，他们的皮肤也早已老化，肌肉也干瘪，神经麻木，远不如年轻人那样灵活敏感。这点也是我感触最深的，所以还算有些印象。

就拿我帮着擦脸的那位老人来说，她的脸上其实很干净，只是下巴那里有些污痕。原因是她年纪大了，吃饭的时候汤汤水水难免会顺着嘴角流下来。可她的皮肤已经老化和麻木得几乎没了知觉，她不知道下巴那里还有污物，也就没办法在擦嘴的时候擦掉。久而久之，那个地方就有了一道污痕。

我跟她讲的时候，老人羞得忙用手帕去擦拭。她擦拭的力道很大，我担心她被划伤，就忙取来毛巾浸了热水帮她擦去了，顺便帮忙擦去的还有她的眼泪。

如果了解就知道，老人其实是不太愿意擦眼泪的。因为她们已经不能很准确、精确地控制自己手的力度和方向，于是在擦眼泪的时候经常把会把眼睛擦得更加刺痛难忍，甚至会用力过度而导致泪腺外翻，反而泪流不止。

这些都是机体老化导致的，而不是生活卫生习惯上的不注意。因此我觉得更应该尽可能地去帮助他们，而不是用一种避之唯恐不及的态度冷漠对待。况且老人的性情总是很可爱的。

在村里给这群老人拍照总给我一种进了幼儿园给一群孩子拍照的错觉，一群人哄着，闹着，欢笑着。有的早换好了衣服却在我们进门的时候跑回房间躲着；有的被家人拉到椅子上还要用胳膊挡着脸；还有的端端正正坐好了，又在我要按快门的时候急忙喊停，好再跑去梳一遍头；还有些老人会在拍完照以后乐呵呵地让我给他们看看自己的照片，竟有些过节般的热烈和喜庆。

而且在某些时候，老人们甚至有着比年轻人还要有饱满的热情。我们去给他们拍照的时候，老人总是会满屋子地找零食点心来招待，而且几乎每一位老人在拍完照后都会拉着我们的胳膊希望我们留下吃中饭，甚至会从屋里追到大门外才依依不舍地目送着我们离开。

这些事情无不令我感动，真要说写一封感谢信，也应该是由我来写给他们。

第 17 章　遇上新冠疫情

然而这次给老人拍照，除了欢乐和感动，也有一些掩藏于笑声下的沉痛和伤感。其实细心一些的话，从对照片的称呼就可见端倪。我爸把这些照片叫作纪念照。我初时还有些不解，心想：干吗要叫这个名字?

纪念什么？我的老家？虽说村里的发展日新月异，的确值得纪念，可村里的风景我早已经拍过了，况且也没听说谁的老家纪念照光拍老人不拍孩子。

纪念这场行动？也未免小题大做了些。不过举手之劳的一件小事而已，实在没什么可纪念的。

后来仔细一想才明白，原来这“纪念”一词的主体并不是我，而是被拍照的老人，或者说是老人的亲人们。

由我来拍摄和记录老人在世时的样貌，由他们在老人身故后将这些照片作为灵堂里的遗像，或者往后的念想。

因此，我爸之前提议说把拍照人群的年龄设置为八十岁以上也就说得通了。可这并不是我的初衷。我没想那么复杂，只想做点力所能及的小事，大家一起乐乐呵呵地迎接即将到来的新年。在意识到自己拍摄的照片可能不仅仅是一件哄老人们展颜的玩意儿之后，我先前的轻快和放松也被一扫而空。我不得不试着严肃地对待这件事情，因为它正从一件欢乐的喜事化身成一场让人肃穆的典礼。可老人们没有因此变得肃然，他们仍然笑得幸福无比。

我爸和村干部们的交流也依旧冷静又平淡。他们照样说笑、关切和叮嘱，每个人的眼睛里都看不到一丝悲伤，尽管他们在谈论一个生命的可能的消亡。

我想这样的态度未免过于冷漠，可回想从前，类似的场景又似乎并不少见。比如去年年关将近时，我曾和我爸一起去上坟祭祖。路上我们遇到了同样要去上坟的一群人，以年轻力壮的青年和中年为主体，边上有朝气蓬勃的孩子，也有暮气沉沉的老人。孩子们又蹦又跳，通常跑在队伍的最前列，或者在人群中穿梭着追逐打闹。中年人步履沉稳坚定，速度始终如一地走在中间。而老人则大致分为三类：一类是身体还强健的，正昂首阔步地走在中年人的队伍里；一类自以为身体还强健的，正闷着头大步追赶；还有一类则是身体明显老弱的，正以和中年人一样的沉稳又坚定的步伐，在落后队伍很远的后方缓慢行进。

人群偶尔会在路上站定了等他们赶上。有几个人会折返回来，接过老人提着的纸钱和贡物，再开玩笑地打趣两声。更多的则是留在原地，回头张望并等待着气喘吁吁的老人跟上，然后彼此交流着感慨："去年还挺好，怎么今年不济了？"

而那些最后才缓步跟上的老人则不会得到这样的问询。因为他们是早在前些年就已经"不济"了的。所以等最后面的老人走回到队伍的时候，人们往往会问他一个问题："老爷子想好要哪块地了吗？"于是老人就沉着地指向遥远的某处，并用同样平淡的语气作答。

一群人重新上路，并断断续续地讨论起那块未来会筑起坟包的地方，偶尔对老人竖起大拇指，夸赞说那里好风水。

无论是中年人还是老人，他们似乎从不避讳去谈论老人去世后的事情。而老人们也总会提前为自己的丧葬做准备，会提前为自己选好棺椁和死后要埋葬的地点，甚至会在弥留之际让家人为自己穿好寿衣，然后躺在床上安静地等待着死亡的降临。

于是这种在谈论死亡时的平淡又冷静的语气忽然带给我一种荒凉又悲壮的感动，就像聆听一首苍凉的史诗。

我们看待死亡的态度是豁达而超脱的，但是，这并不意味着我们对死亡有更高的宽容度。

恰恰相反，我们的国家或许是这世界上最珍视生命的国家。而我正亲眼见证着这一点，因为一场旷日持久的灾难性事件。

这是一场席卷全球的超大规模瘟疫。

截至 2022 年 7 月 1 日，这场起于 2019 年底的疫病已在全球造成超 4.5 亿人感染，累计死亡病例达 633 万。

导致疫情暴发的病原体已经找到，世界卫生组织将其命名为“2019 新型冠状病毒”（以下简称新冠病毒）。

2020 年 1 月 15 日，国家卫健委内部启动一级应急响应。

至此，中国的抗疫战争正式打响。

国家迅速出台了一系列强有力的应对措施，以极高的组织和动员能力，发动全国人民共同抗疫，终于成功遏制了疫情的增长趋势。

2020 年 5 月 22 日，距离国内第一起感染病例出现约半年时间，我们首次实现全国范围内（不包含港澳台地区）新增新冠确诊病例清零。

这宣告着中国国内抗疫取得了阶段性胜利。

但因国外疫情仍然泛滥无常，我国的北京、上海、广州等地常有境外输入病例出现，并可能在国内引发小规模的疫情传播事件，因此我们国家仍然面临着较大的防控压力。

无论最终结果如何，中国在这场新冠疫情考验下的表现都是十分出彩的。

中国政府和中国人民在疫情中所表现出的对生命健康权这一基本人权的重视和保护是有目共睹的，从 4 万名建设者用 10 天时间拼力建成的火神山、雷神山隔离医院，到武汉封城时各地紧急驰援捐赠物资，到全国人民自觉自发地居家隔离，再到全民免费接种新冠疫苗……每一项行动都是对捍卫生命尊严的最好的诠释。

我们乐见寿终正寝，乐于把长寿老人的去世称为喜丧。可我们难以忍受飞来横祸和意外死亡，哪怕那些在意外和灾难中死去的人与我们并不相识。“人命关天”，这四个字在几千年的时间里被不同的喉咙用不同的口音一直喊到现在。

就像这次疫情，在 2020 年 1 月 11 日之前，大多数普通人都没有把疫情当回事。毕竟相较于中国 14 亿人口，一种只有几十个人感染的疾病实在不值一提。直到当天下午，官方通报了国内首例死亡病例。

有人死了，其他人终于如梦初醒。死神猩红的身影冲了过来，我们第一次看清了瘟疫的獠牙。于是恐惧与愤怒接踵而来。人们众志成城，开始了生命与健康的保卫战。

第 18 章　基层动员：村庄保卫战

那时候我就在老家，三天前，也就是 2020 年 1 月 8 日，才刚刚给老人们拍完照片。

结果第二天就在网上刷到了有人因感染新冠疫情去世的消息，我的心脏也是“突”地一紧。

正如我前面说的，新增的几例感染或许并不起眼，但一例死亡的病例却足以震撼人心。尤其是引发此次疫情的元凶与 2003 年的“非典”还是同一类型的病毒。

然而，不等我为武汉担忧，我爸又告知我另一件更为可怕的事情。

我爸在单位从事新闻宣传工作，消息总归比我灵通些。他早从各种渠道详细了解过这件事，得出的结论更是让我惊出一身冷汗。

他说现在正是 1 月，还有十来天就是春节。这段时间正是春运最忙的时候，而我们所在的地方又是农村，这里的青壮年大部分都在外地打工。换句话说，在过去和接下来的几十天里，会有大量人员从外地返回老家。而武汉又号称“九州通衢”，是中国交通的一条大动脉，每天都有数不清的人从武汉转运到全国各地。因此，这次暴发在武汉的疫情很有可能会随着人群的流动散播到全国各地，或者说已经散布于各地。

网上的讨论和我爸说的话让我忧心忡忡。可村里大部分人仍然不以为意。不怪他们麻痹大意，实在是他们缺乏这方面的认知。

村里的年轻人几乎都到外地打工、上学去了，剩下的中老年群体获取和消化信息的能力都十分有限。

承平日久，过惯了安乐日子的他们并没有意识到危险将至，正打算趁着过年前这段时间互相邀约去商场、集市采购年货，用以过年或招待即将返乡探望他们的儿女。

眼看着报道里疫情的形势越来越严峻，再这样散漫应对下去恐怕真的会酿出事来。

于是我和我爸商量了下，再度去找王支书，向他提议在村里成立一个疫情防控工作小组来指导疫情的防控工作。

比如在村路口设立检查点，并由村干部、村医和志愿者负责 24 小时轮流值班，外村人一律不准进村等。

同时，我还协助村委会起草了《致广大村民朋友的一封信》，倡导村民春节期间不拜年、不打牌、不串门，不信谣、不传谣、不造谣，不走亲、不访友、不聚餐，利用大喇叭不间断地向村民进行广播。

因担心村里人手不够，加之我这个大学生多少还懂点疫情防控的相关知识，所以我也参与村疫情防控工作并成为志愿者，和村干部们一起拉横幅，上门排查、消杀和提醒。

可说实话，计划很完美，但防疫工作刚开展的时候进行得并不顺利。村民们的确朴实，可朴实也常意味着观念老旧和思维固化。凡是他们认定的道理都很难去改变。

更何况过年这几天，挨家挨户去拜年、回娘家、探亲访友是千百年的传统。许多相隔较远的亲戚之间的走动，几乎全仰仗着春节这几天。

如今说禁止就禁止，村民心里肯定不乐意。

只不过这种不乐意倒不是说他们抗议得多激烈，就像欧美各国的反封锁示威游行那般群情激愤。

他们的本性是善良的，所以他们的不乐意会更多地表现为一种盲目的乐观和满不在乎，并且这种情绪还会被他们小心翼翼地埋藏在心底，而不是明晃晃地挂在脸上。

不要觉得奇怪，朴实和圆滑并不是完全相对的。村民忠厚淳朴的性格之下，也有着狐狸一样的狡猾和机警。看惯了脸谱剧的我们似乎很难接受这一点。可我们不得不承认，无论人生养在哪个地方，无论是哪个阶级，吃什么样的粮食，人总归是人，都有着人的勇敢、人的懦弱，人的善良、人的凶恶，人的奸诈和人的朴拙。人是矛盾而统一的，个体如此，群体也是如此。

我们这些学生将来总归要从学校里出来，我们终将走出象牙塔，用自己的眼睛和双手去接触这世上的性格与脾气迥异的各色人等。

所以我们千万不能脸谱化地看待某个人，或者某个群体，要学会辩证地去看待这个世界。只有这样才不会在将来步入社会的时候，因受人蒙蔽、欺诈而产生幻灭感；也不会因家境和受教育程度而歧视一方，又巴结着另一方。

说回正题。村里的疫情防控工作算是很好地让我见识到了村民那让人哭笑不得的圆滑和机敏。

每当我们这些志愿者上门送消杀用品，并提醒新规，让他们小心疫情的时候，他们总会一边不住地点头称是，一边认真地询问些疫情动势，并不时发出两声惊叹或感慨，看上去态度虚心又诚恳。

然而，第二天上午，你总能在路边看到他们照旧聚作一堆，昨天的科普和警告显然被他们当作了闲谈和趣闻。

我们的努力全起了反效果，禁止扎堆和警惕疫情的宣传倒给了他们扎堆聊天的新话题和谈资。好在他们虽然不相信疫情当真如我们说的那么严重，但习惯于服从权威的他们终归还是明白自己触犯条例的行为是错误的。

于是他们会在我们上前劝说的时候，不好意思地红着脸，又嬉笑着解散回家。可知错归知错，羞愧完全不影响他们第二天继续出门满大街地溜达。而且他们会变得比前一天更加警惕，会在远远望到我们身影的时候就匆匆解散。可等我们离开，他们很快又重新聚拢到一块儿。

这样的状况让我始料未及，一群年纪都不小了的中老年人胡闹起来，跟我们这些学生上课聊天、吃东西时躲避班主任也没什么两样。

看来不管是在校内还是校外，做管理从来不是一件容易的事情。照他们这个趋势发展下去，我想要不了几天，他们就会专门安排几个人在路口盯梢，等发现我们的身影就赶快给正聊天的人通风报信。

就像一位哲人说的，“人民群众的创造力是无限的”。只是这样的创造力被用来和我们周旋，就实在让人头疼了。好好一场疫情防控行动，眼看着竟要沦为一场和村民斗智斗勇的“小儿游戏”。

思来想去，唯有改变战略。只有思想上的改造，才会让村民自觉地遵守规则。只靠规则的强制约束，难免会陷入拆东墙补西墙的尴尬境地。

于是我们将疫情防控的重点放在了宣传和科普疫情的危害上，并不断地向他们展示疫情发展的实时动态。

变化是显而易见的，一天天变红的地图和不断攀升的感染人数终于让他们变得警觉，曾经满大街聚集的人群终于学会了关好大门，躲回安全的家里。

甚至还有不少村民主动要求加入我们的疫情防控小队，自发地跟我们一起巡逻和监督有无外来人员进出，以便更严密地保护好我们的村子。

防控压力顿时减轻不少。而街面上虽然冷清了些，可每一户人家的家里都比平常还温馨。正巧这时候给老人们拍的照片也到了。我把照片交给了王支书，让他等过段时间疫情消停了再发放，我们父子俩就不挨家挨户送过去了。

虽说我们一直都在村里待着，按理不至于携带病毒。可万一哪个老人家里有位刚从外地回来的呢，那我们进去一趟，再接着挨门挨户拜访，岂不是白白害了接下来的一圈老人。老年人身体弱，再经不起折腾了，还是让他们好好过个年吧。

就这样，到了大年初二，眼看着村民们都已经能自觉地遵守村里的防疫条例，老老实实待在家里，这边再没有什么问题可担心，我和我爸就告了别，回到了江苏徐州的家。

毕竟徐州那边疫情也紧张，我爸又是党员，这时候他不回来坚守岗位、奋战一线也说不过去，而我也打算去我们的小区再当一回志愿服务工作者。

第 19 章　兢兢业业的小区守护者

我报名加入了江苏省徐州市云龙区骆驼山街道狮南社区志愿者服务队。

每天的主要工作就是负责小区出入登记、测量体温，对进出小区车辆、人员逐个排查，并进行实名信息登记，以便为精准筛查疑似病例患者提供可靠信息。

有了在村里做志愿服务的经验，到这边自然是驾轻就熟。麻烦的就是，这里的人流量比老家那边大多了，忙起来的时候直累得人腿肚子发酸。再就是天气也比之前冷了。

从 2 月 3 日开始，徐州的气温急剧下降，眼看着到了零下，加之北风也吹得急，我们这些在室外执勤的志愿者冻得直打哆嗦，给来往人员、车辆登记的时候，几乎要握不住笔。可这时候也管不了那么多了，仗着年轻，吃点苦就吃点苦吧。

等后来天暖和了，我跟负责小区 8 栋楼房单元楼道消杀任务的郭伯伯调换了工作。郭伯伯腿脚不好，光在楼梯里爬上爬下就够受的了，更别提身上还要背着 30 斤重的消毒设备。连我这个年轻力壮的去消杀一遍都要耗用两个多小时，他干起来就更不知道要多久才能干完了。

郭伯伯心里感动，又怕我累坏了身子，几乎天天夸我。我笑着说过年吃撑了，累一些正好减肥。话是这样说，可这事比减肥痛苦多了。

几十斤重的消毒桶背在身上，肩膀很快被勒出了道道红痕。关键是这东西可不只背一次，而是每天都要重新背上，反复爬楼，然后还要到外面那些人群密集的地方喷洒，从小区广场、健身设施、厕所到小区门卫岗亭都要消毒到位。

我试着把背带调节到不同的位置，今天靠近脖子，明天拉到肩头，可受力点始终就那几个地方，消毒设备的下边缘更是常常抵在腰部的同一个位置，没过几天肩膀和腰就被蹭去一层皮。

光是勒一些倒也还罢了，难受的是背上消毒桶以后，整个后背都不透气，爬不了几层就感觉后背的衣服黏乎乎地贴在了背上，大冬天几乎要捂出痱子，又痒又闷。加之消毒液的味道太冲鼻，闻多了连吃饭都觉得嘴里是这个味道，堪称每天都在遭受物理上和精神上的双重攻击。

不过人的适应能力还真不能小觑。我本来最受不了消毒液的味道，光是闻几次就生理上犯恶心，可干到后来竟也慢慢地适应了。

苦和累是必然的，可一想到自己是站在抗击疫情的前沿阵线，身后的家园正因我们的每日巡逻和保护而安宁，人们能照常工作聊天，能因为看了部好电影就乐得在沙发上打滚，能为不想写寒假作业而忧心忡忡，能为多了根白头发而小声抱怨，能为小孩尿裤子而忙得不可开交……心里也常觉得安慰。

自己在这边吃苦不是毫无意义的，千百个家庭的幸福就在我这还不算瘦弱的小肩膀上挑着呢。可正如我之前说过的，做管理从来不是一件容易的事。哪怕只是作为志愿服务者，临时管理下小区的人员进出，也少不了碰到争执和误解。

这倒也不难理解。虽然这时候的疫情的确已经严重到人皆惶恐的地步，大多数人心里都明白了疫情防控的重要性，也接受了进出门登记和检查的必要性。但人毕竟不是机器，不是每天都会给予我们固定的反应。

人是有情绪变化的，昨天还兴高采烈地积极配合，可能今天就因为跟家人吵了架，或在公司受了委屈而气闷不已，这时候再来叫他们过来检查、登记往往就容易被迁怒。

搞基层工作的总难免要碰到这类情况。所以招募志愿者的时候，广告里总会把“做事有耐心”这一条看似无关痛痒的话加上。

大家每天尽量放宽心，说话语气也尽量柔和。别到时候他们情绪激动，我们这边再比他们还激动，那就真要闹出祸事来了。

总之一句话，特殊时期，能体谅的都互相体谅，大家谁也不容易。

真正让人头痛的还是老年人。

老人虽然是最需要远离疫情的群体，可一些老人受教育程度有限，能写出自己的名字已属不易，更别说上网去查阅和了解疫情的相关知识了。

而且每到了这种大灾大难、人心惶惶的时候，总少不了趁乱造谣生事的人，而最容易相信的人群又恰恰是缺乏明辨是非能力的老人。

偏偏人老了脾气又倔，磨破了嘴皮子也难说得动对方。

我在门卫执勤的时候就遇到过一位“任性”的老大爷。他那天出入证和身份证都没带在身上，却执意要上街去买菜。我把他拦下之后，他却以为我是故意刁难他。他说他在这个小区住了好些年，从来没听说哪天进出门还要出入证。

我说疫情防控需要，特殊时期特殊办法。他却仍不肯听，说他进进出出这么些趟，就算没有出入证，我们也总该认得他那张脸了，干吗非要死板地看什么出入证、身份证。

这话确实有些道理。我的确认识他。可现在哪能光凭我认得就放他自由出入呢？我要是放他出去，别人怎么想？大半个小区的人我都认识，要是每个认识的我都放行的话，遇见不认识的也不好意思上去要人家登记了。

不然别人随口一句前面那人你怎么不管，就能把我所有的话都堵回来。何况这么一来，登记检查就成了摆设，疫情防控更是无从谈起。可我跟他解释半天，他非但不听，反而中气十足，嗓门越喊越高。

我心里说，有跟我们争论的这工夫，出入证早拿回来不知道多少张了。反正这会儿又没出小区，转身上了楼就能拿到，干吗非要跟我们争呢？

后来转念一想，终于明白过来，老爷子是觉得被当众拦下了面子上挂不住。所以我赶紧哄着劝着，又把自己的手机号给了他，并向他保证：这回不放他出门的确是规定当先，往后他要是需要买什么东西就直接给我打电话，我去帮他跑趟腿。老爷子这才不情愿地回了家。

等我后来真把买好的蔬菜给他送过去的时候，老人家气消了，也感动极了，一直红着脸为之前的事向我道歉。

我心里也很感动，大家都是一个小区的，低头不见抬头见，和乐相处多好。尤其是后来，当疫情更严重的时候，小区里不少人还会给我们这些执勤的送零食、瓜果和饭菜。

那饭菜的味道未必有多好，但吃着真让人感动流泪，就觉得自己这些天的辛苦没白费，大家都看在眼里，记在心里。我们从来不是孤军奋战，我们的前方是医护工作者，后方是千百户人家的默默支持者。

这是我们小区发生的故事，也可以说是全国抗疫的缩影。

后来的事实也证明了，14 亿中国人民团结一心，没有战胜不了的困难。

不过，有一点却不得不提。随着疫情形势的越发严峻，我们疫情防控的力度也越来越大。这话乍听上去没什么毛病，可这落到实处就会发现，问题依然层出不穷。

因为人的承受能力毕竟是有限的，过高的精神压力之下，难免会做出一些不理智的判断和过激行为。比如对疫区出来的人群的歧视和排挤，对医疗、生活物资的疯狂抢购和囤积。而有人离家再远也住不了酒店，有人坚守一线却拿不到口罩和防护服。

城市里的基层管理人员风声鹤唳，恨不能把每个人都拦下来盘查一番，甚至对违反疫情防控条例的人施以暴力，大打出手。而农村也已经不满足于关卡和岗哨带来的安全感。

为了让村庄能够彻底与外界隔离，有些地方已经开始拆桥挖路，或在村口筑起一堵堵土墙，使过往的车辆不能进出村子。原先对疫情的松懈和满不在乎已经从人们的脸上消失，取而代之的是不安、焦虑和人心惶惶。

这不免让我联想到了我当时在河南老家当志愿者的时候遇到的情形。

对比起来，现在的形势和当时并没有多大区别，根源仍然在于人们对疫情的认知不到位，只不过一个是过于轻视，一个是过分恐慌。所以这事恐怕仍要从改变思想上着手。当然，应对的策略也要随之调整。

我们不再需要去过多地宣传病毒的危害，以让人们提高警惕，而是要反过来科普疫情的可防可控，以及抗疫人员的不懈奋斗和丰硕战果，以安抚紧绷的人心。

大方向确定，接下来的工作就容易多了。我自己就是手拿相机的人，又正好工作在基层一线，何不干脆自己拍些视频？一来可以宣扬抗疫人员的风采，记录基层人员的日常；二来也让看到视频的人对疫情有个正确的认知，缓解他们的焦虑情绪。所以那段时间我在参加志愿服务之余，也顺便拍了不少视频。

至于效果，我个人觉得还不错。比如《徐州市律师协会第三批援鄂爱心物资今寄出》《29万中小学生点赞法治“云”课堂》《精准法律服务助企复工复产》等20多篇报道先后被《法制日报》、《江苏法制报》、光明网、中国新闻网等媒体网站刊发和转载。

后来，我去徐州市公安局新闻中心实习的时候，又在老师的指导下，策划、制作了《庚子之春》、山东快书《战“疫”情》、《平安将士》等作品，参加由中国文化信息协会国际影视文化交流专业委员会、中国社会科学院新闻与传播研究所世界传媒研究中心、中国高校影视学会联合举办的“战疫”微视频大赛。

我毕竟是普通人，能想到的法子就只是把自己拍摄的视频往各大视频平台、竞赛和媒体上投放。多一个渠道播放，就意味着我的视频能多被一群人看到。哪怕能有一个人在看过视频之后，能从对疫情的担忧中走出来，我也就心满意足了。

因为现实生活终归不是超级英雄电影，凭一己之力去“挽狂澜于既倒，扶大厦之将倾”多少还是有些过于浪漫了。

世上更多的事情都是量变形成质变，靠的是众志成城，靠的是积少成多，众人拾柴火焰高，人心齐才能泰山移。就拿这件事来说，全中国和我一样在拍短视频报道抗疫故事、缓解百姓焦虑情绪的大有人在。远的不提，我们浙江传媒学院的电视艺术学院就有师生组织起了“家家为营——宅在家中斗新冠”的短视频大赛来支援抗疫。

我拍摄的《家中有我》《疫情当前，从我做起》还有幸获得大赛的二、三等奖。

一方有难，八方支援，大家都在用自己的方式支援抗疫，共渡难关。生在这样一个国家，不能不说是一种幸福。

总之一番忙碌下来，除了精神上的诸多收获，似乎连专业技能也顺便提高了。至少那段时间里，我的视频剪辑水平可说是突飞猛进。

第 20 章　无偿献血，我的爱与奉献

由于疫情依然肆虐，学校决定暂时延缓开学。

等我把这个消息转发到班级群里，早有预料的同学们都激动得大喊万岁。

他们中的一部分人是为不必冒着染病的危险去学校而庆幸，更多的人则是为假期的延长而兴高采烈。倒不是说他们学习态度不端正，只一心想着如何逃避课业，而是大家都喜欢这种偶尔出现在正常生活之外的插曲，故而上学前常盼下大雪，晚自习总盼望着停电。

尽管学校不至于大雪停课，晚自习停电我们也得照常打起手电筒学习到放学。但这些插曲的出现也仍然让人惊喜，就像平静的水面看久了，总觉得偶尔泛起的涟漪格外动人。

只是这次的涟漪毕竟是因漩涡而起，其后果自然让人瞠目结舌。我们的开学日期竟然推迟了整整一个月，于是我们的寒假生生变成了暑假。偏巧又因为疫情，许多家长也被迫居家自我隔离。

大家刚开始自然是高兴的，难得一家人整整齐齐，尤其是这时候外面的疫情正乱哄哄闹得厉害。一家人把门窗一关，吃着热腾腾的饭菜，守着电视，看着里面热闹的电视节目，难免有一种乱世安宁的庆幸与感动。

每次派家庭成员出去买生活必需品，都像是送亲人出征，彼此万般不舍，情深意切。然而，日子一长，等大家的心态都稳定下来了，局面就立刻迎来反转。

“当你放假第一天回家，你会看见热情的老妈；第三天，看见平静的老妈；第五天则是恐怖老妈。”

这个被我们学生常调侃的“诅咒”再次现身——一家几口人都在房间里闷着，每天无聊地大眼对小眼，总觉得房子似乎在越变越小，连吃饭走路都得小心

翼翼，不然，总疑心自己要踩到谁的脚后跟。

我每天在外面做志愿者倒还好些。可我那帮同学却深受其苦。有几个高中同学都郁闷地打来电话，抱怨说他妈妈已经对他越发看不顺眼了：起床晚了要说，不叠被子要说，玩手机打游戏要说，连他偶尔叹声气，他妈妈都要恶狠狠瞪他一眼。要是再不开学，估计母子关系就要彻底葬送在这个漫长的冬天了。

他们可都是我最要好的朋友，我不能眼看着他们受煎熬不管。于是我立刻把他们都约了出来。见面地点就定在医院新设的献血点。徐州市红十字血液中心血库从 2 月 21 日就开始告急，我很早就想把他们几个喊上一起去献血了。正好趁这个机会把他们叫出来，就当是对他们的安慰。另外，关于献血到底伤不伤身体这件事至今仍有不少争论。我个人是不相信献血会伤身的，甚至说，我觉得偶尔献一次血非但不会伤身，反而于身体有益。因为现代人生活安逸，基本不怎么会受伤，很少遇到血液大量流失的情况，因此造血功能也就很少得到锻炼。偶尔献血可以锻炼人的造血功能，万一哪天受了伤，也不至于长期不能恢复。再就是献血也可以让自己体内陈旧的血液得到更新，一腔新造的鲜血总比用了二十年的陈旧血液要干净好用。

最后，仍然要功利地多提一句，凡是无偿献血者都可以获得一张无偿献血的证书。（有些地方是发放勋章。）如果自己将来不幸受伤，需要临床用血的话，凭此证书可以减免治疗中输注的红细胞类、血浆类和血小板类的费用。这个权益终身享有。并且无偿献血者的配偶或直系亲属需要用血时，也可根据省、市、自治区、直辖市人民政府的规定免交或者少交一部分费用。因此献血可以说是一项于人于己都有百利的公益行为。

我强烈建议每位青年大学生在大学阶段都去献血一次。当然前提是年满十八周岁且身体健康。只是你们献血的流程倒不必像我这么麻烦，不用去医院或者费心在网上找献血点。

我们几个是因为医院的血库正急需血液才去的临时献血点献血。如果是平时，完全可以在校内完成。

我们学校每学期都会开展校园无偿献血活动，医院会专门派献血车来到学校采集血液，下沙校区的献血点设在体育馆前面，桐乡校区的则设在图书馆前。

只是献血前请一定要仔细阅读献血的注意事项，每一项都要逐字细读，因为这些注意事项不仅关系着你自己的身体健康，更关系着未来那位躺在病床上接受你血液的人的生命安危。

如果你曾经患过某些疾病，或者近期内注射过某些疫苗的话，很可能就不符合对献血者的要求。有这种情况的，请一定要及时告知医生，而不要默不作声地强行献血，以免好心做了坏事。

至于哪些条件会导致不符合要求，到时候医生会发须知，这里就不赘述了。另外，由于每个人的体质不同，献血后的反应也各有所异。但通常不会有什么问题，无非是需要多注意休息，多补充一些营养，不要胡思乱想。

如果实在担心的话，献血也是有不同规格要求的，可以选择最低规格的献血量，不要勉强自己。反正我是没什么异样感觉的，除了刚献血结束的时候有些头晕，恐怕多半还是被针头吓的。献血用的针头比注射用的针头要粗些，所以有献血打算的话，要提前做好心理准备。

总之，我献血之后休息了半天，就继续活蹦乱跳地去参加志愿服务了。而我那五位同学经过这件事，家庭关系果然立时缓和了许多，他们温柔的老妈又回来了，每天嘘寒问暖不说，还体贴地做了病号餐。

不过这招未免治标不治本。真想自己的假期生活过得和睦的话，还得靠自己有眼色。至少自己的房间千万不要乱。越是心情烦躁的时候，越是看不得满屋狼藉。孩子把自己房间收拾利落了，家长的火气至少能消一半。家务活什么的该帮的多少要帮些；就算不帮，也千万不要在家长做家务的时候，自己悠然自得地坐在一旁，一副事不关己的模样。

其他多余的话我就不说啦，都是上大学的人了，没必要像教导小朋友一样，还要叮嘱在家的时候该如何帮爸妈做家务。

眼看着日子一天天过去，我们开学的日期却始终不曾到来。我们最终等到的，是一份居家上网课的通知和网课软件的下载安装说明。

第 21 章　别样的风景：网课冲浪

网课我们是上过的。

大学科目繁多，授课方式也自然多种多样。其中有一门课叫作“百部书百部电影”，简称双百课程。双百课程是我们浙传独立创办的一门必修课，隶属国家的“第二课堂”项目，旨在丰富我们的课外生活，寓教于乐。顾名思义，第二课堂的授课地点是教室之外的地方。像双百课程这种，通常是由我们学生在自己的宿舍以网课的方式自行学习。

虽然双百课程是一门必修课，但该课程同时提供了两百种可供学生自行选择的书籍和电影，每一部书或电影单独开课，每门课设定学生数额上限为 200 人，每人每学期只能选择不超过两种，由不同的老师负责审查。

与在教室学习的课程不同，双百课程的上课时间通常是按天计算。比如第一单元的上课时间可能是某月某日开始，到一周以后才结束。学生需要在这段时间自行登录到规定的网站去观看电影，并完成课后作业。在学期末的时候将老师要求的任务，如电影短评或观后感等上交至老师审阅。

这就是我们接触到的第一种形式的网课。因为这种网课授课的方式比较新颖，再加上书籍和电影也都是由学生各自挑选的，符合自己口味，因此初期的时候，班上同学的反馈都还不错，进度基本能跟得上。

但时间一长，这股新鲜劲过了，许多同学也就懈怠了，态度也逐渐变得敷衍。尽管学校早已考虑到这一现象，并为此做出了相应的对策。比如打开网课的时候，只要网页被切走，视频就会暂停，而不会在后台自动播放；每隔一段时间，屏幕中间就会跳出电影内容相关的问答题，以确认学生是否有认真观看；课后作业则严格把控时间，过期不提交就自动关闭；等等。

但无奈的是，仍有一部分学生会悄悄把自己的账号和密码交给旁人，让别人来代为上课。因为网课毕竟缺少课堂点名环节，老师只能通过后台上传的学生的登录次数和时长来确认某学生的出勤率，并不能判断出勤的人是否学生本人。因此网络授课的成果到底有多少全依仗学生自己的学习自觉性。

有过类似的网课学习经验，我在得知疫情期间学校全部课程都将转为网络授课时，不由得开始为网课的教学效果担心。

要知道这可是一帮在从过年到现在，清闲了整整两个月的学生，上课地点又是各人自己的家里，可想会有多么怠惰。可出乎我意料的是，同学们的表现都不错，除了第一天首次登录网课“教室”时有些手忙脚乱，后面进行得都挺顺利，甚至一个个听得比平时上课还要认真。

其中原因，一半要归功于国家发达的信息网络建设。因为国家早期的网络建设打下了非常好的基础，国内网络覆盖范围广，网速快。因此，我们的网课不再像是双百课程那样，由大家登录到某个网站去自行看视频来学习，而是由任课老师进行实时的直播授课。

这种师生同时在线的直播授课，也给了老师面对面点名的机会，代课行为也就随之减少。至少在整个网课期间，我没有听说有哪位学生曾找人代上网课。细想一下，全国大中小学校，位于不同地区的全部师生统一在线用网络直播学习，如此巨大的信息流对国家信息网络的要求可谓高得不可思议。我们这些学生享受着如此福利，自然也要努力奋发。

至少，作为全国或许全世界首批统一使用网络实时直播上课的我们，光是凭着一股新鲜感，就足以让我们每天黏在屏幕前等待开课。

至于另一半的功劳，恐怕还要归属一类的特殊的旁听生——家长。

自网课伊始，各个班群里的学生就纷纷吐槽说，自从学校开了网课，家长们个个比我们这些做学生的还积极，每天掐时掐点催促着登录软件，好似要上课的人是他们。

原因倒也不难理解。据我几个有了孩子的表姐说，她们每天闲暇时，想的最多的就是自己孩子在学校表现如何，上课时到底是个什么状态，下课又在做什么。

有时恨不能搬着板凳跟家里的小孩一起去上学，好全天候亲自监看他听讲。

现在突然有旁观自己孩子学习的机会，家长们自然不能放过。于是一到了网课时间，家长们总要凑过去旁听几节。端庄稳重地坐在稍远的位置上玩着手机，假装面不改色，耳朵却一直竖着偷偷听讲。大胆些的则蹑手蹑脚走到屏幕旁边，既要小心翼翼地躲着镜头，又总忍不住要上前偷看一眼屏幕里的老师是什么模样，瞄一眼孩子听得是否认真。

老师们对此也都有所预料。有位老师跟我聊天的时候还感叹说，给学生上一堂网课比在学校上一堂公开课还可怕。一想到每个学生旁边都有一大家子人正围在旁边听着，他就只觉得心里发虚，唯恐一不小心露了怯。

不管怎么说，我们总算是“开学”了。尽管网络直播授课代替正式开学只是临时性的无奈之举，但这种直播授课的方式也是有它自己的独到好处。其中，最大的一项优点应该就是它拉近了师生距离。

尽管上网课时，师生间的地理间隔更遥远，而且彼此还隔着一块冷冰冰的屏幕，但谁都能感觉到老师的形象比在讲台上要亲和许多。

我想大概是因为网络直播这种方式实在太接地气。我们并不是走进了一间陌生的第二课堂，而是老师走下讲台，直接走进了我们的生活，和我们日常所接触的事物融合在了一起。

再加上老师也在镜头里有意无意地展示了更日常和生活化的形象。我们中不少人终于意识到，原来讲台上的老师也跟我们一样，他的电脑桌面上正放着和我们同款的游戏，大家共用同一个视频网站，关注同样的视频 UP 主，老师身后的书架上正摆着自己也曾看过的书。

于是同学们上课积极性颇高，连下了课也兴奋不已，想方设法要给老师的直播间增加粉丝和人气，一时间各个高校的老师、教授倒成为各大直播平台的人气主播。

第 22 章　归程

到后来，上课时间长了，老师们逐渐镇定，笑场和尴尬渐少，并开始琢磨起各种花样来吸引学生的注意力，以免学生注意力分散。

同时镇定下来的还有家长们。于是一些家长在孩子上课时自觉远离或保持安静。可也有些家长则越来越频繁地出现在网课现场。

其中一些家长迫切想要找老师了解下自己孩子的情况，又苦于一直没有机会，正好借着网课，跟老师说下课以后私下交流几句。

要说这种行为有个一次两次倒也还可以，看到别人家里热闹自己也觉得高兴，也能让我们的网课比在教室里多些轻松的气氛。可次数多了就不好了。就像我开头说的那样，晚自习偶尔遇上那么一回停电，心里还觉得有趣，可要是天天停电那就成麻烦了。

但人家毕竟是同学的家长，同学们都不好意思说什么，只私下找我这个做班长的抱怨两句。我也不好总说人家家长的不是，于是就在班群里发了些上网课时的注意事项以作提醒。好在之后类似的情况有所收敛，不然还真叫我为难。所以无论何时何地，大家都要记得规劝身边的人，尽量不要干扰到旁人。

只是，尽管网络授课形式别开生面，老师们也都竭尽所能地调动学生的积极性，但网课代替开学终究是无奈之举。家里的条件再好，也不如大家同坐在一个教室里学习效率更高。而且，时间一长，网课的种种弊端也就暴露了出来。

每次老师让学生开麦回答问题的时候，总能听到他们的家人在旁边聊天的动静。脸皮薄些的学生每每红了脸，甚至再不愿积极回答问题。

也有不少学生表示开麦上课已经是自己的极限，开镜头就是老师侵犯他们的私人隐私。为此，我们使用的学习软件不得不专门发表了声明，保证每一位学生的终端绝不会被老师遥控强制开镜头。

另外还有些同学的家乡可能确实偏远了些，信号总是不够流畅。老师听不清他的回答倒还在其次，可他总听不见老师在讲什么，只能守着屏幕干着急。

最后就是一笔经济账。许多同学的家中并没有通网，或是出于其他各种原因只能用手机流量上课，一个月的流量没上几节课就用光了。即便是开通了无限流量的卡也很快到了限速线。为了接下来几天能顺利上网课，只能不断购买流量包。

学校倒是考虑周全，给贫困生都增发了网课期间的流量补贴，每月 200 块钱。这一点的确让人感动。可仍有太多问题难以一一解决，返校上课已经迫在眉睫。

因此，到 4 月末疫情基本得到控制的时候，国家就放开政策，允许大学生分批错峰有序返校。我们学校也发来通知，要求学生从 4 月 30 日开始陆续返校。

但这次得到的响应却不如前几次热烈，同学们对返校的态度两极分化。

支持返校的同学跑到学校的官博官微下大呼激动，类似“喜报，家庭关系有救了”“感谢老师，救我狗命”“再不开学，都要在家捂发霉了”的留言不断刷屏。但不支持返校的同学明显更占上风，各个班群都哀声四起，连“学校不尊重学生的生命安全”“为开学而开学”这样的话都说出来了。

要说我们就是这点不好，知识学了不少，思维也活泛，又总自以为懂了些社会上的门门道道，于是最喜欢振臂高呼，挥斥方遒。

正当维权的时候我们唯唯诺诺，可闹起脾气的时候也是一个赛俩。关于这点后面再说，此处就不展开了。总之，不返校的声浪一阵高过一阵，连我也有些动摇。

我虽然知道返校是必须的，但是总归有点私心，希望越迟越好。正巧这个决定得到了我妈的强烈支持，她也不同意我返校。都说儿行千里母担忧，更何况眼下出行的确有着染病隔离住院的风险。其他同学的家长大多也都考虑到此风险，纷纷建议学校再延迟几天开学，认为此时返校实在过于危险。现在都有网课了，什么事不能先用网课应付着？哪怕半年不学东西，也决不肯放自己的孩子走出小区。

要知道，一开学可是好几千人从全国各地会聚一处呢。难保其中没人来自或穿越疫区。即便学生中没有，万一同行的车上正巧有乘客染病了怎么办？

哪怕概率再小的事，只要基数够大就是必然事件。这些学生哪个不是父母的心尖肉，疫情要当真在学校内暴发，后果当真不敢想象。于是家长们也加入了抗议开学的队伍，纷纷跟自己的孩子一块儿去给学校施压。我所顾虑的倒不是安全方面的问题。我好歹在外面做了一个寒假的志愿者，对疫情形势还是有自己的判断的。我知道，只要防护措施得当，开学完全没问题。

再说了，如果外部环境当真充满风险的话，国家定然也不会放开居家隔离的管制。我之所以不愿开学，是出于另一方面的考量——自由。疫情期间我拍了点东西，于是一发不可收，脑袋里每天都有好多计划和创意不住盘旋。如果这时候开学，那我能把这些计划变成现实的机会恐怕就少得可怜了。

因为现在还是特殊时期，学校必然会采取严格的管控手段，校内全封闭式的生活已然可以预见。到那时恐怕连出门理个发都要打报告请示，更别说到处去拍视频照片了。所以我干脆装糊涂，附和着我妈的话，假装我也认为外面危险重重。但我爸显然不赞同我俩的观点，又或者说这个理由正惹他反感。他身上犹带着部队里练出来的固执和悍勇。他宁可听我说我是一时犯懒，想在家里多玩几天，也绝不允许我是因为害怕而拒绝出门。

“男子汉大丈夫，畏首畏尾成什么样子！”

他这话说得的确十分有道理，可偏偏他要在气头上说。我也的确该虚心受教，可偏偏那时候我也烦躁。于是这句含着怒气被吼出来的话就成了我们父子俩又一次唇枪舌剑的导火索。

最后两个人大吵一架，闹得脸红脖子粗，各自愤然地回到了自己房间。我躺在床上用胳膊捂着眼，心里总有一种被人冤枉了的委屈。我又不是真的出于害怕才不去学校的，那不过是我的一个借口罢了。就算我不明说，我爸他也总该学会开天眼，看穿我心里的真实想法。

可人怎么能有这本事呢？这实在有点强“爸”所难了。所以自知理亏的我没法子，只能在晚饭之后忸怩地跟我爸道了歉。而他不出所料地又唠叨了一阵，我也不出所料地闷头听着，并不出所料地答应立马收拾行李准备返校。

既然答应了，也就没必要再挣扎了。我又电话联系了班里班外的几位好友，号召想开学的同学积极响应学校的要求。至于不想开学的，我暂时不打算挨个劝说。处理问题总是要学会变通的，像现在这种情况，就绝不是给他们做思想工作就可以搞定的。因为支持开学和反对开学的同学其实现在都在做着同一件事——观望。

克服惯性需要很大的勇气，即便是支持开学的同学也不敢贸然把脚踏出家门。而那些不愿意开学的同学尽管嘴上吵得凶，可他们更多的是在虚张声势。他们比谁都清楚自己发脾气的做法是错的，因此只会比那些迫切想要开学的人更加关注学生们的动向——越是想要凭借法不责众耍赖的人，就越怕失去了人多势众的优势。

因此，这时候，行动就成了打破僵局的唯一办法。只要有几个人响应学校的要求按时抵达学校，那些做观望状态支持返校的学生一定会陆续跟进。于是一个带动十个，十个带动一百个，最后那些不肯开学的同学也只得屈服于形势，老实地买票赶往学校。

如果到时还有坚决不肯返校的人，那就可以放心大胆地去做他们的思想工作了。事情的确也是这样发展的，在我们返校之后，大家陆陆续续都跟着回到了学校。

时隔四个月，我们总算又重新回到了校园。校园的生活果然如预期的那样，全封闭式管理，无特殊情况，全体学生一律不得外出。

第 23 章　我的社会实践

一直到暑假我才有机会重新走出校园。不过我仍然没有先回家，而是决定参加学校组织的社会实践活动调研。

社会实践活动调研也是大学必须完成的项目之一。学校会在每年临近放假的时候开设不同的调研项目，由学生自己拟定选题，选择对应的课题老师，并由课题老师带领，利用假期时间去校外进行实地的调查研究，并在调研结束后，上交一份实践调研报告。

实践活动的时间有长有短，但通常只要两周左右的时间就够。所以不需要担心报名以后，自己会没空回家与家人团聚。另外，凡是进行实践调研的小组都会获得相关的活动经费，所以也无须我们为活动花费问题操心。前提是要合理安排消费，不要超支。

我的建议是，社会实践调研这项任务越早做完越好，不然到大三、大四实习的时候，很有可能就会和自己到时的时间安排起冲突。而且由于社会实践调研是需要队员一起完成的任务，不同课题的人数不同，一般 4 ～ 6 人。

如果你拖得晚了，很可能自己身边的同学都已经做完了，到时找不到同班同学组队，只能和不相识的同学编为一组，反而更加麻烦。我就是在大一暑假的时候报的名。

这时候国内疫情新增已经清零，只有少数地区偶尔反复。因此学校决定今年暑期的社会调研项目继续。于是我就找到辅导员陈晓丽老师报名参加了她带队的调研课题——关于“绿水青山就是金山银山”社会实践调研项目。

“绿水青山就是金山银山”是时任浙江省委书记习近平于 2005 年 8 月在浙江湖州安吉考察时提出的科学论断。

2020年3月30日，习近平总书记前往浙江省湖州市安吉县余村考察，并在听取汇报后再次强调了“绿水青山就是金山银山”的发展理念，指出要推进浙江生态文明建设迈上新台阶，把绿水青山建得更美，把金山银山做得更大，让绿色成为浙江发展最动人的色彩。

我所在的浙江传媒学院为响应国家号召，在2020年6月开展了关于该理念的实践调研，并且地点就选在了安吉余村。

20世纪70年代，余村依托村里靠近石矿山的优势炸山采石、兴办采矿场、石料厂和水泥厂，靠山吃山，快速走上了致富路，成了当地有名的富裕村。

20世纪90年代，余村村集体收入一度突破300万元。但这种经济的快速发展却是有强烈副作用的。炸山采石行为严重破坏了山上的生态环境，植被覆盖面积迅速缩小。同时为采矿炼矿而兴建的工厂严重污染了当地水源。

后来在习近平总书记的指导下，余村不再炸山采矿，而是改为发展生态旅游，将生态效益更好地转化为了经济效益和社会效益。其经济类型也从“石头经济”转型到“生态经济”，到如今已然完美蜕变成了国家4A级旅游景区、全国文明村、全国美丽宜居示范村。

我们此行就打算去余村调研相关理念的实践情况，总结余村经验，并探究“两山”理念的科学性。

当然，社会调研是不会规定选题的。如果你们觉得这样的课题太严肃，也可以根据自己的兴趣爱好，任选一个方向和课题进行调研。只要主题明确，理由充足，内容积极，调研目的有价值，基本可以通过。

虽然最终的结果并不会因为你选题的不同而有所差异，但一个自己喜欢的课题可以让自己在整个调研活动中变得更加投入和积极，能收获的东西自然也就更多。因此，我建议最好是自己当队长去组队并选择调研课题。而且，由于带队老师更多的是负责总方向的把控参谋和学生们的安全，大部分事项的筹划其实都是由队长负责。因此这也不失为一个锻炼组织管理的能力的好机会。

我们把自己这次调研活动叫作“余村·迹忆”，队名则自称为“绿水青山就是金山银山”社会实践调研小分队。我们小队计划用镜头探寻“绿水青山就是金山银山”的科学论断，于是果断带上相机去拍摄余村现在的风貌。但调研毕竟不是只走形式，而是需要诚意和新意。既要在前人的基础上总结归纳，又要给后来人留下可以参考和使用的新的素材。

因此我们还特意带上了无人机，并用无人机航拍余村全貌，为余村现时的影像记录地提供一个全新的可供参考的视角。现在网上能看到的余村的航拍照片，大多出自我们的镜头。

同时我们还深入余村内部，走访了曾在水泥厂工作过的余村人，也采访了 64 岁的已退休老支书鲍新民，听他亲口讲述村庄在这 15 年变迁背后的故事，取得了一手的资料。

最后，我们带着自己收集的资料回到家中，各自归纳汇总，写出了详细的调研报告。

需要注意的是，调研报告属于非常严肃的文献，因此有固定的格式要求，就像毕业时要写的毕业论文那样，连哪一部分需要使用什么样的字体字号都有相关的要求，因此一定要严格遵循，不要到时候因为格式不符而被打回。如果有不确定的地方可以询问指导老师，或者到网络上寻找范文范例当参考。

再就是进行调研的时候，队伍里每个人都会有不同分工，作为队长一定要记得分工合理。合理的意思是说，要确保不同分工的工作量相近，而不是指每个人都承担一部分工作，例如把出发时购买车票和调研后汇总写报告视作相同程度的任务分配下去，就是很不合理的划分方式。

这样的轻重区别十分明显的分工往往会导致工作量较重的环节没人愿意承担，即使有人被迫承担了，也难保他不会心有怨言，并最终导致活动和队内团结出现问题。

作为队员，应该尽量选择工作量适中或者稍重的任务，过轻的任务容易引起其他队员的不满，而过重的工作量则会影响自己在活动中的体验，从而导致消极的工作态度。

这里如此强调小组合作与合理分工的重要性，并不是要教你学会斤斤计较，而是要你学会如何公平、公正地处理工作分配问题。

偶尔吃一次亏并不会多让人介意，无非是比别人多累点，过去也就过去了。但问题在于，像这种通过小组合作的形式来完成某项任务并不会只出现这一次，而是贯穿我们的整个大学生涯。

在大学，几乎每一门课程都会有需要和别人合作才能顺利进行的任务。小到某次课后作业，大到期中、期末考试，甚至有些课程会从本学期的第一堂课开始就要求班上的同学结成不同的学习小组，并在整个学期内都以学习小组的形式完成老师布置的各项任务，直到迎来最终考试。

一旦小组合作出现问题，轻则影响自己平时成绩和学习效果，重则导致自己大学四年都在自我封闭中度过，并因此患上社交层面的心理疾病。

这并不是危言耸听，我在大学生心理部门接触过一些患有心理问题的学生，几乎每一位前来咨询的同学都提到了大学课堂的学习小组给他们带来的心理困扰。其中原因，归根结底在于大学的学习小组的结成方式和高中有很大的不同。这一点我在前面章节就讲过，大学是没有固定的教室和同桌的，每一堂课都是由学生自行赶到新的教室，并自由选座。

因此高中时候那种前后桌固定的几个人结成一个小组的形式不再适用于大学，大学课堂学习小组的每一位成员都需要自己去寻找和匹配。

于是人缘好的同学往往被许多朋友同时邀请，而人缘差些的则可能很难找到同学搭伙，故而时常被冷落和抛弃。

被人抛弃的感觉无疑是很糟糕的，可多数人又不敢确保自己在下一次活动时不会被抛弃。因此这种小组制的学习方式几乎没有获得任何人的好感。大家都讨厌老师要求学生组队学习，并且尤其讨厌要学生自己去寻找队友搭配的这一组队方式。

有的人是觉得麻烦，怕被拖累，不愿跟人合作。有的人是因为自卑，怕被拒绝，不敢找人合作。最难办的是有些人会受到其他同学的暗中排挤，因此没人可以合作。

这些事老师们其实也都知道。他们都是有过几年乃至几十年执教经验的人，班上的很多事，诸如谁受欢迎、谁受排挤等，他们一目了然。但老师们仍然热衷于让学生自我组队来结成不同的学习小组。

这一方面是因为大学生对个人权益非常敏感。因此，非必要情况，任课老师不会去强行干预学生的行为，不会强行指定谁和谁固定为一组，以尽量避免引起学生的不满。

另一方面，对于大部分同学而言，将来步入社会时所从事的工作都是需要和别人沟通协商来协力完成的。

与他人合作可以说是人生的一项必备技能，故而老师也不会因为学生一时的好恶而放弃让我们磨炼这项技能的最后机会。所以，作为学生最好是接受这个现实，并且努力将这件事做好。

我个人的建议是和舍友组队是最优的组队方案，其次才是和舍友之外的好友组队。

首先，因为好友也是有他自己的舍友的。如果你贸然去找他组队，那就意味着他们宿舍将有一个人失去和他的本宿舍舍友组队的机会。而那名被排除在外的舍友，一定是他宿舍中社交能力较弱的一名。离开了他自己的舍友，他可能更难找到合适自己的队伍。

其次，自己的舍友毕竟是未来四年都和你朝夕相处的人，大家吃住同在一起，要合作些什么事都非常方便。

而且，舍友日常相处的时候难免会聊到最近正在做的事情。如果他们三个人一个小组，而你和其他寝室的好友在另一个小组，那么当你的舍友兴奋地讨论他们小组的课业进度的时候，你将很难插上话。而当他们三个为了出任务而长期抛下你集体外出的时候，你更不免有一种被他们排除在小圈子之外的失落感，长此以往，势必会影响你和舍友关系。

因此我说，最好的方案是先和舍友组队。其次才是去找自己的好友组队。当然，如果你像我一样，舍友和自己不在同一个班级那就另当别论了。

第 24 章　关关雎鸠，爱情的浪漫与期待

终于到了这一章节，大概有很多人拿到书后的第一件事就是翻到这一章。

大学、青春和爱情，这三者似乎是分不开的。

而且发生在大学期间的爱情，又总是饱含浪漫、纯情和青春的悸动，似乎天然就带有一种香草味的美好。

因此，许多人都盼望自己能够在大学谈一次恋爱。尤其是女生，几乎都幻想着可以在大学里遇见自己的另一半，一起牵着手度过大学的四年时光，从校服一直走到婚纱。但这种事向来可遇不可求。要我说，随缘就好。

遇上中意的就谈，遇不上就作罢，千万不要强求，更不要因自己的单身而落寞自卑。

在听到许多人喊出“大学一定要谈一次恋爱”的口号的时候，也要牢记底下还有一句很毁气氛的台词叫“毕业季总是分手季”。

大学校园里的确有许多情侣，每到黄昏的时候，你会在学校许多不错的景点看到情侣们正出入成双。

但爱情本来就是珍贵的易碎品，能相守四年的已属不易，毕业后还能做到长相厮守的，更是少之又少。

我大概很幸运，在大学里有幸谈过恋爱。可我也很不幸，因为我的爱情果然很短命。我和她的故事起源于余村，浙江省湖州市安吉县余村。没错，正是我做社会活动调研的那个余村。但故事开篇的主角却不是我，而是我的照片。

那是我和我朋友在余村拍的一张合影，而我的朋友恰好是她的班主任助理。

班主任助理一职在前文提到过，可以简单理解为大一新生的临时班长。

她就从我那位朋友那里看到了我的照片，并开始向我朋友打听我的名字和联

系方式。

可我对此却一无所知。我朋友没告诉我，就算她如实说了，我恐怕也不会在意，毕竟我还没有到觉得自己可以凭一张照片就吸引到别人的地步。

但当她加上我的微信，并不时以新生的身份，向我这位大二的学长请教问题的时候，我立刻就觉察到了她的心意。

但那时候的我并不认识她，更没有谈一场恋爱的打算，所以在她屡屡示意的时候，我只是果断开启直男模式，对她的心意装傻充愣，在回答她的问题的时候，永远都是热情、真挚，又绝不解风情，假装听不出任何弦外之音。

我本以为一切就会这样结束。但没想到我们很快就在现实世界里见了面。

那是在她军训快结束的时候，我替部门去给大一新生刚选出的军训之星拍照。她就是其中之一。她看到我的时候表现得很欢喜，可我大概有些冷漠。毕竟在此之前我连她的照片也不曾见过，哪怕她后来主动找我时，我也总是兴致缺缺。

中国有一句老话叫："男追女隔座山，女追男隔层纱。"我开始主动向她表白，并很快沦陷于这场突来的爱情。但这并不是什么好事，因为人在狂热的时候总容易失去控制力，我对她的占有欲无限放大，并拒绝任何异性活跃在她身边。而她又实在是一个活泼又大胆的女生，如若不是，她也不会在只看过我的照片时就来主动找我。

她仍然和很多男性朋友保持着亲密的关系，并且在意识到我可能会因此生气后，采取了隐瞒的方式，于是局面越发糟糕，我们开始吵架。

正相恋的情侣吵架是一件很让人头疼的事情，往往上午的时候还厉目横眉、恶语相向，到了晚上就开始懊悔、自怜和柔肠寸断。那种剪不断理还乱的状态让人身心俱疲，直到所有的爱意和热情被一次次唇枪舌剑彻底耗尽。

我想，如果让现在的我去处理，我一定不会像之前那样急躁和多疑，但人生从来没那么多如果，所以我们的感情很快就在我的猜忌之下不了了之。

不得不说，失恋给我带来了很大的打击。但相较而言，最可怕的还是在终于意识到分手不可避免的那段日子。

那是我们感情行将破裂的时候，就像爱伦·坡的小说里说的那样，比被巨大的钟摆斧切成两段更让人崩溃的事，就是看着那柄锋利的巨斧在自己的上方极沉重缓慢地摆动，又以无可遏止的势头稳步下落。

那种明知道一切都在走向毁灭，却又对此无能为力的感觉让人抓狂，我在很长一段时间都不知道我心里期待的到底是要继续维持着这段脆弱的感情，还是祈祷可以立刻迎来它的终结。

我在品尝过大学里的爱情的甘甜与浪漫之后，也终于不得不开始承受失去它时的痛楚与折磨。这样的状态自然无法支持我在学习和工作上继续进步，我的成绩以肉眼可以见的速度下滑。

我失去了许多原本应该取得的成就，也错过了原本应该抓住的机会，我在相当长的一段时间里都浑浑噩噩，跟她吵架，和好，然后继续吵架。

这样的经历实在过于痛苦，我不希望有人跟我承受同样的苦难。所以，尽管我支持大学生去谈一场恋爱，但是我更想提醒你们，千万要注意，不能沉溺于此。

大学生也是学生，我们的首要任务仍然是学习。高中的时候我们最常听家长说的一句话就是“早恋影响学习”。但要我说，到了大学，恋爱的杀伤力恐怕有增无减。

慎重开始一段感情吧，很多时候你以为你做出的是自己的判断，但它其实更多的可能产生自旁人对你的影响。如果你身边的人都夸耀一个人的好，你大概也会情不自禁地以为他好。但冷静下来之后，就会发现他身上的光环原来只是自己和旁人强加上去的。

所以一见钟情固然浪漫，但长期的相处、试探和了解总是最为保险的。

再就是千万不要因为“我的舍友都有对象”，所以自己也着急去找一个。据我了解，大学各种以分手而惨淡收场的恋爱，大多起源于这个荒唐的理由。而且女生比男生更容易因为这一理由而急切地寻求一段恋情，这才是最要命的。

恋爱本来就使人盲目，如果再出于一种迫切要脱单的心态去恋爱，那恐怕是要盲目到了极点。到时找不到，固然会陷入失意与自卑。可找到了，又难免会在相处一段时间后，才惊觉对方并不是自己中意的对象。到那时，如果提议分手，恐怕只会多造就一个失意的人。而不分手，却又只是在变短痛为长痛。更糟糕的是，这种“别人谈我也谈”的攀比式的恋爱，通常会让人没办法痛快地提出分手。因为一旦分手就意味着自己又要再一次回归单身状态。越是见过光明的人就越是忍受不得黑暗。到时候恐怕非但不能果断地分手，反而还会在恐慌中迅速开启另一段糟糕的恋情。于是前尘未断，又有新欢，搞不好还要陷入感情纠纷，更是耗神耗力。

我知道单身的滋味并不好受。尤其是当身边的人都成双入对的时候，单身会额外带给自己更大的压力，以致让一些人因此产生严重的自我怀疑和自卑心理。

但这其实是没必要的。想开些，单身并不代表自己的魅力不够，而是缘分未到而已。在你试图寻找你的另一半的时候，自己的另一半也许也正在寻找着你，只是山高路远，你们一时不得碰面。又或者干脆想，他们这些正在谈恋爱的，将来多半也要分手。

无论如何，请一定要学会自我安慰。因为有时候，有些事是再好的朋友也无法伸出援手的，只能靠自己拯救自己，不要胡思乱想、妄自菲薄。面包会有的，爱情会有的。

我虽然不是情圣，但我也愿意传授些从我几位社交圈广的朋友那里总结出来的交友秘技，希望能有所帮助。

秘技很简单，说白了，其内容无非就两条。

第一条叫努力变优秀，变得自信。人是有气质的，不同的人拥有不同的气质。自信永远是最受人欢迎的气质，但这份气质却并不能轻易拥有。因为它是专属于优秀的人的气质。一个一无所成、身无长物的人绝不是一个优秀的人，他绝不能自信，于是也绝不会是一个大受欢迎的人。因此想要成功脱单，就一定要让自己变优秀，以此培养这种吸引人的自信。

虽然变优秀听上去并不容易。可让自己的某一方面变优秀却轻而易举，毕竟每个人生来都各有所长。所以我们在全面发展自己的同时，也要学会找到自己的长处，从而扬长避短，先让自己有一项值得骄傲的优点，从而让自己变得自信。至少在处于自己擅长的领域的时候变得自信。人在自信的时候，总会散发出最吸引人的光彩。

再就是无论男女都要学会打扮自己，一定要学会在意的自己的仪容。如果说人是一本书，那么外表就是这本书的封面以及这本书的内容简介。因为人的仪容外表不仅表现这个人的容貌如何，更体现了这个人审美、性格、家境乃至家教家风。

但打扮也是要分步骤的，最重要的一步是要打扮自己的内心。要先修心，再修容，次序绝不能颠倒。因为外表只是气质的外在形式，其根本来源却是人的内心。如果自己的内心没有修炼好，就试着去按照从视频、书本或其他地方学来的手段装扮自己，恐怕多半只会闹出些沐猴而冠的笑话，反而有损自己的形象。

要记住腹有诗书气自华，所以，要想打扮自己的外表，一定要先修心。

如果说还有第三条秘技的话，那就是多出门走走。

酒香也怕巷子深。再优秀的人，如果每天闷在屋子里，不与人打交道，缘分想进也进不来。

当然，这里“多出去走走”的“多”指的是时间，而不是频次，也即活动参加的种类不求太多，而是要经常去参加比较固定的活动。

要多和相同的一群人相处，增进彼此的了解，而不是走马观花地去尝试每一项活动。那样的话，邂逅固然可能有，但往往只会造成跟每个人都是泛泛之交的局面。非但爱情找不到，可能连友情也要错过。

至于已经找到自己心仪的另一半的幸运儿，我在祝福之余也想多唠叨几句。最开始浓情蜜意的时候自不必说，只是每一段恋情都有自己的平淡期。因为人仍然是动物，许多心理活动都受到激素的调节。大概相处两三个月后，体内费洛蒙水平降低，情人眼里出西施这句话将不再适用，彼此的缺点也会一点点暴露出来，难免要争吵不断。到时一定要慎重思考，到底是包容对方的缺点，还是趁着热情退却，理智回归时放弃这段感情，一切都看你们自己决断了。

其他的相关事项我就不多说了，在大学你们会遇到专门的一门课程来教授相关内容，课程的名字叫“大学生心理与健康”。另外，多数学校也都会设有和爱情相关的选修课或公开讲座，感兴趣的话可以报名去听一听，汲取些经验。

不要觉得这类课程羞于启齿。作为一名参加过这类讲座的学长，我可以悄悄地告诉你，学校举办的有关爱情的讲座，报名人数从来不多，但等你推开门就会发现场场爆满。嘴上说不去是说给旁人听的，迈进门口的脚步才是自己真正想踏出去的。所以只管放心大胆地去听就好了，如果担心被人认出来，可以戴好帽子和口罩。

第 25 章　心理与健康，人生的另一场修炼

大学生心理与健康是一门设在大一的必修课，并且，所有大一新生都会在课程进行到一半的时候接受一次集体组织的心理评估。因为人数太多，所以其评估的方式并不是和心理老师面对面问答，而是通过电脑测试来了解学生的心理情况。

当然正规心理医院也通常设有这一环节，会从题库里调取几百乃至上千道心理测试题让前来做检查的人在电脑前一一作答。

所以，不要把心理课堂上的试题看作网络上的各种趣味测试，它是有相当高的参考价值的，请一定认真作答。认清自己是一个困难的过程，偶尔做一次心理测试可以很好地帮助自己走入自己的内心世界。同时这也有助于让老师们及早了解你的心理状态。如果发现你有心理异常，则可以提前加以预防。

只是最好不要因此提前去网上找这些心理试题来自测。首先，因为多数网站提供的试题都是简单的十几道题的小测试，参考价值不大，却极为有趣易上瘾。玩多了，不但没有帮助，反而容易自己规训了自己，让自己的性格变得更贴合预测结果，从而拒绝改变。

其次，正规且比较权威的心理测试试题只有那么几套。如果你自己提前测试过，那么到课堂上再测试的时候，很可能会导致你不断遇到自己眼熟的题目，并使最终结果失真。毕竟心理测试题有用与否，更多地取决于自己的第一感觉。

本科生在抑郁水平、焦虑水平、睡眠质量、心理自评等方面的心理健康状况普遍比专科生要差，并且大学生心理健康状况存在明显的性别差异，本科女生的抑郁水平最高，高于全国平均水平，高于本科男生、大专男生和大专女生

这三个群体。维护大学生心理健康，已然成为学校需要解决的一大难题。

另外，调查还显示，作为仍然在校园生活的学生，大学生的心理压力主要来自社交、情感和就业三个方面。这一点倒是与我观察到的不谋而合。只是就业方面的压力通常只在大三、大四学生身上比较明显，因此这一条我们放在后面再说。对大一、大二的学生而言，心理压力主要来自社交和感情。因此，身为班干部一定要多留心观察自己班上的同学，尤其是那些出勤率不高或沉默寡言、存在感较低的同学。如果发现班上的确有在社交中遭受排挤的同学，一定要及时疏导。

最好的方法是去找那些排挤他的同学问一问，问清楚他们的矛盾所在，以便从根源上解决问题。如果发现事情的态势超出了自己的掌控能力，那么一定要及时向班主任或辅导员反映。同时帮助处理好后续问题。对排挤别人的人要加以批评和教育，对被排挤的同学则要不时地进行开导和劝解，最好是劝他去学校的心理健康部门接受进一步的心理疏导，并留意他后续的精神状态。

如果自己不幸正是那位被排挤的同学，那么要及时去向班干部或要好的朋友求助，请他们帮忙去了解自己受到排挤的真正原因，并深刻地反省自己。“反省自己”这话当然不是要为加害者开脱罪责。因为反省的意思从来不是说只从自己身上寻找错误，而是要反思自己的所作所为是否真的存在容易让人讨厌的地方。如果有，那么尽力改掉；如果没有，则尽管挺直腰杆，大胆做自己。而不要每天胡思乱想，唯唯诺诺。越是软弱的人，越容易受到来自他人的压迫。

最重要的是，在反思之后，一定要记得采取行动。而且无论最终反思的结果如何，我都建议采取同一种行动，那就是尽快脱离原来的社交环境，这一点在中学是很难做到的，但在大学却轻而易举。

首先，被排挤的情况通常只发生在宿舍的舍友之间。大学同学之间的接触时间短，很少会对彼此抱有成见，因此，这个最容易出问题的社交环境往往只涉及几个人，体量极小，很容易脱离。其次，“人心中的偏见是一座大山”，要想移除这座大山，需要付出愚公一样的决心、毅力以及时间。

可我们恰恰没有时间。我们的大学只有短短四年，我们不能在这仅有的四年时间里，还要分心去处理一些完全没必要去处理的事情。所以我才说，最好的方法就是离开。离开原来的宿舍并不难，只需要在学年初的时候，及时向班主任和辅导员请示，申请调换一个新的宿舍，让一切从头开始就好。当然到新的宿舍后，一定要注意自己的言行，不要再引起新一轮的排挤。

如果自己不甘心或出于其他原因而不想离开原来的社交环境的话，那么，你需要修炼出一颗强大的内心，要学会把旁人的偏见和冷眼视如无物。

同时还要多外出参与不同的课外活动借以转移自己的注意力，也多交些新朋友，以此来走出原来的糟糕的社交圈，建立一个新的社交环境。必要时可以与心理部门的老师或同学保持密切的联系，随时寻求帮助。

但我个人并不建议这样做。这样的难度太大，需要忍受的也太多，反而对自己的成长不利。如果自己不是因为社交，而是像我一样因为感情原因而出现抑郁情绪的话，那么除了向老师和同学倾诉，恐怕就只能想办法转移自己的注意力了。

我失恋之后没想到什么特殊的解决方式，大概是当局者迷，当自己沉浸在痛苦中的时候，往往无暇思考，做不出理性的判断。幸运的是，我毕竟加入了不少社团，也在学生会中承担了许多事务，于是在被迫忙碌于“公务”之后，竟稀里糊涂地走出了失恋的阴影，甚至在回看时还大有啼笑皆非之感，觉得过去的自己实在幼稚得不像话。现在，我把这一办法献给你们，但愿你们在伤心之余能想起主动做些事来分散自己的注意力。当然，更希望你们永远也不必用上这招。

第 26 章　我的选修课

我们在前面提到了双百课程这一种可以自行选择学习内容的必修课。实际上在大学，许多课程都需要我们自己做出选择。除了双百课程这样的必修课，更有一类专门叫作选修课的课程。这些课程都会在某个特定的时间段对学生开放选课。因此我们需要在课程开放的时候及时登录到选课网站，自行选择课程。因为选修课的科目种类再多也是有限的，每门课程招收的学生的数额也多是寥寥几十个人。

那些喜欢选冷门课程的倒还不必担心，可要是想选热门的课程，那就少不得要争分夺秒了。而这一环节，通常被我们戏称为抢课。基本来说，只要几分钟，那些讨喜的课程和受欢迎的老师就会被扫荡一空，课程目录的页码总会以肉眼可见的速度迅速减少。

手快有，手慢无，用这六个字形容抢课再恰当不过。越早登录网站，成功抢到自己心仪课程的概率就越高。若是晚了，则只能选些别人挑剩下的课程。

除了选修课，一些必修课也需要登录到选课网站上去选择。例如大学英语、形势政策课等。但这类课程的选课比较简单，因为它们不同课程之间通常只有任课教师和上课时间、地点的区别。因此如果没有特别喜欢的任课老师的话，在选课时可以稍微放松些，无论去一班，还是二班，学校总会保证每个人都有课上。

另外还有一类必修课，诸如大学体育和我们之前提到的双百课程等，进行这类课程的抢课时，就需要多费心了。因为这类课程会下设几十乃至上百种像选修课一样的子课程，不同课程之间，不但任课教师不一样，连上课内容也完全不同，所以需要认真选择。当然，抢课并不是只及时登录就可以的。这里我作为一名老学长，也传授几点抢课经验。

首先，最重要的一点就是在抢课前找一份课程列表，提前选好自己要报名的课程。至于课程列表的内容，其实每年都大同小异，网上搜一搜就能找见。提前把自己感兴趣的课程选好，总好过到时候挑得晕头转向，不知如何取舍而错失良机。最好把任课老师是谁，课程开设在哪个学院也都记下。信息搜集得越全面越好，等到选课时，课程列表上方会有类别选项可以进行筛选，以节约时间。

另一个重要的准备就是一定要记得提前一天登录一次教务处官网。这样做的目的是验证你记忆中的账号和密码是否正确。等选课开始的时候再挨个试密码就来不及了，而且密码输入错误超过五次，账号就会被暂时冻结。另外还有两件事需要说明，一个是因为选课时间全校统一，所以基本在选课系统正式开放的前 10 分钟，与选课相关的网页就会因为同时访问的人数过多而崩溃，网页报错和加载不出页面都是常有的事，对此不必太过担心。在你的网页崩溃的时候，大部分同学的网页也同样处于崩溃状态。只要确保自己的账号及密码正确，多刷新几次就可以了。其间最好把手机和电脑都拿出来，都在浏览器打开登录页面，到时哪个能登录上就用哪个。

再一个需要注意的就是千万要看清楚自己选择的课程是开设在哪个校区，到底是下沙还是桐乡一定要看准。

我认为，能选择在本校区的最好就选在本校区。当然，如果另一个校区的确有自己十分感兴趣的课程，那么硬要选它也无妨。只是时间段需要看仔细了，因为我们浙传的校区比较特殊。两个校区之间的间隔实在太远。校车往返一趟就要耗去至少两小时。而且校车也是要论班次，不是随时都有。即便有，也不一定随时能有空座，这个我们放在后面再说。总之，注意以上这几点，抢课基本上也就没什么问题了。

最后还得多说一句，选课时请务必要保持一个良好的心态，不要登录几次登录不上就自暴自弃，多试几次总归进得去。如果实在登录进去得晚了，没有自己想要的课程了，也不要因此大发脾气，可以退而求其次，选一些学分高的课程，等下周进行选修课补选的时候，再看有没有能替换的。如果没有，就只管为了学分学下去。

因为选修课的总学分要求并不高，选择高学分的课程进修，可以让自己在大二的时候就把选修课的学分都修满。那么，到大三的时候，自然有充裕的时间做自己喜欢的事。

第 27 章　体育课

大学体育是一门比较特殊的课程。

它在大一、大二的时候是一门必修课，可到了大三、大四就会降级为一门选修课。但不要以为只有大一、大二的同学才需要锻炼身体。我们国家前两年才刚刚确立“建设体育强国”的目标，自然不会只要求体育健儿们在国际赛事上为国争光。

事实上，国家对每一位在校学子都提出了相应的目标和要求，因此到大三、大四时，虽然不再需要上体育课，体测却是一次也不能落下的。而且体测不达标者，照样不能毕业。

体测的项目种类基本是全国统一的，分别是 50 米短跑、男子 1000 米 / 女子 800 米长跑、男子引体向上 / 女子俯卧撑、立定跳远、坐位体前屈和肺活量测试。

如果到时记不清体测要测哪些项目，可以去体育馆的大厅查看。无论是在桐乡还是下沙，浙传体育馆的大厅中都挂有一幅巨大的关于体测的说明牌，上面清楚地写着各个项目的名称，以及各个项目的分数判定标准。

可以拍一张照片存在手机里，这样锻炼的时候也好有个目标。

另外，与高中体育课不同，大学体育虽然在大一、大二时作为一门必修课出现，但其授课并不是班级统一的，而是像双百课程那样，由大学体育部同时列出包括篮球、排球、乒乓球乃至滑板、体育舞蹈等几十种体育项目，不同项目单独开课，以供学生选择。

选择乒乓球的，则本学期只学乒乓球；选择滑板的，则本学期只学滑板；其他项目以此类推。

因此等选课结束，一定要看清课表上自己的任课教师、上课地点和上课时间等内容。等到自己需要上体育课的时候，直接提前 10 分钟去上课地点等候老师即可。而不需要与自己班级的同学集合同行。

体育课的上课地点一般都设在操场或体育馆。只是下沙有两个操场，一个是各种球类的球场，另一个是带有跑道的大操场，到时不要走错。

至于你最终将会学习的课程究竟是哪个，除了取决于你的爱好，还取决于你抢课的速度。以我个人经验来说，乒乓球和篮球总是最受欢迎，也是在最开始的时候就会被扫荡一空的课程。

因此，如果你想要选择乒乓球或篮球，那么就一定要做好认真争抢的心理准备。而足球和体育舞蹈则是备受冷落，少有人选的项目。如果想学这两者，则大可以放松些，不必太过着急。但总体而言，体育课受欢迎程度主要还是取决于这门课程的教学地点。室内授课的课程总是比在室外上课的课程更受欢迎。

大学的课外体育活动，也同样丰富多彩。除了之前提到的迷你马拉松、篮球杯以及各种本校和跨校的运动比赛，大学也同样设有春秋两季的运动会。但强制参与运动会的年级只有大一和大二。其他年级同学可以去参观，但没有强制要求。

因此，大学运动会比初中、高中的运动会难免要冷清一些。大三、大四的学生都有自己的事情要忙，很少有人在观众席上陪坐。可不管怎么说，这毕竟是许多人生涯中最后几次参加校园运动会的机会了，所以我还是建议能报名参赛的同学积极报名。何况大学运动会除了田径和球赛等竞技性较强的体育节目，还设有拔河比赛等趣味性较浓的比赛项目。

最后需要提到的是，大学还有一项特殊的课外运动项目，那就是近两年为响应国家号召而在大学校园内兴起的一种新的体育活动——校园跑。

校园跑运动规定学生每天完成至少两公里、至多不超过三公里的慢跑任务。其运动范围必须是在校园内，慢跑时间不得超过 20 分钟。但它并不规定统一的时间和跑步起始点。换句话说，你可以在一天中任意活动时间完成校园跑的规定任务，但这也给每个人的数据统计带来了麻烦，为此，学校还引入了一款与校园跑相关的软件。该软件会通过给定必经点和实时路线监测来追踪测量学生的已跑距离，并将记录上传至学校体育部进行测评汇总，并在学期末检测学生是否完成了本学期目标公里数。如果毕业前未能完成每学期的规定目标，自然不能拿到学位证。

在此提醒，多数校园跑软件都需要开启运动感应功能，以此来确认学生是在奔跑还是在骑车。如果自己的手机机型不支持此项功能，或者跑步时忘记打开该功能，则会导致本次跑步成绩无效。

此外，软件还带有运动速度监测功能。跑步速度过快或过慢也会导致本次跑步成绩无效。尽管被判定为无效的成绩可以通过申诉来尝试恢复，但最好的方法还是在跑步的时候不要去触碰这条红线。该慢跑的就慢跑，不要通过骑车等手段来作弊。毕竟身体是自己的。如果平时不加以锻炼，等到体测的时候猛然被拉上操场做剧烈运动，尤其是男子 1000 米或女子 800 米长跑时，很容易出现健康问题。近年来大学生在体测时猝死这类新闻不算少见，千万不要拿自己的生命健康不当回事。

第 28 章　转专业的困惑与抉择

在大一结束，大二刚开始这段时间，有一件关系重大的事情需要慎重考量。那就是考虑自己是否需要转专业。转专业在大学是一个非常热门的话题，想要转专业的学生不在少数。

《中国青年报》2016 年 9 月 21 日发布的一项社会调查显示，79.0% 的大学生有过转专业的想法，其中 16.2% 的大学生成功转了专业；32.4% 的大学生提交了转专业申请，但最终失败；只有 21.0% 的受访大学生明确表示没有考虑过转专业。

其中，一部分大学生转专业的原因是不看好本专业的发展前景。他们大多是高考时对该专业不了解，或担心填报的专业志愿选得太热门会增加自己的录取难度，所以才选择了现在的专业。在经过一年多的学习，了解了一部分本专业的学习内容和未来的发展前景之后，于是才萌生了转专业的想法，其实也无可厚非。而另一部分大多是高考时被调剂过来，他们从一开始就对本专业没有多大兴趣，自然也想尽快转到别的专业。

但不管怎么说，想转专业的人太多，可成功付诸实施，并最终转专业成功的却只有不足 1/4 的学生。因此，在考虑要不要转专业的时候一定要深思熟虑，多和家长及老师沟通。

选择要去的专业时更要慎重，既要考虑心仪专业的优势，又要了解转专业的程序和难度，以便在前期做好充足的思想和能力准备。毕竟大学四年，只有大一升至大二这唯一一次转专业的机会。刚升入大一是不能立刻转专业的。即便是大一结束，也不是所有人想转专业都可以转的。

对于大部分同学来说，转专业需要满足的最重要的条件就是大一下学期的期末成绩一定要在本专业的前 20%。

注意，是本专业的前 20%，而不是本班级。所以这个要求的难度并不低，至少也要在自己班级考到前十名才可以。

很多同学会觉得这一条规定过于荒唐，甚至认为是故意刁难。因为但凡是想要转专业的人，对现在所学专业有所不满的，甚至可能是根本就不擅长本专业技能的，要他们考到班级前十名，这一目标本身就难度太大。

更何况要是他们的考试成绩真能超过本专业 80% 的同学，那么他们留在本专业已然足够出众，又何来转专业的必要?

但要我说，这一条却是有道理的。首先，就像我在很早之前提到的，大一的时候，所有同学的学习内容都是以通识课为主，同学院的学生所学的内容大同小异，就算是不同学院的学生，也只有少数几门课不同。甚至在有些学院，大一的时候并不学习任何与专业相关的课程，例如文学院。我们学校的文学院在大一的时候所有人统一学习相同的课程，直到大一结束，才根据每个人的学习成绩和志愿重新分班。

因此，大一的时候能不能考进本专业的前 20%，跟你喜不喜欢自己的专业关系并不大。何况为了以后三年能学习自己喜欢的课程，大一辛苦一年也是值得的。

另外，如果转专业的门槛低了，那么势必会造成一些本来少有人选择的、较为枯燥的专业反而成为热门专业。因为必然会有很多人投机，会在高考的时候低分考进某学校的冷门专业，然后在大二的时候再转去该学校难度和热度较高的专业，这样反而造成了更多的不公平。所以，如果你真心有要转专业的想法，那么大一的时候，请一定要努力学习，务必考进所在专业的前 20%。如果你实在考不进这个区间，那么也还是有其他方法可以申请转专业的。但这两条路要求会更为严苛一些。

一种是想办法证明你的确有更适合心仪专业的特长，比如获得过某些省级以上的奖项，或其他能证明你能力的东西。另一种则是证明自己存在身体缺陷或其他方面的原因导致无法在本专业正常就读，但可以在心仪专业完成学业。

当然规则更多的是用来维持秩序的，它的目的仍然是更好地为学生服务。

所以如果你确实迫切希望转专业，也可以向辅导员或政教处的老师说明原因。如果老师认为允许你转专业不会损害其他同学的利益，并且的确对你未来的发展有所帮助的话，老师可能也会予以通过。但最好的方法还是走第一条路，能在规则内办好的事情，尽可能在规则内做，不要给其他人添麻烦。

规则中不曾规定过的事情老师或许可以酌情考虑。但在规则之内的，那些明确禁止的行为则没得商量。例如转专业的确允许学生在不同专业之间调换，甚至是跨学院的专业也一样可以提出申请。但是，通过艺考等形式考入的艺术类学院绝不可以和普考入学的其他学院进行跨学院转专业操作。这一条是校规中严令禁止的，因此不要指望老师会法外开恩。另外，专升本的学生也不能提出转专业申请。其他不明白的地方可以翻看入学时领取到的学生手册，转专业的要求和限定条件在上面都有提及。

以上只是提出申请，等书面的《转专业申请书》写好之后，还要拿去找辅导员和政教处的相关负责老师签字。这一步骤算是比较简单的，只要你态度诚恳，明确表达出坚定的转专业的意愿，老师一般都会在文件上签字。

签字结束，就意味着你可以从本专业或本学院转出，之后一切就只能靠自己了。因为转专业除了转出，还有转入这一环节。大部分同学都是在这一环节被卡住。因为有转专业意愿的同学实在不在少数，即便是加上学院设定的前 20% 才可以进行转专业这一限定条件，竞争也是相当激烈。

你要转去的那个专业通常还会为此专门组织一场考试，有时还会有相关的面试来决定是否接收你转入。毕竟学校专业也都是有相应的毕业指标的，哪个专业也不希望收入一个不能顺利毕业的学生。

因此，想要顺利转入自己心仪的专业，还需要对其有一定了解，要掌握相应的知识和技能。尤其是进行跨文理科转专业这种学院不同、学习内容也相差极大的转专业操作时，会面临更大的考试难度，全靠自己在平时多了解心仪专业的课程内容，多积累多学习。行百里者半九十。要是到了这临门一脚的时候，却因为最终的考核成绩被刷下来，那也未免太让人遗憾了。

关于转专业，基本就是这些。

如果你转专业成功了，那么恭喜你以后可以学习自己喜欢的课程，甚至从事自己感兴趣的工作。

我个人的建议是，能不转的，最好就不要转了。因为犹豫就代表你对心仪的专业没有强烈的追求欲望，就足够说明你内心深处在权衡这两个专业的时候，并没有发现它们存在着明显的差异。

这种情况下，你转与不转大概都会陷入纠结。与其到时候成功转专业之后，再后悔自己放弃了那个原先你能考进前 20% 的专业，或者在走完了转专业的全部流程，又放弃转专业的念头，还不如从一开始就不要申请。

付出努力之后再纠结，只会让自己以后想起来时更加遗憾。退一步讲，你未必就真的对本专业不感兴趣，也许只是单纯对它怀有偏见。而新的专业也未必是自己感兴趣的，你怎么知道你现在对心仪专业的偏爱不同于你高中时对现在专业的钟情？毕竟你在选择这两者的时候都是雾里看花，难免认得不真切。

总之转专业与否，一定要考虑仔细，这件事不比高考填志愿更轻松，多想再做，三思而行，总归是有益的。

当然，也有些人犹豫转专业的原因是舍不得现在相处了一年多的舍友。

这件事倒还好办。因为转专业和搬离宿舍并不是捆绑的，如果自己不愿意离开原来寝室的话，是可以向辅导员申明继续留在原寝室的。

但对于这一条，我就不能给出建议了。因为转专业之后无论换不换宿舍，都会损害自己的社交关系。这是一件糟糕的事情，其后果只能两害相权取其轻，而不能两全其美。

如果你留在本寝室，那么就像我前面提到的，在你们各自班级进行小组合作的时候，你和舍友很可能会失去一些共同语言。而你在新的班级，也会因为缺乏舍友的帮助而难以找到新的同学组队。

可是，如果你搬离本寝室的话，新寝室的同学却是已经相处了一年的，你要融入他们，不免要多费些心思和时间。因此这件事我就不提什么建议了，你大可以视情况而定，更喜欢原来的舍友就留下，不怕一切从头开始就搬走。

第 29 章　学生会，万花筒一般的绚烂

学生会是大学避不开的词，也是大学里存在争议最多的组织。学生会每年都招新，挤破头也要参加学生会的大有人在。

可提起学生会就嗤之以鼻的学生也不在少数。有人说学生会的实质是学生自治组织，学校最优秀的学生都囊括其中，是藏龙卧虎、群英荟萃之地；可也有人说学生会里官僚主义盛行，是象牙塔里的名利场，校园里的微缩社会，再好的人进去也要染成黑心肠出来。

但要我说，这两种看法都不好。我们常说，要理性、客观、辩证地看待一件事物。在学生会到底是好是坏这个问题上，我们也要追本溯源，要搞清楚学生会到底是什么，以及它为什么而存在。

大学学生会是中国共产党领导的，校党委、团委指导下的主要学生组织，它是连接学校与学生的桥梁和纽带，其宗旨是全心全意为学生服务。这是学生会的定义。

通俗一点来说，学生会就是由全体在校学生构成的一个庞大的自治组织。每一位在校读书的学生其实都是学生会的一名成员。之所以还会有“加入学生会”这个说法，是因为我们通常只把学生会这个庞大自治组织的管理阶层称为“学生会”。

弄清楚这一点，学生会的性质也就基本明确了。学生会并不是一个独立于学生之外的机构，它是构建在全体学生基础上的，一个由少数学生构成的管理机构。因此，学生会本身并不存在善恶。它只是学生用来管理自己的工具，其好坏完全由构成学生会的成员决定，能够忠实地履行为全体学生服务的学生会就是好学生会。

学生会为全体学生服务的宗旨，要求它必须选用优秀的学生来组建其干事群体。因此，学生会中必然是优秀的人居多，这点毫无疑义。

学生会的行政管理职能，也必然会带有行政部门常有的弊端。因此，官僚主义的确时常现身于学生会的阴暗角落，溜须拍马之辈混杂其中也是常有的事。

只是有一点我们需要明确，官僚主义寄生的主体是权力，而不是哪个特定组织。无论是政府还是企业，在学校还是在社区，但凡涉及行政与管理，涉及权力的高低与交替，官僚主义总是如影随形。

讨厌官僚主义是好事，我们的确应该想办法去消灭它，阻止它进入校园腐蚀学生。但是，仅仅因为学生会存在被官僚主义腐蚀的可能，就去贬低和污蔑自己在学生会里的同学，那就大大地不必了。

总之，新生在考虑是否要加入学生会的时候，首先要明确，学生会是学生用以自治的管理机构。加入学生会，就需要为学校负责，为全体的在校学生服务。

其次，要合理降低或调高对学生会的认知。怀着过于理想的憧憬加入学生会，难免要碰个遍体鳞伤出来；一味地厌弃学生会，又不免会失去一个锻炼自己能力的宝贵机会。

意识到以上两点，我们就可以考虑加入学生会到底有什么实际意义了。

第一点，加入学生会可以让你迅速了解一个组织运作的规则。学生会可以说是一个先行版本的职场或官场。它存在着明确的上下级关系和各级任务分工，加入学生会，可以让自己提前了解职场运行的规则，为将来自己适应职场工作打好基础。

第二点，学生会可以为你带来大量的资源，既包括人脉资源，也包括信息资源。无论是你的学长学姐，还是你的负责老师和辅导员，他们都可以教导你如何为人处世，并在你需要的时候为你提供帮助。你也会通过自己负责的工作，认识到除了舍友和同班同学之外的更多朋友。

同时，学生会作为学校和学生之间的桥梁，其功能类似于一个信息处理中心，经常要对两头的信息进行处理和交换，这无疑可以让你获取到更多的信息资源。

例如，你在理科学院，那么适用于电视艺术学院的征文比赛的消息就极有可能被学院过滤掉，而不会出现在本学院学生的手机上。而你作为帮助老师筛选和传达的枢纽，却往往可以了解到这些信息。更不必说，你和学生会其他部门的干事聊天时，也可以从中获得不少有用信息。

在大学，信息即是机遇。多了解一条信息，就意味着比别人多一次尝试的机会。

第三点，学生会可以培养你的管理能力。管理能力的培养仅靠当班干部是不够的。班干部的职能算入门，因为管理的人事太少，以至于班干部之间连上下级都不够人区分。社团的人倒是多些，可也只是基础版本。因为社团人员松散，几乎没明确的规章制度。

学生会则不同。学生会人数多，部门也多，不同部门和职位各自负责什么内容也都有明文规定，几乎可以视作一个学生版的职场。

而且相对于真实职场，在学生会里个人职务升迁几乎就像开了倍速，第一年你是干事，到第二年你就可以竞选部长，第三年可以竞选学生会主席。

我就是在大三的时候成功被任选为电视艺术学院的学生会主席。这个后面再详说。

总之，学生会的升迁速度快得超乎你的想象，如果你要在未来职场完成这一路的升迁，完成从管理几十人到管理几百人的进阶蜕变，你可能要付出十年甚至几十年的努力。

而学生会可以将这段时间浓缩为短短的三年，让你可以在大学校园里就可体会到未来职场的升迁过程，给你足够的权力和人数让你提升自己的管理能力。

因此，如果你有心在毕业后从事人员管理之类的工作，那么，参加学生会可以说是最佳且必要的选择。

另外，我知道有些人会出于对学生会的风气的担忧而不敢或者说不愿意加入学生会。毕竟官僚主义总是十分惹人厌恶，尤其是在我们都接受过人人平等的教育，并且知道对方和自己都是学生身份的情况下，就更加不能忍受有人“把鸡毛当令箭”，在普通学生面前趾高气扬，自以为高人一等、耀武扬威的样子。对此我表示完全理解。

事实上，近年来学生会的风评的确越来越恶劣。不少学生会的官僚作风越来越浓厚，许多资历较老的学长学姐都喜欢打官腔，摆官架子，聚餐时要人敬酒，话里话外都要求别人对他们低头和表示尊敬。于是学生会成员也都开始阿谀奉承、经营权力和拉帮结派。这些都不假。新闻网站也曾对这一现象提出了严厉批评，并再三强调学生会不应是“微缩官场”。

只是，我仍然建议，想申请学生会的人只管大胆申请，而不要被这样的担忧吓倒。首先，不是所有的学生会都弥漫着这样的风气。其次，即便加入风气不正的学生会，也未必就会遇到不讲理的部长。最重要的是，大学学生会的构成成员终究是学生。而学生心思总是较为单纯的。

我们这里且不讨论学生会到底应不应该是“微缩官场”，但只冲着“微缩”二字，我们也该明白，由一群从未真正走出过校园的大学生组成的学生会，比起官场和职场终归是要清新许多的。

即便是那些真把官场当作参照系，主动模仿官场作风的学生会，其做法在旁人看来也往往充斥着一种过家家式的稚嫩的模仿。因此，你大可把大学学生会看作一个踏入社会前的训练营。

它不如其他学生组织单纯清澈，但也没有真实职场那样的阴暗与浑浊。毕竟当一群孩子掌握权力的时候，他们提出的最蛮横的要求也无非是要求得到更多的糖果。

另外，学生时代是最无忧无虑的时候，也是试错成本最低的时候。在职场上工作失误可能会丢掉饭碗，但在学生会，至多只会让你挨批两句。

因为原生家庭的影响，我从小是在严厉的家教下长大的，在上大学后语言系统才被慢慢打开。在做部长时开学生会例会，需要轮流汇报近期工作，逻辑不清、语无伦次是我常有的毛病，但就是在学生会一次次例会、一次次上台讲话的锻炼下，我才慢慢地充满了自信，变得不再怯场和紧张。在毕业前的两次评优演讲比赛中，上台前的紧张、局促不安，我早已抛在了脑后，我甚至有些迫不及待地想要上台畅谈一番。

我建议，开学时最好申请加入学生会，就算最终没能升级到干部，历练一番也对自己将来走入职场有莫大好处。

第 30 章　抉择与竞选

确定要加入学生会的话，接下来就是明确自己要进入哪个部门。

学生会一般都设有办公室、宣传部、组织部、学习部、实践部、体育部、文艺部、卫生部、生活部、纪检部、外联部等多个部门。不同部门有着不同的职能。

具体的信息可以到时在网络或学生手册中查阅，这里只简单说一下较为热门的和较容易入选的学生会部门。

首先，最热门的部门通常有纪检部、办公室、组织部和文艺部等。

纪检部可以说是最符合大家想象的学生会的部门。因为该部门负责的是学生纪律的检查和监督工作，例如早晚自习的出勤点名、学生活动的纪律维持、宿舍内务检查以及对学生干事的监督等工作。

简单来说，它可以直接对学生进行管理，其管理职能是学生们能切身体会到的。加入该学生会部门可以使新生迅速体验到手握权力的感觉。因此，许多新生都会错把纪检部当作学生会中的最高权力部门，也最重要部门之一，从而纷纷报名，使得纪检部每次招新时的热度都居高不下。

但我个人不建议新生加入纪检部。因为纪检部进行的是纪律管理，而非人事管理。这种管理是非常浅层的，对个人能力的锻炼聊胜于无。

再有，手握权力并不纯粹是一件好事，尤其是在自己还不能熟练驾驭它的时候。

就拿早自习点名这最容易完成的项目来说，几乎每一位纪检部的同学都会遇到自己的熟人在迟到后向自己求情的局面。到时，自己要么会因为包庇朋友而违反纪律，要么会因为守直奉公而损害和朋友的友情。

更有时候你还会遇到不认识的人向你求情，那时你答应饶过他，便又要违反纪律，可如果不答应则又容易开罪人。

至于那些以请客或送礼作为求情成功的报答的，则会让你向着贪腐迈出最初的一步。

以上是简单的设想，实际发生在现实里的事总比我们设想中的更加复杂。

我一个朋友是很乖巧的女生，当班上的同学早自习迟到而向她求情时，她心软答应替同学隐瞒，不再上报。但后来那几位同学仍然因为在其他课程上的缺勤被发现而被取消了评奖评优的资格。

于是她们便因此怀疑是我那位朋友两面三刀，暗中把她们的缺勤记录上报才造成了这样的局面，便开始在班级里散布一些关于她的流言蜚语以作报复。这给我的朋友带来了相当大的困扰。

所以说，权力是需要有一定的能力、胆魄和韧性才可以驾驭的。

新生在报名纪检部时一定要考虑清楚自己是否具备这种能力，以及能否接受由它带来的负面后果。

另一个比较热门的部门是组织部。大多数同学加入学生会的目的就是锻炼自己的组织管理能力，因此“组织部”三个字也对新生有着无尽的吸引力。

事实上，组织部的确是负责组织和运营各种活动的部门。加入组织部不但可以锻炼自己的组织能力，还可以锻炼自己对活动的规划和统筹能力。另外，组织部还负责团委的相关工作，可以说，组织部的确是最能锻炼人的部门。

因此，想报名组织部的可以尽管报名，唯一需要注意的就是组织部也是热门部门，竞争相当激烈，所以要报名组织部的话，最好再同时报名一个其他部门以备不时之需。

其他热门部门的优缺点与生活部相差无几，这里就不多做介绍了。

至于比较冷门部门，就当属生活部和体育部这一类。当然，这两个部门之间也有细小的差别。生活部人少主要是因为这个部门听上去就像是做保姆管后勤的，属于事务多，内容又枯燥的部门。

这样的看法的确不无道理，生活部更多的就是在负责处理学生日常生活中遇到的各种不起眼的琐事，比如后勤问题的反馈、宿舍内务的检查和食堂饮食的检查监督等。

这些事虽然重要，但毕竟不如外联部或艺术部组织的大场面、大活动来得耀眼，而是需要留在后台默默付出。

因此，基本上只有一些有耐性和爱心的同学会选择加入生活部。不过正因如此，生活部的氛围通常是学生会各部门中最团结友爱的。如果你喜欢模拟经营，去打理和照顾些什么的工作，完全可以选择加入生活部，也许还能从中交到不少志趣相投的朋友。

至于体育部人少的原因就容易理解得多了，它的部门名字基本就限定了只有那些对体育感兴趣的学生才会考虑这个部门。

可偏偏那些热爱体育的人，又往往更热爱体育运动本身，而不是热衷成为体育部门的一名成员。相较于被体育部门招为一名干事，他们更愿意成为校篮球队、足球队等体育队的一名队员，所以体育部也一向比较冷门。

如果你的确想加入一个学生会部门，又怕竞争不过别人时，可以试试来体育部面试，当然最好是对体育项目有所了解。

如果对体育运动一点也不了解的话，就只能试试看能不能凭自己三寸巧舌说动他们，毕竟每个部门都需要有擅长组织活动、协调部门关系或撰写文案等工作的成员。

选择好自己心仪的部门，然后就可以按照我们在前面提到的流程，申请，面试。然后，欢迎加入学生会。

第31章　实干成就梦想

加入学生会仅仅意味着你有了锻炼自己能力的机会。它并不能给你带来其他更多的好处。例如，当你大学毕业找工作的时候，履历上写一句“曾是学生会干事”并不会给你带来任何额外的加分。

真正有用的是在一年之后，即大一升大二这段时期。这时候部门新老换届，你可以竞选自己所在部门的部长或副部长。

只有到了部长或副部长这一层面，你才算是在学生会中取得了一定的成绩，这才值得被写进履历表里。

因为普通干事只相当于公司的职员，甚至工作经验都未必和未来真实职场相符的职员。所以对前来招聘的人来说，求职者是不是学生会的一员都没有参考价值。

但部长或副部长就不同了，这说明你拥有了初步的领导能力，或者说你至少是部门中最优秀的干事，以后也会是一名优秀的员工。

部长再干一年，到大二、大三换届的时候，就可以考虑竞选主席团里的位置了。

主席团成员包括主席、副主席和秘书处各成员。到这一阶段，你在找工作的时候就可以比其他同学有更高的优先级了。

我就是电视艺术学院的学生会主席，我深知要走到这一步并不容易。

首先，要想参加学生会职务竞选，最重要的一条就是贡献一定要足够。说白了就是多做事。尤其是在大一、大二，从干事竞选为部长的时候。

我在大一的时候一共加入了8个社团和部门，这点我在开头的篇章就提到过。但是我最终选择长期发展的部门只有一个，那就是宣传部。这也是与我的专业和技能最密切相关的一个部门。

因为宣传部门最缺的就是两类干事，一类是擅长撰写宣传文案的，另一类就是擅长拍摄的。而我恰巧属于后者。

虽然我的专业课教授给我的知识，更多的是拍摄视频，而非拍照片。但我毕竟接触相机的时间比较长。我从小受父亲的影响，特别喜欢摄影，上小学的时候就有摄影作品发表，艺考的时候也是主修的影视摄影与制作，算下来我拍了也有十年之久。

熟能生巧，像选择视角、构图、曝光之类的操作，我基本几秒钟之内就能搞定。

而且随着后期为部门工作，拍摄次数的增加，出席的场合多了，也渐渐摸到了几分规律。在不同场合，比如正式会议、舞台晚会、校园活动或体育比赛等，应该从哪个位置拍，可以拍出什么样的效果，我基本能做到心中有数。

无论是要我拍出与会嘉宾的肃穆威严，还是拍出他们的宽和仁爱；是拍舞台上的精彩纷呈，还是拍摄观众席上的热烈反应。只要部门提了要求，我都可以敏锐且迅速地从场景中捕捉到合适的一幕，并圆满完成拍摄任务。

为了完成不同类型照片的拍摄，我去现场拍摄的时候还通常会带两个镜头，一个是长焦镜头，另一个是平时使用的标准镜头。到达现场依据的不同情况和我想要拍摄的照片效果来决定到底使用哪个镜头。

比如最简单的，在举行会议，要我拍摄主席台上三五人时，用特写镜头可以更好地避免拍下太多的空白，让场景显得完美无缺。拍席下的观众时，我也尽量选择某个观众来为他拍摄特写，以免拍到周围正在犯困或低头玩手机的学生。而在拍摄气氛较为热烈的活动（如各类晚会），则以全景为主，尽量拍入更多更丰富热烈的色彩。

当然，一切都要视情况而定，有些会议仍然需要拍摄下完整的背景条幅，而热闹时选取极细微的某处，闹中取静也别有意境。所以，有备无患，无非是多带个镜头而已。我拍得多，练得多，到部门发稿需要配照片的时候，能够派上用场的照片自然也就更多。

我在大一、大二的时候一共拍摄了八九万张照片，部门公众号每发三篇文章，就会有一篇文章是采用的我拍摄的照片。

毫不夸张地说，我一个人就承包了三个人的工作量，对我们部门的贡献绝对算得上首列。因此，尽管我与人打交道的本领时高时低，且自认领导能力不足，连班长这个职位都是进入大学以后头一回担任。但我凭借对社团的贡献，成功竞选上了宣传部的副部长。

另外一个竞选升级需要注意的地方就是一定打好群众基础。说白了就是一定要和身边的人搞好关系，尤其是在大二、大三，竞选主席团位置的时候。

因为前面竞选部长都还好说，都是自己部门的人，大家知根知底，谁能胜任谁不能，在竞选前基本心中有数。

但竞选主席团却是要跨部门的，大家之间的了解并不多。因此，常常会有各种流言说，某某选进学生会主席团靠的是油嘴滑舌和溜须拍马。

我想，说这话的人恐怕是揣度得有些过于阴暗了。如果一个人本事空空，只会阿谀奉承，那他必然是走不远的，甚至远在部长竞选的时候就会被众人厌弃。所以，能成为主席候选人的，至少也是有能拿得出手的成绩的。

当然，仅凭一张嘴当上部长或者进入主席团的也不是没有。有些人性格活泼开朗，情商高，人缘好，虽然本事略微差些，但大家在竞选的时候也仍然可能投票给他。因为语言本身也是能力的一种。

如果一个人能够打好群众基础，用一张嘴把各个部门的人都团结在一起，大家凝聚一块儿，共同出谋划策，那么最终选择他来领导学生会也是无可非议的。

总之，到大二、大三需要竞选主席团成员的时候，群众基础的重要性甚至高出能力和贡献的重要性，因为这一时期的竞选是由学生会全体部门选出来的学生代表大会代表进行投票。也就是说，这一次决定你能否竞选成功的，多数都是其他部门的人。

他们大一的时候与你并不相识，所以看不到你在大一时候做出的贡献。而大二每个人又总在自己的部门做事，如果你只闷头做自己的事情，闭门造车，那么你的新的贡献恐怕仍然不为人知。所以在大二的时候需要你加强自己和其他各部门成员之间的联系。

人生最幸运的事莫过于你做到了，旁边还有人看见。众人把你的辛劳看在眼里，记在心里，总好过选举当天才听你念的演讲稿或看你展示的 PPT。

说实话，我在这方面占了不小的便宜。我大一的时候毕竟参加了 8 个部门。虽然大多数部门我都很少参加他们的聚餐或团建，但他们需要帮忙拍照的时候，我总是乐于帮忙。因此我与全媒体中心、浙传新闻以及校团委那边的艺术团成员关系都还不错。投票的时候，他们中也有许多人把票直接投给了我。

很荣幸，我先是以总票数第一入选主席团成员，又在主席团选轮值主席的时候顺利当选我们学院的学生会主席。

想要成为学生会主席不容易，成为学生会主席之后的日子也同样不轻松。竞选的时候头脑发热，冷静下来才知道肩上扛了什么样的责任。学生会主席和当部长时操心的事情可以说全然不同。

就像我之前说的，你当一个部长，在招聘的人眼里，你仍然只是一个优秀干事、优秀员工。当你进了主席团，他们才确信你这个人的确有组织领导能力，称得上是个管理人员。

我个人习惯将社会上的各行各业简单分为两类：其中一类是技术类，另一类则是管理类。

无论是摄影、摄像、灯光，还是医生、水电工，这些都是技术人员，从事的岗位也都是技术岗位。

彼此无非是各自的专业不同，掌握的技能不一样，但归根结底是利用自己学到的技术来处理问题和解决问题。

另一类则是主要通过规划和管理来统筹协调各种技术人员共同完成某件事的岗位，我称之为组织管理岗位。

这两种岗位是以职能区分，而不是以身份地位区分。

例如当我在宣传部任副部长的时候，看似是在一个管理岗位，但实际上我大部分时间仍然是在做技术类工作，我仍然需要按时发表推文，甚至拿起相机去现场拍照。因此，我从干事到部长这一阶段，并没有感到太多的不适。区别只是从以前的跟随别人一起做事，变成了带领别人一起做事而已。但部长到主席却是从技术岗位直接转成了管理岗位。

于是在最初的时候，我每天最忙的事情就是记下每个部门的职能，办公室是干什么的，组织部又是谁在带领。一场活动该由哪个部门拉赞助，哪个部分负责物料采购，哪个部门负责规划活动流程，等等，都要问明白，理清楚，并随时紧盯不同部门的任务进度，以免因某个部门工作的延误而搞砸了整个项目。

我终于从研究如何把照片拍得更好，推文怎样设计得更吸引人的小干事，变成了大部分时间来思考如何使组织更高效有序地运行的学生会主席。一开始有点手忙脚乱，好在做多了很快就适应了，很多事情其实都大同小异，无非是增加一些新的内容，流程及整体的规划框架略加修改，很快就得心应手。

第 32 章　入党申请，开启我的政治生命的探索与追求

关于大学期间入党问题，我本来不想多说。但是，既然上文提到了加入学生会时面临的争议，那这里就顺便把入党的争议也说一下好了。

其实有关大学生党员的风评在最近两年的变化特别大，尤其是在网络上，几乎可以说前后态度是两极反转。

在我大一刚入学的时候，入党积极分子的名额大家就趋之若鹜，却又嗤之以鼻。似乎在所有人眼里，党员的身份都更像是一抔镀金专用的箔粉，每个人都想把它纳入怀中。可要是真有谁把手伸了过去，就会立刻迎来众人那带着嫉妒、仇恨和自恃清高的嘲笑。

这种情况并不正常，尤其是发生在我们中国这个社会主义国家，更让人打心底里觉得难过。

党员是什么？入党是为了什么？这个问题的确少有人关心。中国的少年还不懂，中国的青年想不通，于是一些人开始替他们说话。他们说党员是老师的傀儡，入党是为了学分。等以后毕了业，党员是事业编的敲门砖，公务员是吃不尽的铁饭碗。这些人地位尊崇，精于话术，又善于操纵舆论，于是很多人就真的这样认为。

但这个答案显然不是我想听到的。尽管我不知道该如何去反驳，但我的心里总会隐约有个声音在反驳。于是茫然的青年变得更加茫然。

我最优秀的朋友们茫然地被家长们推去入党，茫然地被老师拉去上党校，又茫然地跟着举起自己右手宣誓。但他们终究是想不明白，甚至在入党宣誓仪式结束之后，我的朋友仍然会茫然地来问我：党员是什么？入党是为了什么？他将来又该做些什么？

我没法回答。尽管这些知识早在初中的政治课本上就教过我们。但现在不一样了。现在我已经不再茫然，我想我的朋友们也终于领悟了“我是党员”这四个字的意义。

不只是我们，我想许多人都已经醒悟。其实早在几年以前就已经不断有人从迷途中惊醒，并试着叫醒更多的人。

但我想，真正把多数人都叫醒的恐怕还是2019年这场突如其来的新冠疫情。

疫情是一场灾难，而中国恰有一句古话，叫作患难见真情。

在瘟疫带着它尖锐的爪牙在我们身边游荡的时候，年轻人才终于看清了什么是真，什么是假。谁在一直默默地保护我们，又是谁一直在用谎言把我们欺骗。

年轻人的觉醒给这个国家注入了新的力量，也让人看到了新的希望和几乎被遗忘的方向。

我想，生于这样一个觉醒年代的确是一件很幸运的事情。尽管我并不是很喜欢觉醒这个词，因为我们本可以一直醒着。

正义应该永远被人们记在心里，就像太阳应该一直照彻云天。而不是直到黑暗降临的时候，我们才在一片漆黑中找到那个像火炬一样微弱燃烧着的虚弱的太阳。

如果正义只能以这样的方式被世人看见，那我只能说，我们对正义的宣传未免太过于失败。

这一点我们后面再说，现在只讲我近年才领悟到的那些关于大一新生是否要积极入党的问题的答案。

首先，党员是什么？党员是义务和责任。

入党有什么好处？入党可以让你知道你该如何履行你自己义务和责任，也可以让你在履行自己的义务和责任的时候不再感到孤单。

入党以后要做什么？人民需要我们做什么，我们就做什么。

以上就是关于入党的全部理由。

如果你仔细看过我前面的文章就会发现，无论我是建议你去竞选班干部，参加社团，还是去做社会实践活动调研，我都会专门提到一些功利性的原因，但这次却没有。

因为我之前是在和我的学弟学妹说话，现在却是在跟一个想要入党的人说话。

普通人总是需要利益驱动的。我也的确希望可以精心地为我的学弟学妹设计出一条利益最大化的路线，让他们迈向未来的每一步都可以取得更多的收获。

我希望他们强大，希望他们能够生活得安稳幸福，因此我希望他们能够多为自己着想，多为自己谋取点福利，以免将来踏入社会的时候受人蒙蔽和欺骗。

可党员不是普通人。党员的确需要一定的利益来保障自己的生活，但党员不该把利益当作自己的内在驱动力。所以我不会从功利性的角度向你阐述入党的好处。

如果你的确需要了解功利性的入党理由才能决定自己是否要入党，那么我只能说，你现在还不适合入党，也就是暂时没有申请入党的必要。等想明白这一点的时候，你大概就可以申请入党了。

当然，有些人早就想明白了这一点，但他们却并不打算入党。

我身边就有这样一些朋友，他们的成绩足够优异，他们的品德也足够好，但他们却从未有过入党的念头。因为他们觉得自己还远没有达到入党的标准。他们认为自己还做不到入党宣誓誓词里说的那些话。如果要他们宣誓，他们问心有愧，所以暂不入党。

我很高兴他们会那样想，尽管我更希望能够早一天看到他们向党组织提出入党申请。总之，如果你做好了为人民服务的准备，你就可以继续看下去了。

下面是学生入党的一般流程。

因为入党流程非常漫长，且对新生来说有些复杂，所以我尽可能详尽地说明每一步都需要做什么。

首先，你要向所在单位的党组织提交书面申请。

申请书需要直接交给党支部的组织委员。组织委员不在，可以交给支部书记。如果你不知道他们是谁，可以去找辅导员询问。

另外，这一步骤是不限定时间的。也就是说，你可以随时向学校党组织提出入党申请，并在申请书中写明自己对党的认识、入党的动机和本人主要表现。

我建议最好在新生开学的前两个月，即新生军训结束之后就尽快向校党组织递交入党申请。因为从提交入党申请到成为入党积极分子，一般需要六个月时间。申请的时间越早，完成这一步骤的时间也就越早。当然，前提是你已经年满十八周岁。如果你是班干部的话，要记得提醒班上的同学也尽快提交入党申请。

当你的入党申请提交上去之后，党组织很快就会派党员来与你谈话。一般是党支部书记、副书记或组织委员来进行这一工作。

之后你就可以参加学校组织的党员培训。党员培训结业，并通过相关组织的审查之后，你就可以成为入党积极分子，并拥有自己的培养联系人。

培养联系人一般是你的辅导员或者比你高一年级的、已经是党员的学长或学姐。他们会指导你接下来该做什么。有什么不懂的事或者生活上的麻烦、心理上的困惑都可以去找他们诉说。

另外不要忘了，入党积极分子还需要每三个月写一篇 1200 字左右的思想汇报，至少要写一年，也就是写满档案袋里需要的四篇思想汇报。其间党支部还会经常来找你谈话和考察，并在考察满一年之后，召开座谈会来决定是否要将你列为组织的发展对象。

之后就是组织上对你进行政审和预审，等一切审核通过，你就会收到一份入党志愿书，随之而来的还要确定你的入党介绍人。

入党介绍人可以由党组织指派，也可以由自己来指定。要我说，指定自己的辅导员来担任入党介绍人最好不过。毕竟这时候你至少已经在念大二了，和辅导员已经足够熟悉，辅导员对你会更加了解一些。

你的入党介绍人会向你介绍党内事务，并指导你完成入党志愿书，介绍你成为预备党员。预备党员期满一年后，就可以转为正式党员了。只不过预备党员期间，组织上对你的考察将会更为严苛。其间不能违反任何校规校纪，不然轻则导致预备党员考察期延长，重则会被取消预备党员资格。我是大一上学期提交的入党申请，在大二下学期正式成为一名党员。

第 33 章　奔赴河南参加抗洪抢险

中国共产党的宗旨就是全心全意为人民服务。而我在真正成为一名预备党员后不久，就亲眼见证并实践了这一点。

那是 2021 年 7 月中下旬，河南省多地突发强降雨，并引发了百年未遇的特大洪灾。

据国家自然灾害灾情管理系统的统计，截至 2021 年 7 月 28 日 12 时，此轮强降雨共造成河南全省 150 个县（市、区）1602 个乡镇 1366.43 万人受灾，因灾遇难 73 人。

这场降雨几乎覆盖了河南省全境，先是 2021 年 7 月 17 日起，河南中北部出现大暴雨，不久之后，郑州、新乡、开封、周口、焦作等地区又出现特大暴雨，局部地区累计降水量 500 ～ 657mm。

许多人对降水量没有概念，用灾情发生后网络上对郑州降水量流传较广的一种说法来概括，那就是这场暴雨相当于“在郑州倒了 150 个西湖”。

河南省周口市的扶沟县是重灾区之一。那是我的老家，寒假的时候我才回过老家给老人们拍照并组织抗疫，现在老家有难，不能不回。

于是，2021 年 7 月 25 日，我和我的高中同学任彦睿、王博硕一起去了河南扶沟县灾区，投身当地抗灾救援一线。

扶沟县的强降水期起自 7 月 19 日，主要集中在 7 月 20 日，在我们到达的时候大雨已经基本停了，天空只有零星的雨点落下。但河水依旧疯涨，上游地区的雨水正源源不断地汇集到这里。许多农田已经被大雨淹没，房屋被冲毁，到处可见断壁残垣，不少道路已经被大水阻断。

幸好当地县委、县政府反应迅速，早在 7 月 20 日就连夜召开动员会议，成立防汛救灾指挥部，并紧急启动了防汛Ⅰ级应急响应。

7月21日当天，扶沟县17个乡镇（街道）就转移人员26.2万余人，安置在县体育馆、县高中等11处集中安置点和17个乡镇（街道）的51个分散安置点，没有一人因本次洪水死亡。

我在7月25日赶到现场时，见到的是已经井然有序的抗灾现场和虽有疲态却依旧乐观地忙碌着的老家人。

大家正在县政府的组织下或搬或扛地往河堤的方向搬运沙袋。于是我也迅速找到了当地的负责人，并和我的同学一起加入其中，成为刘王庄村党员先锋突击队的一员。

刘王庄村位于扶沟县贾鲁河畔，我所在的突击队主要负责贾鲁河一处大堤的抢险工段。堤坝所在的河段是洪涝灾害出现时最重要也是最危险的河段。

毕竟扶沟县是贾鲁河洪峰过境下游周口市的第一道屏障，一旦这一段的大堤发生漫堤决堤事故，下游周口市数十万人民的生命财产安全都会受到重大威胁。

守住大堤的重要性不言而喻。但要想真的守住大堤，难度却也不容小觑。尤其是在我赶到之前三天，贾鲁河上游的常庄水库紧急泄洪，以致扶沟县境内贾鲁河超洪峰现象明显。

其中扶亭街道辖区六上村和高楼村两处堤段都出现水位超出警戒线的危急情况，一度面临漫堤决堤危险。为此，扶沟县抗洪抢险指挥部迅速做出反应，6000余名党员干部坚守在防汛抢险一线，并在贾鲁河大堤驻守点设立了应急抢险分队，抢险队员每天24小时不间断轮班巡堤，其间加固堤坝30余米，排除处置险情隐患6处。

因为我们驻守巡护的堤坝位置较为偏僻，道路崎岖狭窄，车辆来往不便，许多时候都是靠人力肩扛手般来往大堤运送沙袋。只是苦点累点倒也没关系，寒假能每天背着消毒桶满小区喷洒的我自认已经皮糙肉厚，筋骨耐得住打磨。

而且在来的路上我就已经做好了充分的心理准备。如果河堤当真有危险，需要我们像1998年抗洪救灾的解放军那样手拉手下水堵河道，我想我也绝不会皱一下眉头。

但没想到的是，大的问题没遇见几个，倒是一直被各种烦琐的小问题烦到头疼不已。在雨还断断续续下的时候，道路泥泞湿滑。光是人踩上去土地就会往下陷，等身上背了几十斤重的沙袋之后，更是每一步都艰难，像是有人在泥路下拉扯住脚，总也用不上力，叫人大为苦闷。

等后面天气终于晴朗了，却又忽然回过神来，现在到底是7月末，正是一年中阳光最毒辣的日子。于是非但我们希望的能风干地皮的干爽没能如期到来，反而要承受阳光炙烤带来的酷热和潮闷。

巡护时还好，可要搬运沙袋就要不断地往返于潮湿的河边与干燥的沙地就困难得多了。这样一来，迈步时难免会有潮湿的泥点和断草叶被甩到小腿上，而在它们被太阳晒干剥落后，总会有新的泥点和断草被重新甩上来。

疼倒不疼，可总让人有一种光着腿行走于麦芒中的那种火辣的痒感，让人从心底感到抓狂和焦躁。加之水坑多了之后，蚊虫也逐渐开始繁殖肆虐，我们几个每次巡堤回来都是一身红包。

我想也许这才是志愿服务真正的样子，轰轰烈烈的事迹总是少见，反而默默无闻与琐事缠身才是服务于人民的常态。

不过我的确见证了不少震撼人心的场景。无论是自己亲眼所见的协助泄洪的救援车辆、轰鸣声震耳的巨型卡车，还是从视频中看到的经过4.5小时的长途飞行赶到洪涝灾区充当信号基站的翼龙无人机、轻巧灵便的“海豚一号”水上救生机器人，抑或承载力高达65吨的舟桥，这些凝聚着人类工业与科技力量的救援设备无不让人感觉到新中国强大的工业实力所带来的安全感。

当然，无论何时，最让人震撼的永远是人，是人与人之间最真挚与热烈的情感。

河南洪涝灾害发生后，各地纷纷伸出援手。援助的爱心物资源源不断地涌入受灾地区。全国各地在灾难面前互伸援手，共渡难关。这样的事例并不少见。“一方有难，八方支援”这句因汶川地震而响彻全中国的话至今还回荡在我们耳边。

一年前武汉封城时也是同样收到了全国各地的火速驰援。但这次救援给我的感觉却与以往大大不同。以往我们都是旁观者，是救援者，是安全地站在灾区之外，对灾区人民伸出援手的人。可这次，我是救援者，同时也是身处灾区的被援助者。

我亲眼看见灾区的破败与荒凉，看见身边人的苦难，看见因农田被淹没的农夫在抹眼泪，看见老人和孩子蜷缩在临时安置点。我也想为他们做点什么，可我实在无能为力。就在这时，我看到了外面伸来的援手。他们带来的不仅有救援资金，还有被褥、帐篷、电风扇、矿泉水、桶装面、火腿肠，甚至是蚊香和止泻药。这些物资都不是多么金贵的物件，但每一样都是那么地恰到好处。

那些远在灾区之外的人居然也考虑到灾区蚊虫肆虐，考虑到有人因受凉而腹泻、头晕。

你甚至还能在同一车援助物资里看到三个厂家的方便面，看到不同产地的火腿肠，看到孩童的笔迹稚嫩的书信和成人罗列的详尽的物资清单。这些物资来自天南海北，它们是为了一个共同目的而来，为了灾区人民的生命健康安全而汇聚一处。

难怪古人说，“雪中送炭”远胜过“锦上添花”。身处困境时遇见柳暗花明的确让人动容。经历过这一切，我终于体会到了那些在救援队离开时哭泣着感谢的人的情感，那是他们最纯真的感激和最朴素的真情流露。

如果说我以前喜欢做志愿者，是因为喜欢帮助别人带给我的快乐，那么，现在我做志愿者更多的是为了能看见他们快乐。

据中新网 2021 年 8 月 9 日发表的统计数据，截至 8 月 8 日，河南全省各级慈善组织、红十字会共接收捐赠款物 85.88 亿元，其中捐款 74.98 亿元，物资 10.90 亿元。已经拨付款物 66.93 亿元，其中捐款拨付 58.30 亿元，物资拨付 8.63 亿元。未来也许仍然有坎坷，但是我想，没有什么困难能压倒 14 亿肩并肩的中华儿女。

第 34 章　寝室评优，不见硝烟的竞争

对比高中，大学生在寝室生活的时间更长，被允许进行的活动也更加丰富。

寝室对我们而言，不再是只供梳洗和就寝的地方，而是学习和生活的重要场所，是我们展现大学生精神面貌的重要窗口。

因此，每所大学都会进行文明寝室、标兵寝室这类的优秀寝室评比，以督促我们打造学风浓郁、环境整洁、文明和谐的寝室环境。

在浙江传媒学院，这种关于学生寝室的评奖评优的比赛被称为“我爱我家”文明寝室创建活动。

该活动将在全校各级学生寝室中评选出大约 80 间文明寝室和 20 间标兵寝室。其中，文明寝室将获得 800 元奖金，标兵寝室将获得 1500 元奖金。校级标兵寝室还可能会更进一步参加省级标兵寝室的评比活动。

除了文明寝室、标兵寝室，还有免检寝室、四星寝室、三星寝室等荣誉寝室称号可以获得，不同级别的寝室会获得最低 2 分到最高 7 分的学分奖励。

但要获得这些荣誉并不容易。无论是文明寝室的申请，还是标兵寝室的申请，都需要满足一定的条件。例如，学习氛围浓厚，评比期内寝室成员无补考；一学年内，寝室成员无受通报批评、纪律处分、校考成绩不及格的现象；上学年两个学期中学校卫生检查优秀次数累计在 16 次及以上；等等。

如果注意看上述条件就会发现，文明寝室的评比更看重寝室成员的团结，看重寝室的学习氛围和生活氛围，而不是看重某位或者某几位优秀成员的生活学习成绩。

故而在一个寝室当中，哪怕有三名成员的个人成绩十分突出，但只要该寝室内有一名成员考试不及格或违反学校规章制度，那么这个寝室就会失去评奖评优

的资格。

这一项要求看似严苛，但也是非常容易理解的。寝室毕竟是四个人共同生活起居的地方，是四个人共筑的小家庭，家庭成员之间本来就应该互帮互助。大家一起成长，共同进步，不应该有任何一名成员被抛弃。

所以说，如果你们寝室有要评奖评优的打算的话，请一定要监督和帮助自己身边的舍友，不要让他在学习成绩上落后，或者违反纪律。

前一条还容易些，平时多督促，期末帮忙复习也就是了。而且在大学，考试及格并不是一件难事。

我们前面就提到过，大学的考试可由平时成绩和期中成绩来减轻期末考试压力。但是，不管怎样，千万不要为了让自己的舍友不挂科而去考虑作弊。那是害人害己的做法，到时候文明寝室评不上不说，连自己的毕业文凭可能都要一起失去。

另外需要注意的就是别违反纪律。这一条看似容易，实际上处理不好就很容易出问题。每年违反宿舍管理规定的学生都不在少数，他们最常见的两个问题就是使用违禁电器和夜不归宿。因为许多大学为了防控火灾，会对寝室内电器的使用有非常严格的限制。

我所在的浙江传媒学院，就在《浙江传媒学院学生公寓安全管理规定（试行）》中明文规定：热得快、电炉、电饭煲、电暖器、电炒锅、电炖锅、电热杯、电茶壶、电熨斗及其他功率在 200 W以上的电器均为违禁电器，严禁在寝室内使用。

尽管老师们会不断重申这条纪律的重要性，但每年仍有许多学生对此置若罔闻。他们一部分可能是真的不认真听讲，从而忽视了这条纪律。但我想更多的则是抱有侥幸心理，明知故犯。

根据历年的经验来看，被使用、私藏最多的违禁电器是各种电饭锅。而且女生寝室私用电饭锅的比例明显更高，且其用途多是寝室四人一起煮火锅。原因大概是女生勤快些，更喜欢自己动手烹饪。但要明确的是，这种增进友谊的方法是严重违反学校纪律的，被抓一次就要予以警告处分，两次则可能面临被劝退的处罚。

安全无小事，希望大家不要在关系到自己和他人生命安全的问题上抱有侥幸心理。

除此之外，还有很多营销号为了推广产品或吸引流量也会在网上发布一些开学必备清单等文章或视频，其中就有许多包含学校严禁的违禁品。

因此同学们要提高鉴别能力，不要盲听盲信，要结合自己学校的实际情况来判定什么能带，什么不能带。如果自己无法做出判断，可以去找宿管阿姨咨询。

即便是不小心购买了违禁电器，也可以及时去找宿管，并主动上交，这不会面临处罚。上交的违禁电器可以在学期末找宿管领取并带回家。

当然，如果是在检查的时候被抓到就是另一回事了。

总而言之，无论你们寝室要不要评选文明寝室，都请为了宿舍同学的安全着想，不要违规使用电器。

至于按时归宿这条规定，也是常常有人违反。

大学的寝室楼通常不是 24 小时开门的，而是像高中一样有闭寝、断网的时间，有些学校还会到点断电。

浙传的闭寝时间是 22 点 30 分，断电、断网则在 24 点。周五、周六和节假日的晚上不断电，不断网。

当然，卫生间里的灯无论周几都不会断电，有起夜需要的同学不必担心这一点。真正该担心的是能否及时在闭寝之前返回寝室。

尤其是在开设校园跑之后，许多学生会在晚自习或晚间选修课下课之后再跑步，因此返回寝室的时间就略微仓促了些，很可能会来不及。

尽管迟到一会儿，宿管通常不会多说什么，但楼下的门在晚上是要准时关闭的。因此，能不迟到还是尽量不要迟到，不然就只能站在门外等宿管查寝结束以后再下来开门了。

另外，每晚最后一次返回寝室的时候都要在宿舍楼下签字打卡，以便宿管查寝时点名。

至于夜不归宿，则是没有任何商量余地的。无论周末还是节假日，学生都不能在外留宿。如果有特殊情况，可以向辅导员请假，并及时告知宿管阿姨。私自外出会面临扣除学分以及在学期内失去评奖评优资格的处罚，而所在的寝室自然也就失去了参选文明寝室的资格。所以说，要想评选文明寝室，一定要注意互相帮助和互相监督，寝室人谁也不能落下，就连上课迟到、早退也同样会导致自己的寝室失去文明寝室的评选资格。

而且，评选文明寝室还要求寝室一定要保持干净整洁，要求参选寝室在学校卫生检查中至少获得 16 次优秀。

学校卫生检查一般一周一次，关于检查时的具体得分点可以自行翻看《浙江传媒学院寝室卫生标准》，这里只说几点容易被忽略的事情。

第一件是寝室长名牌、值日表和文明公约三项都要张贴好，缺一项扣 2 分。门窗的整洁度占 4 分，要记得擦窗，不要只拖地板。衣服和书包不能乱挂，这一项占 2 分。虽然它的分值较低，但也是最容易丢分的。因为很多同学到寝室的第一件事就是把脱下来的外套搭到床边或者椅背上。

再者，墙上和衣柜上也不能粘贴挂钩，更不能用粘贴的挂钩来挂衣服和书包。

另外，除了“使用违禁电器，一律零分，取消评优资格”这一项严厉的条款，还有“不得把寝室垃圾直接扫到门口堆积”这一项也同样十分严格，一旦违反，直接扣掉 20 分。绝对丧失寝室评奖评优的资格。

注意这些问题，参选的条件基本很容易就满足了。但是要想获奖的话，还需要寝室成员足够优秀，比如是否积极参加各种院校活动，有无获奖经历以及寝室的美观程度。

是的，大学寝室允许自由装饰，前提是装饰品不能违规。例如不能使用高功率插电彩灯等。但非易燃材料的墙纸、地板垫都可以使用，床上也允许布置遮光帘。精心装扮自己的寝室，不但可以让自己在更优美放松的环境中生活和学习，也可以令评委们在进行评选时给出一个很好的印象分。当然，装饰的时候可以用植物，但不能用动物。学校不允许学生在寝室内养宠物，如果实在喜欢小动物的话，学校里有许多流浪的猫狗可以喂养，但不要把它们抱回寝室。

至于寝室评选的流程，文明寝室的评选较标兵寝室的评选容易，流程也相对较短。其申报时间一般在每年9月。由学生以寝室为单位提出申请，填写文明寝室申请表，并将表格交至各二级学院的学工办，学工办在对寝室内各成员的早自习、晚自习、到课、考试成绩等项目进行核查后，会将符合条件的签署意见后交学生处。

之后就是督察小组前来寝室内进行复查，并最终确定名单。因此我们只需要把申请表格交上就好了，并不需要再做额外的准备工作。

标兵寝室的申请流程就复杂得多了。标兵寝室是在文明寝室的基础上选出来的，数量更少，更难以获得。而且选出候选的标兵寝室之后，还要通过为期三周的评选表决。第一周为寝室生活展示周，评审员会不定期走访申请寝室，考查寝室文化、寝室氛围和寝室卫生等方面内容。第二周是寝室文化宣传周。这一环节需要学生自行拍摄视频以展示本寝室成员文化风采，视频长度一般要求为2～3分钟。如果不知道该如何展示，可以提前去学校官网或公众号搜索往届获选寝室的展示视频以作参考。第三周则是舞台展示周，这也是标兵寝室的最终评选环节和颁奖仪式。这一环节要求寝室成员到舞台上以PPT等方式展示寝室风采。

在整个评比过程中，前期审核检查阶段的评分占比40%，现场评选阶段的评分占比60%，所以每个阶段都请做好充足准备，寝室成员同心协力，共同打造卫生佳、成绩优、实践强的文明寝室、标兵寝室。

第 35 章　伤疤是消防员最好的勋章

我曾经为江苏省的消防队拍过一个宣传片。

那是发生在我大一小学期的事情。小学期是各所高校都要设置的必选课程，是指在两个正常学期之外，单独增设的短学期。小学期的时间一般为一周，学习课程在规定范围内任选，选课网址和方式仍然与选修课的抢课相同。因此这里就不再过多描述了。

总之，我大一小学期的选择是去校外实践，仍然是和同学几人结成实践小组一起行动，就像在余村的暑期社会实践那样。

只是这次我们实践的地点选在了江苏省南京市，要拍摄的对象则是南京市鼓楼区消防大队方家营中队。再具体一点的话，我们这次主要是想拍摄这支消防队里一位突出的个人——丁良浩。

丁良浩是南京市鼓楼区消防大队方家营中队站长助理。他 1982 年生，在我们前去采访拍摄的时候，他已经 39 岁。39 岁对一位普通男性来说还正当壮年，但对一名消防队员来说，却可以称得上是“老龄”。他至今仍然留在消防队，大概就是因为他的过往成绩实在耀眼。

他曾先后荣立个人一等功 2 次、二等功 1 次、三等功 8 次，被评为全国优秀人民警察、第四届十大杰出消防卫士和江苏最美警察，荣获过江苏青年五四奖章。

2017 年，他作为全国公安系统英模代表受到习近平总书记的亲切接见。

2019 年 10 月 1 日，在庆祝新中国成立 70 周年群众游行活动中，他又作为全国 17 万消防救援指战员唯一代表，登上了“众志成城”方阵的彩车。

用我们学生的话来说，他简直是“神”一样的存在。

因此当我们走进消防大队院子的时候，我感到的兴奋、忐忑与刺激完全不输给高三查成绩那一刻。但糟糕的是，由于这是我们几个人第一次拍摄纪录片，因此前期的准备可以说相当匮乏。

我们既没有完整的拍摄规划，又没有对他的背景资料进行充分地了解。和丁良浩第一次见面的时候，我们几个人支支吾吾，好半天切不中主题，于是给他留下的印象更像是一群茫然无知又手足无措的孩子为完成老师布置的家庭作业而找他求助。

这样的印象并不好，也许这直接导致了我们这次实践活动的失败。至少在我看来，这次拍摄是失败的。因为正常情况下，应该是我们这些采访者来规划我们的行程和各个采访环节的安排、采访问题的设置等诸多内容。

受访者只是嘉宾，采访者才是主导。但因为我们给他留下的过于孩子气的印象，导致在后面几天我们对他进行采访的时候一直是他在主导，由他来安排我们的行程，甚至照顾我们的生活。于是我们就像被一位大哥哥照顾着的弟弟妹妹，在消防支队懵懂地拍了几天视频，就匆匆结束了这次实践之旅。

不过我想，即便我们第一次和他见面的时候能表现出脱离稚气的成熟感来，恐怕到最后还是会由他来主导。因为他的确是一个充满魅力的人。他脸庞方正，棱角分明，颧骨的位置比较高，更显得两颊如刀削斧刻一样冷峻坚毅，而且他的眼窝也比较深，眉骨也稍突，这样的相貌或者说神情总让他浑身上下都透着一股子不容侵犯的凛然正气。

这样一个人本来就很有威严，再加上他又身为消防支队的中队长助理，多年来一直管理着手下的队员们，领导力和气场都远在我们这些大一的学生之上。

所以尽管他已经尽可能地柔和了语气和我们说话，但我们仍能感觉到他骨子里的严肃和不苟言笑。幸运的是，他对采访的流程一清二楚，甚至连我们应该问他什么样的问题也了然于胸。

这倒也不奇怪，毕竟他曾接受过从央视到各地方台以及其他大大小小的媒体、自媒体的采访，早已经被采访出经验来了。

所以，我们需要获取的信息点他基本能主动给到，甚至在他的安排下，我们还拍到了不少消防队进行日常训练以及巡逻和出警的画面，这些都为我们后期的剪辑提供了宝贵的视频素材。

但采访期间，最让我感到震撼的还是他向我们展示的那些他获得的证书与奖杯。

他把那些证书、奖杯挨个摆在桌子上，于是那张 4 米 ×2 米的长桌几乎被他的荣誉铺满。

同样夸张的还有他那身火焰蓝的制服，各种大大小小的红色与金色的勋章几乎挂满了制服的整个左半边。

他立的功太多，冒过的风险也太多。这制服上每一枚闪闪发光的奖章，这长桌上每一本红艳如血的证书，都仿佛是他在烈焰与浓烟中刻下的坚定脚印。

我们后来搜集到的资料显示，他从事消防工作 20 年来，累计出过 7000 多次消防救援任务，其中赶赴火场的救援有 3000 余次，累计营救遇险群众 1200 多人。

但他自己显然记不得这么多行动，或者说，他也从未去记过。他只记得“每一个任务都要全力以赴”，“哪里危险，就赶赴哪里”。

2019 年 9 月，在得知以他的事迹为原型创作的话剧《他在你身边》在江苏大剧院公映，并在各地巡演的时候，他也只是说：“党和人民给了我至高无上的荣誉，更加坚定了我冲锋陷阵的决心和勇气。”

丁良浩是一个铁骨铮铮的汉子，同时他也是侠骨柔肠的志愿行动者。每逢节假日，他都会去南京的大街小巷清理垃圾，主动参加义务献血和各类社会公益活动。他还坚持担任辖区学校的校外辅导员，定期前往学校宣传消防知识，组织消防培训，已累计为学校军训学生 800 余人次，开展消防培训 600 多课时。

2018 年，在他们消防支队开展社区困难群体结对帮扶活动时，丁良浩主动认领了一位 60 多岁的孤寡老奶奶，他定期上门打扫卫生，逢年过节为老奶奶送来米和油，两年来从未间断。

只可惜我们的这次采访太仓促，不然我一定会完整地听他讲述每一枚勋章和每一本证书背后的故事。

不知道我下次还有没有机会重去一次鼓楼区消防大队方家营中队，到那时，我一定要重新为丁良浩同志录制一部时长更长、内容更丰富的个人纪录片。但愿我还能有这个机会，但愿我们都能有这个机会。

就像他自己说的，他已经在这个岗位干了 20 年，只要组织需要，他就会一直干下去，再干 20 年、30 年……直到身体实在不允许为止。

离开消防大队以后，我把取得的视频素材剪辑妥当，并最终将丁良浩常说的那句话用作了视频的标题——《伤疤是消防员最好的勋章》。

这部 3 分钟长的短视频荣获 2020 上海国际“郎静山青少年艺术奖”影像大赛铜奖。只是我仍然还有些沮丧，因为我本可以做得更好。这次实践活动对我来说算个教训，无论做什么事，都需要提前做好相应的准备。只有准备充分得当，才不至于在临阵时乱了阵脚。

最后提醒一点，小学期的性质虽然与选修课差不多，但是小学期的科目一旦选定了，就要在接下来的一周甚至两周时间内，从早到晚都一直进行这一课程的实践或学习。

所以到时候选择课程，不仅要考虑学习该课程能带来的知识收益，还要考虑该课程的趣味性和毕业难度。

许多同学在第一次进行小学期选择时，会倾向选择学分更高或对技能提升最有帮助的课程，但是连续学习这样的课程，很可能会让自己感到枯燥，以致难以继续潜心学习。

再者，小学期通常是在学期末举办，到时大家归心似箭，更难全身心投入学习中去。因此，我比较建议选择较有趣味性的课程，比如校外实践等，而非枯燥的专业课程。

第 36 章　我与警队的情结

2019 年寒假，我从学校回家，百无聊赖，打算利用假期时间去做些什么。

正巧我一位叔叔惠志勇在徐州市公安局新闻中心工作。于是我就提议过去给他当个助手，跟他学习下真实完整的新闻采编与制作工作。

这样既可以让我在实践中检验自己这一年来的学习成果，也可以为我大四即将到来的实习积累一些工作经验。

惠叔叔也乐得有个免费的帮手，于是就在那边给我安排了一个志愿者的实习岗位，主要负责为公安人员摄影和摄像。

等我后期渐渐熟练上手了，他才放心给我增加了新的工作内容，让我负责协助徐州市公安局官方抖音号的运营，其间也会对我进行一些技术性指导和监督，因此他也成了我的第一任师父。

我很感谢惠叔叔，在他手下学习过后，业务能力提升很快。建议我的同学们在大四之前也都实习一次。最好是跟自己亲近的人一起实习，比如亲戚、朋友或者跟在老师身边实习。因为要把在课堂学到的知识运用到实际工作中去并不是一件容易的事。

例如我在后期负责官方抖音号视频剪辑的时候，就发现自己的剪辑能力实在太差。同样一个视频，别人只用简单的几个步骤就可以实现效果，而我却要用更复杂、更机械的操作重复多次，甚至最终也调试不出想要的效果。

学校的相关专业只教授剪辑软件一些常用的菜单和功能，至于更深层、更细致也更复杂的操作，则只能由我们自己在实践中去慢慢地学习和领会。

这就是实习生常遇到的困难之一：问题似乎永远超出自己的能力范畴。许多同学因为受不了这样的打击而生出一种挫败感，并因此陷入沮丧，这一点在优秀的学生身上更为突出。究其原因，大概是课堂的首要目的是保证学生的全方位发展，因此哪怕再专业的课本也会尽可能把本专业的相关知识囊括其中，以便让学生将来无论走该专业的哪个方向都能有一定的相关知识和基础技能做支撑。

可是工作却通常只需要我们运用某一个方向的知识和技能。只是它会在这个方向上无限延伸，要求我们在该方向上尽善尽美、透彻精通。换言之，两者一个更侧重知识的广度，一个更侧重知识的深度。

所以说，问题超出你的能力范畴不是你的错，这是广度与深度的冲突，是涉猎与钻研的必然矛盾，而不是因为作为实习生的你天资愚钝。

因此千万不要只闷头苦想或自暴自弃，而是要学会调整自己的心态，并积极地向身边的同事请教和学习，以尽快适应职场生活。

另外，实习中另一个常遇到的困难就是计划总也赶不上变化。无论自己考虑得多么周全，等计划真正落地的时候，总会有各种不起眼的问题纷纷冒头。

例如在我实习后期进行《平安将士》短视频的拍摄和剪辑的时候，天气、场地和人员调度方面总有层出不穷的意外让我重新来过。好在最终的成品效果还可以。

我把视频发布到抖音和 B 站的官方账号后，收获了不错的浏览量和点赞数。

2020 年 8 月，我了解到中国梦·青年影像盛典组委会正举办第五届青年影像盛典，于是我就把实习期间创作的这些视频都投了过去。

结果到 10 月的时候，我就收到了组委会发来的二等奖荣誉证书。大概这就叫“机会总是留给有准备的人”吧。所以说，我们平时一定要多积累，这样才可以在需要的时候有能拿得出手的东西。

但是我在实习期间创作过的浏览量最高的短视频作品并不是这一部，而是发布在抖音上的一个公安局重大活动的现场视频。

那是 2020 年 1 月 16 日，徐州市公安局为全面实现社会安全隐患“清零”目标，让人民过个放心年，决定开展一项集中销毁废旧炮（炸）弹等爆炸物的行动。

这些爆炸物包括警方日常查获、市民主动上缴或历史遗留的一些废旧雷管甚至抗战时期的废旧炮（炸）弹、地雷、手榴弹、子弹等。

其中许多爆炸物因年代久远已经锈迹斑斑，随时有自燃自爆的可能，因此需要专业爆破人员将这些爆炸物从市公安局乔家湖废旧爆炸物品仓库，运往人烟稀少的新沂市马陵山镇福鑫采石场废弃宕口进行集中引爆销毁。为此，徐州市公安局还特意租用了 5 辆爆炸物品专用车，出动警力 30 人，并派遣了 20 余名专家教授和爆破工程技术人员。

我当时作为徐州市公安局新闻中心的实习人员全程随行记录。

只是我一开始并没有意识到这项行动的危险性。在前往爆破地点的路上，我仍然是兴奋与刺激感更多，惧意退意甚少。大概这就是所谓的初生牛犊不怕虎吧。

我们几个拍摄人员在车上兴奋地讨论爆破时的最佳拍摄角度，想象会出现在镜头里的像花一样红的焰火和腾空而起的白色的蘑菇云。

直到我们抵达目的地后，其中一位摄像在下车时不小心踩到了场地外一块塑料。

塑料“嘭”的一声发出爆裂的声响，我一下子就挺直了腰，寒意瞬间从脚底直抵后脑。我甚至都能真切感到头皮在猛然绷紧时带来的刺痛和发麻感，后背的冷汗簌簌而下。

旁边几个拍摄人员也都慌了神，好半天都心有余悸。等看清脚下是塑料片时，大家才都松了一口气，大有一种死里逃生的恍惚感。

这时候我才算真切地感受到这次活动的危险性与我深藏在潜意识里的恐惧。

我们这些远离爆炸现场的人都会恐惧至此，那么，那些几乎零距离接触爆炸物的专业爆破人员和现场特警所承受的压力也就可想而知。

但他们仍然将这些爆炸物按照种类依次排好，设置爆坑、堆放、连线分段……态度从容镇定，严谨而又一丝不苟。这一刻，我对他们的敬意不禁油然而生。

我想会在我的职业规划中将军人列为自己的首选职业，大概也受到了这次的影响。

最终，我们在距离爆破场地大概几百米的位置观看并拍摄了引爆的画面。

没有想象中的火红的烈焰和白炽的光芒，我们看到的是骤然从地面喷薄而起的厚重的泥土和黑色的浓烟。这次的爆炸并不美，反而有着一种沉重又残酷的真实感。

在爆炸发生的时候，我们能感觉到脚下的大地的震颤；在黑色的泥土像瀑布一样从半空扑落的时候，我们能嗅到硝烟与尘土的焦煳的味道。我们不是在燃放让人幸福洋溢的烟花，而是在引爆危险的致命武器。

但最让我感到震撼的还是在引爆完成后，我们的民警又对爆炸销毁现场周边1000 米范围内进行了“地毯式”搜索检查，以确保现场没有未被引爆的残留炮（炸）弹。

我光是看到他们在爆炸现场行走就吓了一跳。毕竟在我小时候也燃放那种长串鞭炮，在鞭炮噼啪作响的时候，总有几个完好的鞭炮被炸飞到地上。我不敢想象他们在爆破场地上行走的时候需要多大的勇气，或者需要对爆破人员的能力抱有多大的信任。

但这一项是必须的，因为它关系到附近居民的生命安全。我们引燃爆炸物后自可以一走了之，但谁能保证不会有进山的村民或满山乱跑的孩子跑到这里？所以一切隐患都必须被排除！

我想只有真正把人民的安全放在心上，把守护老百姓的平安和幸福当作自己信条的人才有这样的勇气和耐心，一遍又一遍，一寸土地又一寸土地在寒风中细致地检查。

我庆幸在实习期间能参与拍摄记录这样一次专项行动，更庆幸中国有这样的一群勇敢的人在时刻保卫着我们，在默默地将一切危险驱离我们生活的地方。

向人民警察致敬！

第 37 章　漂泊五十载的回家路

2020 年春节前后，我跟我父亲一起见证了一场最温暖人心的行动。

那是发生在江苏徐州、河南安阳和河北魏县之间的故事。

2020 年春节前，江苏徐州市云龙区司法局接到市第二看守所“三假”（即假姓名、假身份、假地址）人员李某（以下称呼为“李老汉”）即将刑满释放的通知。

于是云龙区司法局立即展开对李老汉的安置帮教工作，提前为他购置了新的棉帽、棉衣和棉鞋，还给他送上了 2500 元的帮扶款和救助金，努力帮助李老汉寻找他的家庭住址所在。

我父亲在得知这个消息后，就带我一起去了云龙区司法局，打算就这件事进行一次随行记录报道。

云龙区司法局对刑满释放人员的安置帮教工作一直都有成熟的安置帮教办法和流程，但这次他们面临的安置帮教对象却有些特殊。

因为李老汉不仅是一位“三假”人员，而且他的年龄也已经很大，出狱时已有七十岁。据李老汉回忆说，他是在二十岁的时候从家里走失的，之后就一直辗转于河北、江苏等地过着流浪生活，并最终因盗窃等违法行为而获罪入狱。换言之，他现在背井离乡已经有五十年。

五十年的时代变迁，整整半个世纪的发展变化，他的老家是否还是他离开时的样子已经难说，更别提老人自己对老家的记忆也早已经模糊不清。因此，当安置帮教工作人员问及他老家地址的时候，老人一会儿回答说在河南，一会儿又改口称在河北。

其间，我就在老人的对面进行拍摄，从镜头画面里看见老人现在这副模样，心里也觉得颇不是滋味。

平心而论，对一个70岁的老人来说，李老汉的精神状态还算是不错的。可他的身体却已经因为衰老而缩水干瘪。皱巴巴的枯瘦的身材窝在工作人员买给他的厚厚的棉衣里，就像一只干瘦的孤鸟在深深的草窠蜷缩，越发显得无助可怜。老人的目光也总是茫然居多，说话和反应都有些迟缓，眼底更是有显而易见的颓丧。大概他很早就已经放弃了回家的念头。

幸运的是，虽然老人给出的住址并不清晰，但是，安置帮教工作人员还是通过拨打政府热线，公安部门，县、镇、村等相关部门及负责人电话，对老人的样貌特征进行信息对比等，终于查到李老汉的老家就在河南安阳。

老人得知这个消息的时候，一直茫然的眼睛忽然亮了一下，像是有谁轻轻地在他眼前划燃了一根明亮的火柴。但火柴的光亮总是难以长久，老人的眼睛很快又黯淡了下去。

就在半个月前，我才刚给老家80岁以上的老人拍完纪念照，他们那发自内心的幸福笑容至今还定格在我的眼眸与心头，不曾有一丝的褪色。结果现在出现在我镜头里的老人的却是如此消沉和挫败。两相对比，让我在唏嘘之余也坚定了护送李老汉回到老家的决心。

于是2020年1月21日，农历腊月二十七日，我和父亲跟随工作人员一起护送李老汉回到了他的老家河南安阳。老人一路上的情绪仍有些低落，直到抵达他记忆中的家乡时，老人才终于坐直了身子，急切又有些畏缩地从车窗里向外张望。

李老汉下了车也一路紧张地睁大着眼睛，让我们一时也猜不出他是返乡更怯，还是已经认不出这地方，正为自己的未来而担忧。

其实不只是李老汉，我们这个护送小组成员的心里也都有些忐忑。他的老家是找到了，但50年物是人非，他老家的亲人是否都还健在？他们又能否接受一位刑满释放的老人住进家中？

结果等我们推门进去的时候，果然遇上了最坏的局面——李老汉的大哥不幸因病去世。他的嫂子认出了李老汉，不禁泪眼婆娑，李老汉更是扑进她怀里，似一个受尽委屈的孩子终于回到了亲人怀抱，开始号啕大哭。

那样骨肉交融的认亲场面让我们几个旁观的人也差点忍不住掉了泪。

但感动之后，我们也不得不面对一个棘手的问题——李老汉大哥的儿女对离家已有 50 年的李老汉全无印象，因此并不愿意接收李老汉。安置帮教工作人员试图去沟通，希望能说服他们将老人留下，但最终沟通无果。

李老汉对此早有预料，在对方表达出不肯接收的意愿后，就跟他的嫂子告了别，默默离开了他阔别 50 年之久的老家。

虽然我很不愿看到这样的结局，但离开这里可能的确是最好的选择。毕竟李老汉已经是个老人，如果他大哥的儿女碍于我们的面子，不情不愿地将他留下了，那么我们离开以后，他们会不会善待李老汉也是未知数。

只是，虽然这样的局面我们也都有所预料，但一行人从他大哥家出来的时候仍不免心情沉重。

工作人员路上一边开导安慰老人，一边商量着给他重新谋划一个安置方案。

如果实在不行，就干脆在徐州帮老人找个住的地方，再帮忙找份清洁工之类的工作，也好让他自食其力。但老人在车上时只默默望着车窗外面，不知道在想些什么。

于是大家也只好沉默下来，在有些沉闷和失落的气氛中，无奈地踏上去往徐州的归程。

然而，就在我们以为事情就会这样结束，此行将以一个不圆满的结局而黯然收场的时候，局面竟峰回路转，李老汉的嫂子忽然给工作人员打来电话。

她说李老汉还有两个同母异父的弟弟，他们就在河北魏县，也许我们可以去那里找找看。我们护送小组的人对视一眼，立即心有灵犀地拨通了当地政府热线……

这次我们很顺利地就联系到了李老汉的两个兄弟，并且两兄弟竟毫不犹豫地答应了接收李老汉的请求。

让人一筹莫展的难题忽然间解决了，别说李老汉，连我们这些护送人员都感到一种不真切的虚幻感。但当我们抵达河北魏县的时候，那两个兄弟正等候在那里。

他们的年纪看上去比李老汉要小上不少，又或许他们不曾经受过李老汉经历的风霜。

两个兄弟一个身材瘦瘦高高，骨架宽大，面容坚毅，另一人则身着迷彩服，满面红光，憨厚朴实。

李老汉见到两人，不禁再次号啕大哭，又一次扑进亲人的怀里。

他的两个弟弟也红了眼圈，但比起漂泊五十载的李老汉，那位面容坚毅的兄弟明显更加沉稳，只将李老汉搂进怀里拥了拥，忍着泪道："回来了就好。"

另一个弟弟则站在旁边微笑看着，眼底泛起点点泪光。

大概这就是血缘近亲，半个世纪的岁月仍不能磨灭他们之间的情感纽带。

可惜我当时也被感动总想流泪，没能多跟他们多交流几句，只为他们拍摄了一张终于团聚的合照便匆匆躲了起来。

不管怎么说，我们此行总算圆满达成了目的。

安置帮教工作人员与李老汉的兄弟们办好人员交接手续，又殷切地叮嘱几句后，就带上护送小组的人悄悄地离开了，不再打扰他们兄弟三人叙旧。

而我们看到李老汉被他两个兄弟拥在中间向我们挥手告别的时候，也终于感到了一种说不出的轻松与满足。

至此，这场传递对特殊人群关怀的暖心行动终于圆满画上了句号。

我心里不由百感交集，难怪电视剧总喜欢安排圆满结局，原来这种其乐融融的大团圆场面真的会让人发自内心地感到轻快与幸福。

也许生活总比戏剧更苦涩，但我相信只要认真去追求，生活也总比戏剧更美满。

第 38 章　采访北堤村驻村第一书记

继到安吉县余村做社会调研之后，我在 2020 年的暑假又前往了另一个模范村庄，河南省郑州市中牟县狼城岗镇北堤村，继续进行实地调查研究，以更好地了解和宣传我们国家的脱贫攻坚战略。

北堤村的第一书记叫王向平，他曾先后被评为河南省脱贫攻坚先进个人、郑州市优秀第一书记，是郑州市五一劳动奖章获得者，中牟县第三届感动中牟十大人物之一，先锋共产党员。

我打算为他摄制一部简短的纪录片，听他亲口讲述北堤村的发展故事。

有过上次在消防队摄制纪录片时的教训，这次我在出发之前特意搜集过王向平的相关资料，并自信我已经做好了充足的功课。可万万没想到，我刚到北堤村就不禁大吃一惊。

北堤村的村庄风貌与我想象中的完全不同。倒不是说我对农村存在偏见，认为农村就应当偏僻、落后、民生凋敝，而是根据我查到的资料，北堤村在 2014 年的时候还是省级贫困村，全村共有贫困户 183 户。

然而，现在摆在我眼前的却是一个气派、繁荣、舒适度和美观程度都完全不亚于市中心社区的北堤村。

村里不但拥有自己的文化广场、街心公园、服务餐厅、图书阅览室，还有一座面积巨大，设备齐全，拥有健身、娱乐、社交多功能的室内文化活动中心。

每到夜晚，街心公园的游廊和长亭就亮起一片彩灯，村民和游客或在凉亭下纳凉消暑，或在花丛掩映中赏景游玩。有时还会有诸如西瓜大赛、消夏晚会、拔河比赛、扭秧歌等多种文体活动在公园或广场举行，每个人的脸上都洋溢着热情而又自信的微笑。

显然，现在的北堤村不只是一个物质富裕村，更是一个精神富裕村。

能在短短几年内实现这样翻天覆地的变化，我对这位书记更加充满了好奇。

这也让我意识到，哪怕是只做人物专访，也必须考察人物成长、生活、做事的地方，要学会全方位、多角度地搜集有关被访者的资料记录。

环境改变人，人也能改造环境。我想，能让身边的环境发生如此巨变的人，至少要拥有相当的胆识。为了印证这个想法，我顾不上休息就联系到了王向平书记。

他的脸被夏日的阳光晒得有些发红，肤色黝黑，头发稍有些凌乱，看上去形貌憨厚、朴拙，与在田间地头劳作的农民没有什么两样。

尤其是当他对着我的镜头笑起来的时候，脸上甚至还偶尔浮现一缕若隐若现的腼腆和羞涩。但他的眼睛却很亮，嵌在粗黑眉毛底下的两只眸子黑亮又幽邃，透着灼人的坚毅和干练果决。

事实上，王向平这位第一书记做事时的确大刀阔斧、雷厉风行，从不拖泥带水。

在王向平刚上任的时候，北堤村还是以传统农业和养殖业为主。他发现北堤村临近黄河大堤，土壤湿润肥沃，非常适合瓜果类作物生长，而北堤村又一向有种植苹果的历史，于是他当即决定以苹果为北堤村的主打产品，在村里大力推动和发展果园经济。

他说干就干，从外地购买了优质的种苗，还组织村民学习苹果树种植的相关技术，并且在北堤村财政尚不宽裕的时候他就意识到为了长远发展，必须咬牙搞好村里的基础建设。

于是，他在田间地头架设变压器，实现了水源到地头的直接浇灌。他把通往苹果园的崎岖狭窄的土路换成坚实平整的水泥路面，确保了苹果从采摘到售卖的道路都通畅平坦，使苹果不再因颠簸碰撞而影响卖相。

光是这些还不够，为了打开苹果的销路，他还亲自带领村民走出北堤村进行苹果销售。有村民在售卖苹果时，想把不合规格的五分果当作七分果，被王向平严厉批评。因为他深知要想让北堤村的苹果“走出去”，要想打出北堤村自己的品牌，信誉是根本。

此后他更是成立了果树专业合作社，不断改良果树的品质，统一注册商标，统一售卖，真正使苹果种植成为北堤村的支柱产业。

王向平的敢作敢拼还不止如此。

2018 年 4 月，王向平在前往洛阳新安县一处蜗牛养殖基地考察后，发现养殖白玉蜗牛是一项成本低、见效快、风险低、效益高的特种经济动物养殖项目，非常适合推广给他村子里那些年纪大、有残疾，不能或不愿外出打工的人群。

于是王向平果断引进品质优良的种蜗。并在同年 11 月设立温室大棚产业项目以进行白玉蜗牛的繁育和养殖。整个 2019 年，村集体投资 140 万元建设蜗牛养殖基地。

他以独到的眼光和敏锐的判断力，带领着一向以传统农业和养殖业为生的村民搞起了特种养殖。

“白玉蜗牛成熟期短、用途广泛，一般三个月就能出栏，平时喂点南瓜、菜叶什么的，既方便又环保。”王向平说话不打官腔，语言简洁通透，通俗易懂，俨然是一个蜗牛养殖的熟练工。

在 2019 年初，他又力邀有着几十年的水产养殖经历的，从事过观赏鱼、食用鱼和甲鱼养殖的马海山回村为北堤村的脱贫攻坚做贡献。

最终马海山不负所望地为北堤村开辟了观赏鱼养殖业，同时，他还大胆地开创了“稻鳖混养”基地，打造创意稻田，利用稻田饲养甲鱼。

如今该基地已然成为北堤村的一道文化招牌，每年都会吸引大量游客前来观赏游玩。

除搞好村里的发展建设外，王向平也从未忘记要不断学习进步，不让自己与时代脱节。

我去采访他的时候是 2020 年暑假，正是当地苹果、西瓜等瓜果产品成熟的季节。这时候是果农一年中最欢喜也最忧心的日子，因为丰收固然值得高兴，但产品的销路却一直是问题。尤其是随着近年来全国各地脱贫攻坚和“两山”理念的战略实施，不少地区都发展了以瓜果产品为主的种植业经济。各地区在共同进步、共同繁荣的时候，也难免会形成彼此的市场竞争。

王向平深知果农的焦虑。于是他选择了通过直播平台为自己村庄“带货”的推广方法，加入了直播平台的“云耕计划”，号召观众认领果园的果树，在果树成熟时再前来采摘或由他们包邮送货到家。而他自己也化身直播间的主播，积极与观众互动，将农村种植业与新媒体有机地结合到一起，也将农民与新时代紧紧联结在一起。

我问他在直播的时候会不会觉得这有损自己的形象，毕竟主播要靠观众、粉丝打赏，给许多人留下的第一印象就是夸张和轻浮。但王向平完全没有这方面的顾虑。他说他的准则就是让群众过上好日子、富日子，把实事办实、把好事做好。至于自己的形象如何，他完全没考虑过。

我看着他朴实如农民的脸上绽开的坚定笑容，也顿觉心胸通透。也许这才是共产党员应该做的，真正把人民的利益放在首位，把人民的未来当作自己奋斗的方向。

王向平这位扶贫书记真正做到了急民所急、想民所想，他所思所为都是为了让北堤村的经济能更好、更快地发展，北堤村的人民能越来越富足安乐。

用王向平自己的话来总结，他在北堤村这些年做的事可以概括为两点，就是不断地给北堤村“想法子”“找路子”，大胆地为北堤村的村民们蹚出一条条通往小康社会的崭新道路。

截至 2019 年，王向平已经为北堤村打造出了蜗牛养殖、高效农业、生态种养游三个产业基地，让全村人均收入从 2015 年的不到 7000 元，发展到 2019 年的 1.2 万元，村集体收入突破 150 万元。

王向平这位北堤村第一书记身上不怕苦、不怕累、大胆开拓、锐意进取、乐观积极的拼搏态度让我深受感动。这样的书记在中国有千千万万个，但愿我也能早日成为他们那样的人，能在自己的岗位上发光发热，和他们并肩建设我们共同的祖国。

第 39 章　老闫，35 万公里普法路

付出总会获得收获。

只是有时候，收获与付出之间会相隔漫长的时间，所以要学会保持耐心。

2020 年 9 月 16 日，我忽然收到了一条消息，我的摄影作品《老闫，35 万公里普法路》获得 2019 年度全国政法优秀新闻作品三等奖。

这件事有些出乎我的意料，因为我并不记得曾向举办方投过作品。后来我才了解到，这组图片由于获得了 2019 年度江苏省政法优秀新闻作品摄影类一等奖，江苏省政法委就将我这组图片推荐到了中央政法委参加年度全国政法优秀新闻作品评选，并且最终斩获三等奖。

这件事之所以让我吃惊，是因为这组摄影作品其实是我在 2019 年前后拍摄的。那时候我还只是个高中生，算是刚刚在新闻摄影这条路上踏出半只脚的新手。

我的引路人则是我的父亲。《老闫，35 万公里普法路》正是我在父亲的引导下，第一次尝试用纪实新闻摄影专题的手法进行拍摄的。

老闫全名叫闫庭玉，是徐州市贾汪区原国土资源局退休职工，曾是贾汪区第一批普法宣讲员。30 多年来，闫庭玉的普法讲课宣传活动多达 1000 余场，受益听众达 10 多万人次；指导、协助、组织集体、企业、村民、个人参与诉讼 140 多起。

2011 年，闫庭玉从岗位上内退。多年的普法宣讲工作让他见过太多因不知法而违法，因不懂法而不能正当维权的案例。于是，退休后的他毅然决定把普法作为自己后半生的事业，尤其是要给地理位置偏远、法律意识淡薄的地区人们进行普法宣传活动。

为此，他特意选择以自费自驾的方式，以行驶到更多地方，将法律的种子播

撒至更多人的心中。

经过三年筹划，2011 年 6 月 19 日，老闫正式开始了他的第一次全国自驾巡回普法之路。他白天进行普法宣传，晚上就在自己的车中备课，甚至在自己的车中写过遗嘱。因为最开始使用的是自己改造的二手面包车，又要去偏远的地方做普法宣讲，所以他常常行驶在崎岖的山路上，难免会遇到很多的危险。

2011 年 11 月 8 日这天，他从四川雅安出发，向西昌方向行驶。在行至彝海、冕宁一带的某个隧道时，因前车突然亮起刹车灯，于是他赶紧踩下刹车，并因此引发了追尾事故——他的车连续被三辆车追尾。

万幸的是，这场车祸并没有伤到他的身体。而且经交警认定，责任也不在他。然而，同天晚上，当他重新上路，行驶在盘山公路上的时候，又因为崎岖的路况，与一辆货车擦肩而过。他的面包车不但左后视镜被撞碎，车前轮更是轧到了路沿，而路沿之外就是万丈悬崖。

老闫每每说起这件事时都心有余悸，直感叹生命真的好像重新活了一回。

但这些困难并不能阻止老闫。2012 年 6 月 30 日老闫回到家中，结束了为期一年多的第一次全国巡回普法之路。之后，他又先后两次重新出发。

我父亲带我去采访他的时候，已经是他进行全国巡回普法宣传的第 8 个年头，他已经累计行驶过 300 多个地级市。从江淮大地到雪域高原；从白山黑水到椰风南国；从云南昆明火车站到黑龙江乌苏镇；从城市市民公园到乡镇基层村寨，老闫的足迹遍踏全国，累计行程约 35 万公里，几乎绕地球 9 圈。

只可惜那时候我专业能力与新闻素养都远不如现在。在采访他的时候，我虽然也被他的精神触动，并深深地震撼于那一长串的地名和以万计的公里数，但也因为年少无知，总分心考虑自己的镜头里的画面是否完美，甚至神游物外，只懵懵懂懂地由我父亲教导着拍摄，教导着自己和老闫说两句话。

到现在，我对老闫这个人已经没有了太多的印象，只记得他黑白斑驳的头发，精明干练的眼神和他谈及法律与行程见闻时的条理分明与滔滔不绝。

老闫的确是一个做事很有条理的人。他不但在每次宣讲前都会提前给自己打一个草稿，还明确地知道对不同的人，普法的内容也要做到主次有别。

他说："对企业主和职工，我讲解《劳动法》，经济纠纷处理、合同风险规避等法律问题；对于乡镇政府和村委会干部，我讲解婚姻问题、土地争议等农村常见民事纠纷的处理办法；对妇女干部，我重点普及妇女权益保障知识……"

针对青少年违法犯罪，老闫说："给老师讲课结合师德师风教育，给家长上课重点分析家庭教育不当导致孩子违法犯罪的原因，如重智轻德、缺少关爱等。给学生上课重点分析法治观念淡薄、感情失控、一念之差等原因导致犯罪的案例。"

但是当我问及他的家人对他是否支持的时候，他不免有些神伤，情不自禁就红了眼眶。因为在普法和家人之间，他也做了痛苦抉择。他的亲人从一开始就不支持他进行全国自驾巡回的普法活动。他们说，他们全力支持他普法，但为什么他非要自驾去那么远那么多的地方普法？一年在家住不了几天不说，路上有个大病小灾找谁照顾？

他家人的担忧不无道理。闫庭玉已经是 60 多岁的人了，并且他的心脏一直不好。

2017 年 5 月 26 日，他的冠心病突然发作，血管堵塞达到了 95%，只能住院做了支架置入手术。但出院不到一个月的时间，他又带病重新起程。

为此，他的家人没少操心。尤其让闫庭玉挂怀的一件事是 2017 年 6 月 1 日的时候，他的小女儿出嫁。他曾在 2011 年就给自己的女儿许下承诺，等她出嫁那天给她 10 万元陪嫁。但他只能满怀愧疚地给自己的女儿递过去一张 5 万元的存折和一张 5 万元的欠条，因为他的钱几乎全花在他的普法路上了。

他做普法宣传完全是自愿自费的，而且其间帮人打官司，提供法律援助时，他也一律当作公益，不收取任何费用。

老闫说，2019 年 7 月，江苏泰兴曾有一位 80 多岁的退休老教师陆继尧找过他。起因是陆继尧家的一处老宅即将遭遇强拆，陆继尧的儿子曾在网上看到闫庭玉的事迹，于是陆继尧就给闫庭玉打电话，并两次写信邀请闫庭玉去他的老家提供法律援助，承诺一定负责来回费用。

闫庭玉当时没说什么，他直接驾车前往，帮陆继尧厘清材料，指明步骤，一直忙了四天三夜。

临别那天，当陆继尧拿出 2000 元给他的时候，闫庭玉却坚决不收。他说自己是做公益普法的，收了钱就对不起公益两个字。

陆继尧深受感动，直说闫庭玉改变了他的人生观，让他相信世上原来真有不图钱的人。

老闫讲起这件事的时候，神色也有些自豪，陆继尧的评价就是对他公益普法意义的最大肯定。

但也正因如此，闫庭玉不但没有从普法宣传活动中获得经济收益，反而一直在自掏腰包，8 年来已经累计花费了 70 多万元在普法宣传的路上，以至于女儿出嫁时，他连 10 万元钱都拿不出来。

闫庭玉动容地说，他这辈子最对不起的就是自己的家人。舍小家为大家，这是老闫最无奈的选择。

“企业主因为不懂法，签了不公平的合同吃了哑巴亏；孩子因为不懂法，在判决的那一刻才知道自己犯了罪，家长哭得撕心裂肺……”这样的悲剧案例太多了。老闫说，他牺牲陪伴自己家人的时间，就是为了让类似的悲剧不再上演，让更多的家庭得以保全。

老闫的付出不是白费的。到 2019 年 10 月 18 日，他结束第三次行程为止，他现已收获题词 12 本、约 970 家单位的题词留念，其中盖有司法、土地印鉴的有 554 枚，自己写有普法日记 16 本，各地媒体对他采访报道 70 多次，并获得了江苏省十大法治人物提名奖，被评为徐州市第四届十大法治人物之一，获得了徐州市敬业奉献“徐州好人”称号等诸多荣誉肯定。最重要的是，受到他的普法宣传教育的群众已累计达 100 多万人次。

普法路上，他也举报过地下水排污、农田取土、盗采盗伐、政府不作为等违法违纪行为，制止过交警的教条执法；改变过吉林四平车票概不退签，湖南、湖北一带高速公路划分车类收费的诸多规定，对许多省市和乡镇地方法律法规的建立健全、遵纪守法的社会风气养成做出了不可磨灭的重要贡献。

在我问及他今后的打算时，他说他会将普法宣传一直坚持下去。

“等有一天走不动了，我就在老家办一个法学堂，免费向大家提供法律方面的咨询，因为法治是人类社会文明最终的结果。”

据我后来了解到的情况，老闫在我们采访之后，又驶出了2万多公里的普法路。并且，他还打算在2023年进行第五次全国巡回普法宣传，不知道那时我能不能再去采访他一回，或是与他一同前行，记录他普法路上的普法日常和点滴见闻，以一部个人纪录片作为他万里普法路的永久纪念。

第 40 章　一场“幻灭”的实践——《薇娅狂欢夜》

每所大学都会经常邀请与教学内容相关的专家学者到学校来进行演讲或举办讲座来开阔学生视野，向学生传授相关方向上的经验知识。

我所在的浙江传媒学院是一所艺术院校，因此除了学术上的专家学者，也会邀请一些文娱界的名人到学校来进行节目表演，或举办影视、节目宣传等活动。

有时也会有一些综艺节目会把录制节目的场地选在我们大学校园，例如前些年热播的大型真人秀节目《奔跑吧兄弟》就曾在我校取景。

除了上述两种方式，学校附近举办的大型活动也通常会优先向校内大学生发出邀请，以招聘工作人员或志愿者的方式让校内大学生参与其中。这一点桐乡校区的同学应该深有体会，桐乡乌镇每年一届的世界互联网大会几乎都是邀请的桐乡校区的同学入场作为大会志愿者。

类似的活动我也曾参加过一次。那是 2021 年 5 月的事情。杭州小莲花体育馆即将举办大型演唱会《薇娅狂欢夜》，届时会邀请许多明星来参与演出。

节目剧组急缺四名助理，于是举办方就向我们学校发来邀请，希望有学生可以过去应聘。薪酬是每天 400 元，工作时间大概是 5 天。这个消息传来让不少学生为之沸腾。

招聘广告在学校官博和浙传速冻的热度连续几天居高不下，每天都有人在评论区激情讨论。想想也不难理解，光是《薇娅狂欢夜》节目介绍里出现的那一长串艺人名单就足够引发许多同学的尖叫——韩红、林俊杰、薛之谦和黄子韬等当红明星赫然在列。用微博上的话来说，这简直就是天赐的一次“带薪追星”的机会。

我不算追星一族，可是身在其中也难免为众人的热情所裹挟，于是我也跟着兴奋的人群投了简历。

当然我投简历还出于另外一个考量——对一名电视艺术学院的学生来说，能在一场大型演唱会工作无疑是一个难得的实践机会。

最终我从众多的应聘者中脱颖而出，成功入选了节目助理。可不巧的是，我们学校也即将下发一项新的任务。

因为现在已经是 7 月，9 月就是新生入学的日子。我们学校的录取通知书要开始着手设计制作了。我作为电视艺术学院学生会宣传部副部长不能置身事外。

于是我的心里不禁也犯了难。一边是我在学校学生会的职责。虽说缺我一个似乎也没关系，而且我可以找同学帮忙顶上，可是抛下本职工作去参加演唱会难免让我良心难安。

另一边是我已经答应的节目助理的工作。人家举办方本来就急缺人，终于费心劳神地把人招齐了，我总不能扭头就走，把人员空缺的问题重新甩给他们。而且这不是我们学生们自己举办的活动，这是人家举办方提供的正经工作。招聘的是谁，就必须谁来上岗。要是找人顶替的话，估计都算得上是诈骗行为了。因此我心里一时也拿不定主意，只好求助我的父亲。

结果不出我的预料，军人出身的他总是把责任看得最重。

我既然身负宣传部副部长的职责，就必须去履行这份职责，不能给自己找理由推脱。

至于狂欢夜的事情，他建议我提前联系对方，让对方早日从落后于我的应聘人员中补录一名，以防止出现岗位空缺的问题。

我听了心里暗自不忿。我曾听过一句话——当你把硬币抛向天空的时候，你的心里就已经做好了选择。

当我把这个两难的问题抛给我父亲的那一刻，我心里其实也已经做出了自己的抉择——我想去参加《薇娅狂欢夜》。我父亲建议我留在学校，要我承担起自己的责任的时候，我立刻就感到了来自我潜意识深处的抗拒。

我想我大概的确更愿意参加狂欢夜，但我最终还是决定听从我父亲的建议。

因为我知道，他说的是对的。我的确给自己找了很多可以去参加的理由。可事实上，如果我坚信自己的选择是正确的话，我根本不需要再费心去找理由。只有当某件事不符合自己心里的道德判断标准的时候，人才会疯狂地给自己找出许多理由来说服自己，以便让自己“相信”自己做出的决定是绝对正确的。

说穿了，这些理由都是假的，我想去的原因无非只有一个，那就是我觉得去那边会比在学校忙工作更好玩。

摆脱惰性和诱惑，做正确的事并不容易，但是在度过做出抉择的短暂的痛苦之后，又会渐渐觉得心安。因为我知道，我正在做正确的事。我开始踏踏实实地准备我在学校的工作，召集宣传部干事对学校即将安排的工作进行讨论。

可没想到，我这个决定做出不久，学校这边又忽然传来新的消息，这项任务推迟了。于是本来冲突的时间忽然错开，参加狂欢夜和组织学校活动一下子变得两不耽误。

我欣喜地把这个消息告诉我的父亲，并毫不迟疑地赶赴活动现场。

活动正式举办时间是 2021 年 5 月 21 日。当我们赶过去的时候，前期准备工作正紧张有序地进行。我也如愿见到了名单上的明星。对那些新生代的偶像我没什么感觉，但韩红和林俊杰是我喜爱的明星，尤其是韩红。

韩红是西藏昌都人，是中国内地流行乐女歌手，也是空军政治部文工团副团长、全国政协委员。她曾先后毕业中国音乐学院、解放军艺术学院、中共中央党校研究生院。

1995 年，韩红凭一首《喜马拉雅》红遍大江南北，之后又发布了《雪域光芒》《红》等个人专辑。

2005 年，韩红凭借歌曲《天路》登上了中央电视台春节联欢晚会，并斩获春晚歌舞类节目三等奖。

2017 年，她又获邀参加第 71 届托尼奖，成为首位受邀参加托尼奖的中国作曲家。

韩红在音乐方面的实力已然足够优秀，然而她更广为人知的身份是公益慈善明星。她自 2007 年发起“爱心西藏行”之后，又在汶川地震时成立“韩红爱心救援团队”前往汶川灾区支持救援。2012 年 5 月 9 日，她注册成立了韩红爱心慈善基金会。“2016 中国慈善名人榜”上，韩红名列第一，也是第七届中华慈善奖慈善楷模。因此，在做公益这方面，韩红完全可以称得上是我最崇敬的“偶像”。

我也热衷公益，并且很早之前就开始从事公益活动，在不同的地方做过志愿服务。例如，我在小区做过防疫志愿者，在老家帮老人拍照，河南大雨时加入抗洪抢险党员突击队，也一直是我们浙江传媒学院青年志愿者协会的一员。

并且就在《薇娅狂欢夜》举办后不久，我收到了联合国儿童基金会驻华代表芮心月给我寄来的感谢信。因为我成功成为联合国儿童基金会的会员，并加入了该基金会举行的月捐计划。

该月捐计划在中国一共举办了两个项目：一个叫“月捐为儿童”，旨在帮助中国偏远山区的儿童，为他们的教育、营养、健康乃至生存提供帮助；另一个项目是“月捐为救灾”，旨在支持“一带一路”倡议，对国外的贫困儿童进行救助，帮助沿线国家实现可持续发展目标。

我参与的项目是“月捐为儿童”，捐献金额不高，只有每月 30 元。想等我毕业工作以后再慢慢加大捐助金额。

而我的“偶像”韩红比我的能力要强，她做出的贡献更比我多得多。据我所知，除了创办了爱心基金会，她还收养了将近 300 名儿童，在国家和人民受灾的时候屡次进行捐款，甚至还亲自带队前往灾区。

尽管韩红老师的确来参加了，但我和她并没有任何交流。这跟我来之前想象的并不一样。

大概是电视剧看多了，在最开始看到招聘信息里“与明星近距离接触”这一项时，我满以为我的助理工作就是帮助艺人处理他们与观众和公司之间的各种事务，或是作为某位艺人的跟拍摄像师。因此我在来的路上就幻想可以给韩红老师当跟拍摄像师。

然而，到现场后才发现，我们的主要任务只是在活动现场打杂，不是在维持场内秩序，就是在给不同的剧组做帮工，给其他摄像师打打下手。

最要命的是，由于要保证舞台效果，整个小莲花体育馆都进行了遮光处理，一天 24 小时都光线昏暗。而我们的工作又是不分工时的。也就是说，只要有事情忙就做，没事情做时闲待着干等。因此，我经常是黄昏的时候进去，黎明的时候出来，又或是黎明的时候进去，第二天黎明出来。

我根本不知道自己从几点干到了几点。当你在一个光线昏暗的工作场所，在没有固定工作时间的岗位上连轴转的时候，你总是很容易就失去昼夜的概念。那几天我一出门就觉得恍恍惚惚，总觉得里外竟似两个世界，加之我们的工作虽然说不上劳累，却极为耗时。

我一共在里面干了五天，算下来五天时间里，我总共也只睡了 8 小时。至于这 8 小时我是如何分配的更是全无印象，毕竟我连哪天是哪天都分不清楚。幻想与现实的落差、嘈杂的工作环境与高强度的工作时长早已让我身心俱疲。我想我有点挺不住了。

因此，我在进入剧组大概第三天的时候，就又一次拨通了我父亲的电话。我跟他说，我想辞职回校，但我爸却不同意。

就像我前面说的，他总是喜欢要求我做对的事情。于是他又在电话那头殷切地，或者说絮絮叨叨地对我进行开导，教我该如何坚强，教我该怎么做好手头的工作，还拿他以前的经历来鼓舞我。而我就躲在楼梯间里安静地听着。因为我本来也没想真的辞职，我知道我该如何做。我给他打这通电话，只不过是因为我的心里正委屈。我忽然想多听几句我爸的絮叨，我似乎有点想家。

也许每个在外面受了委屈的孩子都会变得想家。等这通电话结束，我的自暴自弃的想法也发泄完了。于是就冷静下来，在我爸的鼓舞和指导下，思考我能在这次实习期间获得什么。

我的工作内容大概不能让我学到什么了，因为我工作的主要内容就是打打杂，给摄像师们取些工具倒些水，给观众们发发应援棒，收收塑料瓶，或者拍几张并不会被派上用场的照片。

而舞台上的音乐虽动听，他们的舞蹈也华美，可那并不是我的专长。我不是音乐学院的学生，我没办法体会他们的唱腔声调或气息的细微变化，因此也学不到什么。

可演唱会现场的其他工作人员就不一样了。这种大型活动总是会配备着高端的摄像团队。我虽然不能在摄像师们工作的时候打搅他们，也不好意思去在他们同样寥寥无几的休息时间里去冒昧请教，可我总可以在给他们打下手的时候悄悄地观察。

就这样，在剩下的几天时间里，我把自己来参加的目的从放松娱乐调整为学习摄影的相关知识。

于是在无事可做的时候，我不再去看舞台上精彩绝伦的表演来放松，而是更多地把目光投向演唱会现场的摄影师们。

就像武侠小说里爬墙头偷偷看武师打拳的少年主角一样，我也开始在演唱会现场偷师学艺，关注摄像团队如何安排摄像机的位置和角度，关注多台摄像机之间如何配合，又如何对不同的镜头进行调度。

虽然这比不上有老师亲自讲述时那样进步神速，但偶尔也会有灵光一现和醍醐灌顶。

尤其是当我突然发现他们正运用的某项技巧居然是我在专业书本上看到的技巧时，我立刻就会感到一种“我也会”的得意和一种看到老师将“剑谱”上的内容一一示范给我看的惊喜感。

人在找到自己想做的事情时，总会觉得时间过得飞快。五天五夜时间一晃就过去了。狂欢终于结束，演员退场，看客散去，我们这些工作人员也纷纷踏上了回家返校的旅程。

刚来时我满怀激情，中间灰心丧气，临走时我居然变得依依不舍，甚至希望能跟随摄制组人员前往下一个地点，跟他们好好交流一番。但我终归没好意思去找他们。

不过也不着急，以后总有机会，这几天“偷”来的经验也已足够我消化一段时间。而且用我父亲的话来说，这次实践活动中，我最大的收获就是又一次战胜了自己。

前番我战胜了诱惑，这次又战胜了惰性，他相信我以后也必然能够再次战胜自我，守住自己的责任心，也能在更严酷的环境中保持住一个军人之子应有的顽强意志和革命乐观主义精神。

不管怎么说，我心里其实很感谢我的父亲一直以来对我的帮助，感谢他总在我迷茫的时候在我的耳边“絮絮叨叨”地开导和指点迷津。

我的确总能分清对错，可是说实话，能分清不意味着能做到。如果不是我的父亲一直在旁督促，我可能也会因禁不住诱惑而跑偏，或是因不堪受苦而逃回自己的舒适区。

所以，尽管我有时候会在心里悄悄地埋怨他对我的要求过于严苛，委屈他对我说的话过于理性和绝情，但更多时候，我会悄悄地在心里感激。

因为我知道，我能走到今天，正是父亲一直在我的背后默默地关注着我、督促着我，也悄悄地呵护着我。

在此，向我的父亲，也向天下每一位伟大的父亲，致敬！

第 41 章　跨界合作：企业携手高校共创《国之光荣》

2021 年 7 月 13 日，一部名为《国之光荣》的音乐剧在浙江嘉兴海盐大剧场成功首演。

这是我校与秦山核电站为庆祝中国核电“走出去”30 周年、中国共产党成立 100 周年和秦山核电站安全发电 30 周年而联合打造的原创音乐剧。

该剧同时也是浙江文化艺术发展基金扶持的精品项目。

参演的演员团体和幕后的工作人员、主创团队，既有秦山核电站的员工，也有我校音乐学院和电视艺术学院两院的广大师生。

其实这已经不是秦山核电站与浙传的第一次合作了。

早在 2019 年 9 月 19 日，秦山核电站就曾与我校音乐学院合作演出过以“秦山精神”为核心，以“雨夜抢运蒸发器”“修复主泵助巴铁”等秦山故事为内容，以《在希望的田野上》《奉献》《核工业之歌》等经典歌曲伴舞的音乐舞台剧，作为庆祝中华人民共和国成立 70 周年的献礼。那场音乐剧的剧名也是《国之光荣》。

上一次《国之光荣》音乐剧的成功演出，让双方决定继续进一步加深合作。

于是，2021 年双方再次开展合作的时候，合作单位从音乐学院拓展到了我们电视艺术学院。

例如，该剧的导演是我校音乐学院音乐剧系副主任陈物华，制作人和编剧则是我校电视艺术学院的党委副书记滕佳丽。

我没能看到上一次合作的演出现场，因为那时我还只是个军训中的大一新生，连学校的建筑群都尚未认全，对学校正举办的活动了解得就更少了。但这次，我不但能亲眼见证，更可以亲身参与其中，因为我就是剧组成员之一。

当然我并不是剧组的演员。虽然我平时也爱唱唱歌，听听音乐，甚至也摸过几回乐器，可我那点微末的本事就不好拿到人家专业人士面前来班门弄斧了。

我所承担的仍然是我的本职——剧照摄影师。这次演出就由我来负责音乐剧剧组的剧照以及演员幕后纪实等相关内容的拍摄。

说实话，这次的任务并不轻松。我刚接到任务时，还以为就是拍拍剧照，心想着大概几分钟就可以了事，可没想到这一拍就拍了一个多月。

因为这次活动的规模远比之前要大得多，演出也不再仅仅局限在我们浙传校内，而是要走出校门，走进剧院，面向全国人民演出和开放。

这样盛大的表演自然需要更充分的前期准备，早在演出开始前的半年前，剧本的创作、演员的选拔就已经开始紧锣密鼓地推进。

2021 年 5 月 26 日，秦山核电站党委副书记、副总经理曹水林和党群工作处党支部书记、处长卫毓卿两位党委领导，带领他们在秦山员工中选拔出的演员团队来到了我校的桐乡校区。

到 14 时，秦山核电站与我们浙传音乐学院、电视艺术学院的相关领导和全体主创人员、演员与幕后工作人员，在思静湖畔举行了原创音乐剧《国之光荣》的开排启动仪式。

《国之光荣》音乐剧正式开始排练。为了让演员们能够更好地了解秦山核电站的相关历史，也为了进一步加深秦山核电站与浙传的合作关系，2021 年 6 月 8 日，秦山核电站又邀请了我校音乐学院与电视艺术学院的相关领导以及音乐剧剧组的全体成员赴秦山核电科技馆发布厅。

三方代表在科技馆签署了《党建共同体协议书》，表达了秦山核电站与浙传共同探索企业与高校党组织之间优势互补、共同发展的党建工作新局面的意愿和以高质量党建引领企业、学校发展，携手打造党建共同体合作关系的决心。

而剧组的演员们则在科技馆讲解员的带领下，认真听讲解员吴勇向他们讲述秦山核电站的历史和重要事件。这样不仅可以帮助演员们更好地了解秦山核电站建立时的历史背景，也可以帮助演员们深刻地体会核电人的艰辛，领悟核电站的“秦山精神”，从而更好地揣摩自己所扮演的人物，把握角色更深层的思想和情感。

我不知道演员们对自己的角色体会有多深，但作为剧组的摄像，也作为剧组成长的参与者和见证者，我在跟随剧组进驻海盐大剧院，并对剧组人员的排练和正式演出进行了为期一个月的拍摄之后，受到了深深震撼。

一方面，我震撼于剧组人员的敬业精神与其高超的业务水平。音乐剧不同于普通的歌舞，演员们在进行声乐、形体、舞蹈训练的同时，还须牢记大量文字内容，并且要在舞台上流畅、完整、声情并茂地讲述出来。

这完全不同于我以往进行的纪录片的拍摄。我在拍摄纪录片的时候，被拍摄的对象可以随时喊咔。他们可以笑场、说错，甚至忘词都没有关系，到时候我都可以进行补录，或者通过后期的剪辑来进行修正。

但音乐剧的演员们却没有失误的机会。他们的每一场表演都是现场直播，因此他们的每一个动作、每一句话甚至表情和语气都不能出错。

于是我在对他们的日常训练内容进行拍摄的时候，经常能看到演员们正对着同伴甚至空气一遍遍地表演并反复揣摩自己的表情、动作，或是在形体镜前做着拉伸训练，或是拿着剧本皱着眉头来回踱步背书，又或是一边做拉伸，一边手拿着剧本小声地读着背着。

台上一分钟，台下十年功。我想大概就是如此了。

除了演员们，其他工作人员的努力也不可忽视。他们或许跟我一样不会站在聚光灯下，但每一位成员都不可或缺。一场成功的表演，与剧组的每一位参与者息息相关。

从进驻剧院开始，音响组、灯光组和场务组、道具组等各个单位都在紧张有序地忙碌着，在为一个月后的首演做着训练和调试。就拿道具组来说，音乐剧的准备就像一场大型晚会，每一场节目表演结束，道具组都要迅速将舞台上的道具移除，并更换为下一场需要使用的道具或背景。

因为他们要对道具搭建的位置进行反复推敲，既要搭出演员们需要的样子，又要方便道具组迅速搭建和拆除。

而且《国之光荣》音乐剧讲述的是秦山核电人的故事，展现的是工人的风采，因此，演出还会用到脚手架、梯子等道具。

道具组在摆放这类道具时还要考虑道具的安全性问题，要对道具进行加固作业，防止演员们在脚手架上舞蹈时发生安全事故。

在所有后台工作人员中，让我印象最深刻的，大概就是后台的化妆师们了。

也许是因为化妆师的水平总是表现得最直观的。

她们的化妆盒在我看来简直和魔术箱无异，顷刻间就能把一个个年轻的学生变成沉着坚毅的中年核工业工程师，或是银发苍苍的年迈妇人，让人叹为观止。

除了剧组人员的敬业让我感动，我也深深地震撼于秦山核电人三十年来的自力更生，勇担重任，顽强拼搏、大胆开拓的“秦山精神”。

我原先对秦山核电站是没什么了解的。即便在秦山核电站的相关领导进行讲述的时候，我能听到的内容也不多。因为我的职责是现场摄像，我要时刻注意我的镜头画面而不能分心。

但在对这场音乐剧进行了为期一个月跟踪拍摄之后，我居然也成了小半个秦山核电站的历史通。

这大概就要归功于音乐剧那区别于单纯的音乐表演的强大叙事能力了。音乐剧既要注重音乐和舞蹈，又要注重剧情和表演，要在笙歌曼舞中，将自己要讲述的故事娓娓道来。

《国之光荣》音乐剧全剧除序幕、尾幕，共有 2 幕 11 场演出，以 23 首原创歌曲为伴奏，以对白、歌唱、舞蹈和表演为载体，以杨启、赵国斌两代核电人的奋斗为主线，讲述了秦山核电人从无到有，艰苦摸索秦山核电站的建设历程，也讲述了新一代核电人继承前辈品格，开拓进取、砥砺前行，实现核电新成就的感人故事。

“承前启后，继往开来”是《国之光荣》音乐剧的主题，也是秦山核电人借《国之光荣》一剧对党和人民做出的最美的承诺。

另外，《国之光荣》的剧名就取自秦山核电站的荣誉称号。

秦山核电站是我国自行设计、建造、运营和管理的第一座核电站。它结束了中国大陆无核电的历史，使中国成为继美、英、法、苏联、加拿大、瑞典之后，世界上第7个能够自行设计、建造核电站的国家，因此被誉为“国之光荣”。

但这份荣光来之不易。《国之光荣》第一幕“零的突破”，讲述的就是秦山核电站从规划到建立的艰辛历程。

我国第一次正式提出要建设核电站的构想是在1970年2月8日，周恩来总理在上海做出了关于建设核电的指示——“从长远看，要解决上海和华东地区的用电问题，要靠核电”。

自此，中国核电正式进入了政治、组织层面的准备阶段。但技术方面还差得远。正如剧中讲述的那样，那时候的中国一穷二白，原子弹试爆成功才仅仅6年，从军用到和平利用是一道坎。

为了跨过这道坎，无数核电人从造出原子弹的西北荒漠戈壁，转战西南大山深沟，终于在1970年8月的时候，四川夹江大山深处的“九〇九”基地，由中国核动力研究设计研制的核潜艇陆上模式堆顺利达到满功率！并成功发出了利用核能产生的第一度电。

至此，中国核电在发电机组方面的技术准备也已经做好。

有了这两方面的准备，在1982年第五届全国人大第五次会议上，中国郑重宣布将在浙江海盐建设我们自己的核电站——秦山核电站。

会议结束，全国100多家科研单位、7个设计机构、11家施工单位、数百家制造厂立即在秦山山脚下集结。

1983年6月1日，代号为“七二八”工程的秦山核电站终于破土动工。但是新的问题又接踵而来，中国有核能发电的能力，却没有建设核电站的经验。

借用上海核工程研究设计院原副总工程师夏祖讽的话来说就是：“大家都没有见到过核电站，也不知道安全壳是怎么回事，连样子是什么样的也不知道。”

上海有个图书情报所，夏祖讽就在情报所看资料看了两年。然而，有关核电站的相关信息，却一律被国外封锁。而且，即便是核电站核心技术之外的信息，国外也会进行不同程度的封锁。

例如，秦山核电站曾需要对某关键设备进行焊接，但当时国内根本没有相应的焊接技术。于是，核电站的建设人员主动寻求国际社会的帮助。一家外国企业答应以 10 万元的价格提供焊接技术手册。但当谈判即将结束的时候，该企业所属的国家政府却趁机提出，中国人使用这种焊接技术时，必须向该国报备，并且要有该国专家的现场监督。

时任核工业部副部长、秦山核电公司总经理赵宏深深地意识到，核心技术是买不来的。于是，核电人放弃幻想，沉下心，稳住气，用本打算买技术的钱，拿来建设自己的实验室。他们凭着已掌握的信息推想，并结合一次又一次的试验，开始了自主设计、自主研发和自主建造的艰难历程。

1991 年 12 月 15 日 0 时 15 分，历过 8 年艰苦卓绝的奋斗，值班长王日清终于下达了并网发电的指令，将秦山核电站利用核能产生的第一度电输送到了电网，中国大陆自此真正有了自己的核电站！这是从无到有的跨越，是中国在核能领域达成的又一项“零的突破”！

前人的成就是伟大的，我们正站在巨人的肩膀上，可我们不能吃前人的老本。

“一代人有一代人的长征，一代人有一代人的使命。”习近平总书记这句淡然、开阔、坚定且充满希望的话语，既道出了新一代年轻人继往开来的艰辛，又饱含着对新一代年轻人的期许。

《国之光荣》第二幕“新的荣光”讲述的就是新一代核电人继承前辈的顽强拼搏、锐意进取的精神，发展核电新技术，摸索核电新道路，开拓核电新成就的感人故事。

现在，新一代的核电人不但积极更新核电技术，还努力开拓核能利用的新领域。

具体来说，他们不但将秦山核电站打造成了我国核电机组数量最多、堆型品种最丰富、装机容量最大的核电基地，而且，新一代核电人正走在建设“零碳未来城”的奋斗道路上。

秦山核电站已经与嘉兴市政府签署了战略合作协议，双方将合力打造“零碳能源，绿色发展”的国家级高质量发展示范区，打造企地共融、高质量发展“全国样本”，势要成为向世界展示“绿水青山就是金山银山”理念的重要窗口。

这并不是一句空话，就在《国之光荣》上映后仅半年时间，即 2021 年 12 月 3 日，我从秦山核电站的公众号上得知，由浙江省能源局、中国核工业集团有限公司主办，海盐县人民政府、秦山核电承办的“暖核”科普活动暨中核集团秦山核电安全发电 30 周年系列活动——浙江海盐核能供热示范工程投运仪式已经举行。

这是我国南方首个利用核能供热的工程，一旦建成投产，可以满足 400 万平方米供热需求。

就像秦山核电党委书记、董事长黄潜在《国之光荣》音乐剧首演时说的那样：“新一代核电人将努力争当新时代的核电领跑者，助力实现碳达峰、碳中和目标，为实现强核梦、强国梦贡献秦山核电更大力量！”

“一批批的年轻人来到秦山，他们是秦山的未来，更是中国核电的未来！”这是秦山老一辈核电人借演员之口向新一代核电人发出的深情的呼喊，也是对新一代核电人新成就的肯定与赞许。

《国之光荣》用一场音乐剧讲述了“承前启后，继往开来”的秦山核电人的故事，讴歌了敢为人先、勇攀高峰的“秦山精神”。

不过，我倒是觉得，同样值得称颂的还有这部音乐剧本身，而不仅仅是它讲述的故事。

我以前从没看过音乐剧，只在中学音乐课本上了解过《白毛女》。进驻海盐大剧场之后，为了更好地了解音乐剧表演的现场拍摄，我也恶补过一些中西方经典的音乐剧。

但这次的《国之光荣》音乐剧却似乎与我之前看过的那些有着很大的不同。首先它讲述的是工人阶级的故事，相比于我看过的歌剧，《国之光荣》无论是道具搭建还是灯光音效对现场氛围的营造，都具有一种非常浓厚的工业感。

就观感来说，这很类似于前几年热映的科幻片《流浪地球》，两者同时具有一种粗犷的重工业的美感和一种岁月悠悠的浪漫感。

尤其是在序幕“缺电”中，“工人们”在钢筋水泥楼前的群舞，能让观众直观地感受到人类在即将投身浩大的工程项目时，那种壮烈的情怀、磅礴的气势、昂扬的精神和不可撼动的信念。

而且，《国之光荣》除了对工人群像，对“秦山精神”的讴歌与刻画，也极注重展示人物深藏心中的细腻的情感。

例如在“就是你”一节，深蓝色的雨幕缓缓降下，雨水淅淅沥沥地落在地上，如散落的珍珠迸溅跳动，举着伞的一对对情侣在雨幕后踏着细碎的雨珠温柔地群舞，将雨幕前的那对恋人依恋又克制的细腻的内心活动渲染到了极致，而恋人的互诉衷肠和对现实的无奈也时时牵动着观众的心。

首演现场情节激烈处掌声雷动，感人处则让人几度潸然泪下。

在我看来，无论是剧情，还是歌舞与现场氛围，《国之光荣》这部音乐剧都堪称杰作。

另外，由于《国之光荣》是少有的以核电人的故事为核心的音乐剧，因此，2021 年 7 月 13 日，该剧在嘉兴海盐大剧院首演的那天，除秦山核电站本站的相关领导和员工外，还有不少核物理方面的专家纷纷赶来观看。

虽然我在剧组准备席位牌的时候就已经得知了这个消息，但是当我亲眼看到那些传说级的部门一一出现在剧院的时候，还是受到了不小的震动。其中就有中国核学会、国防科工局、国家能源局中国核电发展中心、中国科学技术协会、生态环境部宣教中心、中国植物保护学会等“魅力之光”核科普大赛嘉宾到场。除此之外，还有嘉兴市委宣传部、南湖革命纪念馆、海盐县“四套班子”及各机关的领导嘉宾。

最后，作为《国之光荣》音乐剧的创作单位之一，浙江传媒学院各相关部门和二级学院师生代表也在党委书记杨立平，副校长张梁，校党委委员、宣传部部长、统战部部长陈永斌的带领下前来观看本剧的首场演出。

历经两个多月的紧张排练，剧组演员和全体工作人员终于将最后的成果搬上了舞台……

一直到演出结束，所有的剧组成员才终于松了一口气，两个月的紧张一扫而空，每个人脸上都是顺利演出后终于释然的轻快、兴奋与为《国之光荣》、为核电人、为剧组也为自己而自豪的荣光。

我的摄制工作也宣告完成，但剧组并不会就此解散，他们还会继续留在这里进行演出，要将秦山核电人的故事与“秦山精神”宣扬给更多的人，让更多人了解秦山，也了解我们的《国之光荣》。

第 42 章　跟刘鹏飞团队拍纪录片

2021 年寒假我还做过一件事，我跟过《舌尖上的中国》剧组。实际上跟的是剧组的摄像师团队，团队的负责人叫刘鹏飞。刘鹏飞是北京师范大学纪录片中心的摄影师。

我这次过来的主要目的就是跟他学习拍摄经验，并给他打打下手。

当然，这次不是我自己从公众号里找去的，而是我的班主任范高培老师向刘鹏飞他们团队把我推荐过去的。

我的班主任范老师曾在北京师范大学纪录片中心工作，这个团队里的人算得上是他的老战友。

他和刘鹏飞一起拍摄过纪录片《文学的故乡》（又名《文学的乡愁》）。这次他听说刘鹏飞身边正缺人，于是就把我和班上的另一位同学赵凌云引荐过去。一来可以帮我们长长见识，二来也可以让我们这俩“得意门生”去给刘鹏飞团队帮帮忙。我自然是满口答应。

刘鹏飞的名字我是听过的。他不但拍摄过《文学的故乡》《风味人间》等多部纪录片，他所在的摄影团队更是负责了前两年热播的美食纪录片《舌尖上的中国》的拍摄。

《舌尖上的中国》可以说是中国纪录片史上里程碑式的存在。它一改以往美食纪录片“朴实无华”的风格，把拍摄重心从食物转向了人，从而拍出了极富烟火气和人文色彩的中国美食文化。

该纪录片一经播出就用它诗意蕴涵的文案、深沉磁性的配音和精美细腻的画面征服了无数观众。

我身边的同学不管是哪个专业，几乎都一期不落地看完了，个个比追剧还要上心。

甚至我们班许多学习小组在完成自己的短视频作业的时候，也常常会参考《舌尖上的中国》的拍摄手法。

我一直以来的梦想就是拍摄一部优秀的纪录片，现在我不但有机会参与一部纪录片的拍摄，甚至还可以跟这一领域造诣最深、成就也最高的摄影师们一同拍摄，心情之激动自是无以言表。因此，等他们两边一敲定，我立刻就带上自己的设备，奔赴他们剧组的所在地。

那时他们正在江西景德镇进行拍摄。这次要拍的纪录片叫《何处是他乡》，需要在景德镇取景，拍摄这里的陶瓷和漆树等。

初见刘鹏飞老师，我和与我同行的赵凌云同学都有一种见到偶像时的腼腆与局促，而人局促到极点时又总是克制不住地想笑。不知道他当时是怎么看我们的，是不是震惊我们的班主任竟给他派来了两个只会憨笑的小傻子。

好在他人比我们想象中的要随和，甚至可以说特别亲和。这一点比我当初预想的要好出太多，我来之前其实是做好了挨骂的心理准备的。

因为许多摄像师脾气都挺大的。摄像最怕干扰，每次拍摄时摄像师都要神经紧绷，以确保自己的镜头可以精确有效地记录到想要的画面，长此以往，脾气自然会比较大，或者说，会带有一种强迫症似的严谨。

而刘鹏飞又是摄影领域里专业性最强的前辈，因此我想他的脾气可能更好不到哪儿去。然而现实却是刘鹏飞老师总给我一种很放松、率性甚至有几分洒脱不羁的感觉。

他取自己名字的最后一个字，自称大飞，让我们叫他大飞哥，而不是喊他刘老师。

事实上他也的确更像我们的大哥哥，工作闲暇的时候，他常戴上自己招牌的墨镜和包头帽四处闲逛，比我们两个来实习的学生都新潮、有范儿。

当然，他的率性只体现在他的休闲生活中，一旦开机，他就会立刻化身那个国内摄影圈的前辈大佬，其敬业专注程度完全对得起他取得的成就。只可惜因为他大部分时间都忙于拍摄，因此我和他并没有更深入地交流，只有在工作之余才来得及向他请教些摄影、摄像的相关经验，例如镜头怎么样调度，怎么拍好一组画面，怎么样构图，怎么选择取景。最重要的是，作为一个纪录片导演应该怎么样去考虑人物与摄像机的关系。

他也从来是不吝赐教，言谈间充满了前辈对我们这些新人的提点和赞许之意。大概是好学的人总是更容易博得前辈们的好感。这里我不是在自夸，而是那段时间我的确相当好学。

当然，我的好学更多的是有样学样，真正好学的人是和我们同吃同住的那个人。他是刘鹏飞的助理、焦点师、教练师，我们都叫他贤哥。手不释卷这个词用在他身上再恰当不过。

除了吃饭和工作，他所有的清醒时间几乎都用来读书，甚至连睡觉前躺在床上的工夫他也不忘翻书学习，而且他看的书全是那些专业性极强的工具书。

我也跟他要过几本翻看了下，其中大部分都是关于电影摄影、电影导演等方面的书。他以前是高中老师，后来又在横店工作过一段时间。他说趁着自己还年轻，赶紧多看点相关的书籍，提高自己的认知和专业能力，以后说不定自己也能导部片子。

有这样一个人在身边，我们两个学生当然就更不好意思偷懒了。

不过贤哥虽然爱读书，但他不是那种一心扑在书上，对外界则反应迟钝的书呆子。相反，他心思活泛，也年轻爱闹腾，兼之是个文化人，情商、智商双高，在剧组人缘颇佳。

有时候他也会放下书跟我们讲些他从前工作时的经历，比如哪个哪个剧组风气如何，谁和谁关系好，谁和谁私下有矛盾和积怨。最后他还一再强调，他跟我们说这些可不是让我们只当听个花边新闻过过耳瘾，而是要我们从中领悟剧组里的人情世故。

任何一部纪录片或电影的完成，都离不开全剧组人的共同努力，因此，要想完成一部好的作品，就必须融入剧组，学会和剧组各成员保持友好的关系，至少不要到处得罪人，更不要得罪人而不自知。

如果说这次实习我从大飞哥那里学到的是如何拍好一部纪录片，那我从贤哥这里学到的就是如何在团队里与人相处，以及最重要的，无论何时何地，永远要记得提高自己。

欢乐的时光总是短暂。马上过年了，我们的旅程很快就结束了，从江西景德镇到湖北恩施，满打满算的12天，一晃就过去了。12天相处虽短，但收获和情谊却无限，我想我将永远铭记这次旅程。

第 43 章　我的春节七天乐

前面讲到了万事都要提前做好准备。

但光做到这一点是不够的，大多数人缺的都不是准备，而是机遇。可机遇从哪里来呢？难道要默默地等着它自己从天而降？我不否认运泰时亨，天意冥冥，可把自己的未来交给虚无缥缈的运气未免太被动，也太轻率了些。

要我说，机会从来都是自己争取的，而争取的第一步叫发现。身边的信息渠道越多，能发现机遇的机会也就越多。大学总有无数的渠道提供给你，包括但不限于学校的宣传栏、公众号、官方微博、老师的推荐，等等。只要足够细心，你就可以从这些信息中发现属于你的机遇。

2021 年 1 月 26 日，我在《经济日报》微信公众号发布的一则推送中得知，《经济日报》正在举行一场名为旺旺杯“春节七天乐 ”的新闻摄影征集活动。

于是我就拿上自己的相机启程，打算借着这个机会出去拍一些照片参加摄影比赛。

我的第一站就是徐州红十字血液中心。去年寒假我曾和五位高中同学来这儿献过血，现在这里的血库又一次告急。王顺利正在献血点号召志愿者无偿献血，我此行就是为了拍他。

他是徐州市无偿献血的爱心大使，曾先后获得“全国无偿献血奉献奖金奖”“全国无偿献血志愿服务终身荣誉奖”“江苏省优秀志愿者”“江苏好人”等荣誉称号。

这次他听说徐州血库告急，就马上发动他工作单位和身边的爱心市民积极献血驰援。

也许有人会问，为什么徐州市血库总是告急？事实上，全国各地的血库都面临着这个问题，为此我还采访过血液中心的工作人员，他们说这叫季节性缺血，冬春交替之际一直是献血的淡季，每到这时候，全国各地的血液中心都会有不同程度的缺血问题。原因是冬天天气寒冷，市民们连出门活动都不肯，愿意来献血的就更少了。再加上受疫情影响，大家出行也都受到诸多限制，出行不便。

我认为最主要的原因则是冬春交替之际正是春节期间。春节到来，家家户户都忙着过年，而过年总有各种各样的仪式和避讳。人人都想讨个吉利，都想全家团聚过个平安年，而不是自新年伊始就“放血见红”。因此民间一直流传着“春节期间不宜献血”的说法，愿意来献血的人数大大减少。

多种原因叠加，导致徐州市红十字血液中心这两年每到冬天血库都告急。王顺利他们这次的宣传重点就是要破除春节期间不宜献血的说法。

献血就是救人，救人就是造福，有什么是比在新年头一天就救人性命更吉利、更讨彩头的呢？我相信大家一定都能想明白这个道理，也相信王顺利他们一定可以说服更多的爱心志愿者前来献血，以涓涓热血，为生命加油。

另外，如果你有献血的打算，春节期间请一定注意饮食。血液中心的工作人员对我说，最近来献血的人中有几人由于春节期间饮食过于油腻，锻炼较少，导致血液中血脂含量过高，不宜采血，只能白白跑了一趟，所以这个问题还是要考虑到的。我去的时候还比较早，但王顺利他们已经累计发动了 300 多名爱心志愿者前来献血。也许还有更多的志愿者正在赶来，可我却不能久留。

我只有七天的时间，还要尽快赶往下一个地点。于是在接下来的日子我又走访多地，策划并拍摄了《假日觅书香》《35 岁“事实孤儿”第一次庆生》《保供稳价惠民生》《舍不得让你走》《留徐就地过年》《全国首家汉文化主题图书馆春节不打烊》等十几个主题的照片。

其中最让我印象深刻就是拍摄《35 岁“事实孤儿”第一次庆生》的事情。

那是江苏省徐州市云龙区司法局为“三假”刑释解矫人员徐新生（化名）举办的一场特殊的生日会。

之所以印象深刻，是因为那一趟拍摄之旅并不轻松。不是那地方多偏远，道路多崎岖，而是我们根本就找不到要采访的对象。徐新生得知了我们要去采访的消息，就一直躲着我们。打电话不接，到了家门口也不见人影。于是我们想，他是不是不想接受采访？

我也是这时候才忽然领悟到，采访毕竟也是一种合作。既然是合作就要关注对方心思，要尊重对方的意愿，如果被采访的对象明确表示不想被打扰，那么我们也只好空手而归。幸好这次没有，负责和徐新生对接的司法局工作人员跟我们说，徐新生之前是明确表示过愿意接受采访的。之所以现在躲着不肯见我们，可能是因为他没想到会来这么多的媒体记者。

这个原因倒也不难理解，因为我们来的人的确有些多。与我同行的既有人民网、新华网、中国新闻网等中央级媒体的记者，又有省市十几家媒体的记者。这么大的阵仗去采访，难怪他总躲着不肯见我们。

于是我们就拜托司法局的工作人员继续和他沟通，多做做他的思想工作。

我们是去采访他的，是去报道他的事迹，报道云龙区司法局刑满释放人员的接收安置的方式方法，说不定通过媒体的宣传报道，还能找到他的亲人，而不是去瞧他的热闹的。

也许我们的采访会给他造成一定的压力。但是，我们的采访也会给其他各省各地方的司法行政部门和刑满释放人员提供一个很好的安置范本，让徐州市云龙区司法局试点的“刑满释放人员与社区矫正之对接机制”得到更有效的推广，从而让更多的假释人员受益。

忠实报道，宣传优秀范例，传播正能量，也是我们做新闻工作的意义所在。经过工作人员的耐心沟通，徐新生终于同意了我们的采访，我们见到了他。

徐新生虽然有过违法犯罪行为，有过十多次偷盗的经历。但他的个人经历还是比较让人同情的。他从小被拐卖，入狱后又是“三假”人员。

据他回忆，5 岁的时候他就被人贩子从父母身边拐走，被河南开封的一户人家收养。但那家人只养了他两年，他就又一次被人拐走。因为他没有身份证，也没法找工作。因此徐新生只能一直流浪街头，靠捡破烂为生，辗转上海、安徽、连云港等地，后来到了江苏省徐州市。流浪的生活并不好过，所以他没有收入的时候就会去偷盗。

2018 年 10 月，他因盗窃罪被徐州市云龙区人民法院判决，并在江苏省浦口监狱服刑。

2019 年 5 月 6 日，徐新生刑满释放。根据相关文件要求，这一次负责对他进行接收安置的是徐州市云龙区司法局。

其实在他刑满释放之前，云龙区司法局为妥善接收和安置他，多次电话联系了江苏省浦口监狱的民警，与徐新生进行远程会见，以期找到徐新生的家人。

但那时距离徐新生被拐卖的时间已经过去了三十年，时间太过久远。

徐州市云龙区司法局四级主任科员张东阳介绍，徐新生只记得自己被人领走，不但对亲生父母的姓名、地址全无印象，连收养其两年的养父母的姓名和住址都很模糊。

云龙区司法局只好为徐新生临时租赁好住房，并为其购置生活必需品，让他出狱后能暂时有个居所。同时，司法局并没有放弃寻找徐新生父母的努力。最终在司法局和公安机关的共同努力下，他们找到了徐新生养父母的住址。

但是当张东阳和云龙区司法局安置帮教办公室主任朱明刚一起赶到徐新生的养父母所在地时，对方却以没有收养过小孩为由不愿意接收，多次沟通后仍无结果。

于是云龙区司法局只好改变安置方案，为徐新生发放临时救助款 1000 元，并积极与辖区司法所、办事处和社区居委会协调，帮助他在附近饭馆找到一份临时工作。

司法局工作人员为他找到的是一份传菜员的工作。中午的时候，我们走访他工作的饭店。饭店老板说，是司法局的老战友推荐徐新生过来打工的。战友向他讲明了徐新生的基本情况。他也十分动容，不但接纳了徐新生，还对徐新生的过往经历严格保密，只要他愿意在这儿干下去，保证让他过上正常人的生活。

他对徐新生也给予了充分的肯定，说他能吃苦，工作也很认真。

当然，徐新生并不是只一味地依靠司法局和社区人员的帮助。他自己也在积极主动地寻求改变，迎接新生，争取上进。他不但利用自己的特长为自己在门窗公司找了一份新工作，还在 2020 年疫情防控期间，主动报名参加他所在的响山社区的疫情防控志愿者，工作非常出色。

响山社区主任李冬云说：“疫情期间，新生主动提出来，要担任我们社区的抗疫志愿者。如今还是社区的网格员，没事就来社区帮忙。”

临近春节，他工作的公司放假，于是他又回到他曾工作的饭店里帮工。张东阳很早就感慨徐新生想改变自己的生活方式，更想好好生活的意愿非常强烈。

于是云龙区司法局决定进一步对他进行帮扶。他们知道，想要彻底让徐新生重获“新生”，解决户口问题是关键。为此，云龙区司法局多次联系云龙区公安分局治安大队、徐州市司法局、徐州市公安局等部门，为徐新生办理临时身份证。

2020 年 2 月 9 日，经市公安局批准，徐新生的户籍问题终于得到解决。这一天他正式落户徐州，成为徐州市的正式居民。

所以云龙区司法局和响山社区居委会决定在 2021 年 2 月 9 日，徐新生正式落户徐州一周年纪念日这天，在响山社区为徐新生举办一场特殊的生日会。也正因如此，送给徐新生的生日蛋糕上只插着一根生日蜡烛，象征着这一年来，徐新生在响山社区重获“新生”。

这也是徐新生 35 年来过的第一次生日。这场生日会上最让我感动的不是蜡烛吹熄的那一刻，而是我观察到的一个小小的细节：在响山社区居委会的工作人员忙着为他包饺子的时候，徐新生并没有因为腼腆和怕生而呆坐在自己的位置上，而是主动站在社区主任李冬云的身边，在她的教导下跟着一起学包饺子。

细节见人心。生活中他何尝不是像学习包饺子一样，在努力地学习技能、运用技能，努力地让自己告别过去，重新拥抱光明。

而李冬云和张东阳这些司法局和社区的工作人员，又何尝不是一直在他身边耐心地指导，关注着他的改变，引领着他回归正常生活。

甚至我们来为他庆祝新生，他用他包出的饺子热情地招待我们。

这一幕不也正像他疫情期间做的那样，主动投身志愿服务，用自己的行动积极地回馈政府、回馈社会？

“我不知道我的家乡在哪里，但徐州就是我的第二家乡。之前多次犯罪入监，让我失去继续生活的信心，是你们让我重新树立了信心，我以后一定会好好工作，用自己实际行动感恩社会、感恩政府。”这是徐新生吹熄生日蜡烛后说的话。

生日会结束后，徐新生又跟着社区主任张冬梅一起去进行社区防疫宣传工作。而我在给他们拍下一张照片后，也默默地离开了这里。

最后用云龙区司法局党组书记、局长于尊岭的一句话作为这个篇章的最后总结——“面对处在人生十字路口的他们，政府和社会要不嫌弃、不歧视、扶一把，用爱心去感化，激发他们重新生活的勇气和信心”。

七天旅程结束之后，我将我拍摄的十几张照片寄给《经济日报》，参加他们的“春节七天乐”摄影评选活动，其中《保供稳价惠民生》《汉文化景区新春游园会》《假日觅书香》三张照片被《经济日报》采用。

不过相较于在成绩上的收获，我更看重在这七天中所真实经历的事情。

这七天里，我去过疫情期间全力组织生产，保证市场供应的维维六朝松面粉产业有限公司，访问过为刑满释放人员送去生日祝福的徐州市司法局。我游览了“欢天喜地庆新年”的楚王陵汉文化景区，也参观了我国首家以汉文化为主题的图书馆——徐州云龙区图书馆。

我看到了最勤劳的企业工人，看到了最暖心的司法局工作人员，看到了在景区安心过节的游客，也看到了在图书馆安静读书的少年。

于是，我想我看到了一个繁荣昌盛的伟大国家。

第 44 章　江山雪岭自然保护地

前面拍了许多纪录片，成品如何且不论，至少学到了相关的知识和技能，积累了一定的拍摄经验。

但等回头整理时才发现，我以往拍摄的视频几乎都是人物纪实或人文类纪录片，自然风光类的纪录片我还从未拍过。

于是，2021 年寒假，我和我的同学来到了位于浙江衢州的江山雪岭自然保护地，打算尝试一下新类型的纪录片拍摄。

我们之所以选择到江山雪岭自然保护地拍摄，一则是考虑到它就在浙江省内，距离学校比较近，来回方便。二来则是因为江山雪岭自然保护地的建立模式与传统自然保护地的设立模式有着显著不同。

江山雪岭自然保护地是全国首个不改变林地林木权属，只通过设立生物多样性保护地役权而建立的自然保护地，而不是采用传统保护区那样“一刀切”“全禁止”式的建立模式。

通俗点来说，就是江山雪岭自然保护地虽然是保护地，但是保护地内的居民并不会被强制从住地迁离，而且他们在保护地内的合理的林、农业生产也可以继续进行。

比起传统模式，该模式虽然对保护地内生物多样性的保护力度稍弱，但它保证了保护地内村民的正常生产生活，兼顾了生态保护与资源的合理利用，后期还可以带动当地的生态产业发展，是一种绿色发展和可持续保护模式。

这种新模式适用于濒危、珍稀物种较少、对保护力度要求不高和保护地内居民相对较多的地区。我国华东、华南地区的潜在保护地基本都有类似特点。所以江山雪岭自然保护地的新模式和新经验也就显得格外重要。

我们此行一来是拍摄保护地内的自然风光，二来也是要探究这种新模式的实践效果到底如何。

说来说去，仍然要进行人文方面的内容拍摄。也许，自然与人文本来就是分不开的。

人不负青山，青山才能不负人。

无论如何，这次我们毕竟是要深入到原始密林中去的。

所以我们的前期准备，除了查阅资料，还要准备好帐篷、睡袋、登山包、登山杖，甚至炊锅米菜等生活物资。

好在我们进行活动申请报备的时候，联系到了当地的工作人员，因此物资准备这一项都由他们来负责。

毕竟我们这些学生没什么经验，他们担心我们会考虑得不周全，到时候进了山再发生危险就不好办了。

他们还专门派了三位巡护员来接应，并由他们负责在我们进山的时候照顾我们，给我们充当向导。在此再次感谢当地有关部门对我们此行的帮助和照顾。有了巡护员们的帮助，我们这边的准备工作就轻松多了。

除了我平时外出会带上的设备，我就只额外准备了一双雨靴。因为我想，既然是深入密林，少不得要跋山涉水，穿越露水浓重的草丛和灌木。

然而，万万没想到，我做的这唯一一项准备，不但没能给我帮上多大的忙，甚至还把我劳累得不轻。

因为我购置雨靴的时候只顾了考虑它的防水性能，却忘记考虑我要行走的路况。因此买来的雨靴鞋底并不厚实，甚至可以说非常轻薄柔软。

于是我穿着它踩在遍布砾石的山路上时，几乎就像在光着脚行走，硌得我脚底生疼。

这也是为什么巡护员提出要替我们准备物资，有些事我们规划得再具体，也难免会因为不了解当地的状况而出现缺漏。

进保护区可容不得缺漏，一旦出现问题，搞不好就要危及生命。

然而，我们这一趟毕竟是深入人迹罕至的密林，哪怕前期准备得再完善、周到，也注定要吃不少苦头。

在纯天然的山路上攀爬行进还算其次，最难挨的还是山顶的冷。

深山老林，植被茂密，空气湿度大，昼夜温差也大，一到了夜里，体温流失非常快。加之我们去的时候又是冬天，这一趟可是把我们冻得不轻。

等巡护员们帮我们把篝火生起来以后，一群人恨不得就睡在火堆边上。

因为篝火产生的热量完全不足以把寒气赶出多远，一旦离开火堆半米，我立刻就能感觉到有寒气瞬间浸穿衣物直逼过来。喘口气，凛冽寒意直沁肺腑。

因此天色一暗，我们就立即各自钻进了帐篷和睡袋以躲避夜晚的酷寒。

我们的睡袋是气垫式的，充气后人躺在上面可以避免身体直接与冰冷的地面接触，既能保温，又可以防止地上的虫子蠕动爬行时隔着气垫伤人。

这个设计确实非常人性化，可惜我却没体验到，因为我的睡袋气垫漏气。

不怪巡护员粗心大意，而是这张气垫的漏气程度并不明显。充满气后它并不会立即泄气，因而看上去完全没有问题。

直到我真正躺上去才发现它的确在漏气。因为大概过了两小时，我就会因为气垫空气漏光，身体直接接触到地面而被冻醒。

于是我一晚上没睡踏实，每次被冻醒就要爬起来重新充气，可说是饱受折磨。我想如果以后再申请专利的话，那一定是因为研究出了如何检查气垫是否漏气的技术。

深入保护地腹地，肉体上的痛苦算一部分，但最难忍受的还得是精神层面的压力。

因为保护区毕竟不同于旅游景点，这里的环境是最原生态的。除了原生态的山水，还有最原生态的植物与动物。保护地内山高林密，草木繁杂，相隔十米就看不清人，一抬头，头顶永远是彼此交织的树枝，树冠遮天蔽日，犹如一张巨大的蛛网，总让人感觉连植物也野气十足。

动物就更不必说了。虽然江山雪岭自然保护地的主要保护动物是该保护地的特有种——国家一级保护动物黑麂和黄腹角雉。但据为我们引路的巡护员说，整个江山仙霞岭自然保护区内有脊椎类野生动物 228 种以上，其中国家一级、二级野生保护动物共23种：国家一级重点保护野生动物除黑麂、黄腹角雉外，还有白颈长尾雉、云豹、金钱豹；国家二级重点保护动物有猕猴、穿山甲、青鼬、小灵猫、金猫、鬣羚、黑冠鹃隼、黑耳鸢、赤腹鹰、松雀鹰、红隼、勺鸡、白鹇、褐翅鸦鹃、斑头鸺鹠、蛇雕、黑熊、豺等18种。

我认不全这些保护动物都长什么模样，但云豹、金钱豹和黑熊这些猛兽的名字总还算如雷贯耳。而且我们的巡护员常叔的确曾在山里见过云豹。

他的年纪其实比较大了，大概六十岁的模样。因为野外工作经验丰富，所以当江山雪岭自然保护地成立的时候，他就成了这里的巡护员。

他一路上向我们科普保护地内野生动植物的相关知识，并重点提到了有关云豹的事情。

他说，云豹虽然体型不大，只有三四十斤，跟一头中型犬差不多大小。但是如果我们观察过它的头骨模型，就会发现它的犬齿非常夸张，就像已经灭绝的史前剑齿虎，是现存猫科动物中长度比例最长的犬齿，这让它可以狩猎野鹿等较大的猎物。

当然，云豹的牙齿并不外露，平时是藏在嘴里的。可他看到的那头云豹却露着牙，因为那头云豹已经死了。

说到这里的时候他非常痛心。他说，目前浙江省内的云豹数量最乐观估计也只有150头左右，至于活体云豹的影像记录更是几十年来一例也没有。

我不觉得我们能有那么好的运气遇到云豹和金钱豹这类极度珍稀的大猫。

可我们仍然不能放松警惕，因为保护地里的野猪比较常见。近年来，全国许多地方都有野猪、老虎下山伤人的事例。

野猪们皮糙肉厚，性情凶悍，獠牙如刀，被咬一口或者拱上一下也得丢去半条命。

于是当我们行走在山林里的时候，我总是不由自主地竖起耳朵倾听林地里的动静。

当我在深夜被冻醒的时候，更是“梦想照进现实”，因为我的的确确能清晰地听见营地外正有动物踩在落叶上走动的沙沙声，以及不知远近的野兽的鸣叫与低吟。

那一刻我睡意顿消，寒毛倒竖，整个人就如被泼了冷水一样瞬间清醒。而越清醒，听到的声音就越清晰。我几乎不由自主地开始屏息凝神，动也不敢动，生怕下一秒就有野兽一头扎进我薄薄的帐篷。

我自认算是胆大的，可进了山却一直吓得不轻，而且越吓越清醒，越清醒就越慌张，直吓到风声鹤唳，直慌到草木皆兵。

我紧紧缩着身子躺在帐篷里，一时竟也分不清外面到底是山风呼啸如狼嚎，还是狼嚎呜咽如山风。

也许当你真正面临大自然的恐怖与伟力的时候，人类总是会立即感觉到自己的渺小与无助。

幸而我们有巡护员在身边，心里总还稍觉安慰。巡护员们“艺高人胆大”，不但不觉惊慌，甚至还有些期盼能遇见几只野生动物。

人怕动物，动物也怕人。巡护员说，他们在山里巡逻的时候很少有机会能看到大型的野生动物，即便遇到了，它们也常常会在很远的地方就开始逃跑。

因此，为了监测观察保护地的野生动物，巡护员常常会在发现野生动物活动痕迹的地方设置红外相机。当下次动物再出现在这片区域的时候，相机感知到动物身上的红外辐射就会自动开机拍摄。

那种相机不大，就是一个黑黑的小匣子，带着两条绑带，一般都绑在树干距离地面大约一米的位置。

现在的红外相机已经有摄像和夜间成像的功能，能保证全天候持续对该地区的野生动物进行观测。

这就是科技发展带来的好处。巡护员说，倘若是在以前，巡护员想观察记录到动物的身影，只能用在树上搭临时观测点，连续几天几夜守点观测的方式。而且即便忍受这样辛苦也只是“有机会”观察到动物，并且这机会十分渺茫。

因为人本身也是动物，人长期居住的地方总会有人的气味。野生动物嗅觉灵敏，可能在很远的地方就避开了观测员，根本不会出现。

而且随着现在互联网和 AI 技术的发展，巡护员们的装备也得到了更好的升级。比如他们可以将拍摄到的野生动物活动痕迹上传至巡护员专用的地理信息系统，建立智能巡护系统，利用大数据分析就得到某种野生动物的活动轨迹和活动范围等。

只是这些工作他们只能回山下的住所里进行，因为保护地腹地没有网络，手机完全没信号。因此巡护员在带我们进山的时候都携带了卫星电话，用以紧急情况下对外求援。

可我却忘记了提前跟家人朋友打好招呼，进山后又一路紧张刺激，无暇多想。直到终于有了信号才发现，手机里的未读消息早已 99+，于是赶紧一一回复，报上平安。

害怕归害怕，任务中该做的事情我们也都没落下。

毕竟保护地的许多景色的确让人震撼而陶醉。放眼望去，既有潺潺流水，又有草木森森；既有云蒸雨润、新芽泛乳，又有风梳烟沐、古木参天。繁杂处有繁杂处的幽闭，开阔地有开阔地的豁朗，其间景色或神秘，或空幽，或古朴，或静谧，或是缤纷绮艳，或是秀雅清疏，总让人情不自禁想要举起相机纵情拍摄。

也许拍自然风光就这点最好，身随意动，不等自己脑袋想好要拍什么，手上就已经把想要的效果拍了出来。

而且在山林里露营野餐本来也是一桩趣事，比如找柴火，搭灶台，自己生火做饭。尤其是晚上的时候，一群人在冷风里围着篝火，手捧着热腾腾的饭菜，耳听着巡护员讲深山老林的故事，既彼此恐吓着互相玩闹，又肩并肩偎在一块儿寻找温暖和团队带来的安全感，温馨惬意自不必说。

只可惜限于我们的行程规划的时间并不长，而且巡护员们也担心山里的风险不是我们几个学生能扛得住的，所以我们总共也只在山上待了两天一夜，就不得不趁着天色未黑，匆匆下山去了。

当然，走之前，我们已经把自己在山上的生活痕迹尽可能地清除，让地貌环境尽可能与我们没来的时候一样，以避免干扰到山里野生动物的正常活动。

这一点，我想就算不是去保护区，而是在其他景点旅游的游客也应该努力做到，至少不要在自己游玩过的地方留下满地狼藉，不要随手丢弃生活垃圾，尤其是不能自然降解的塑料袋、饮料瓶等。

在山下我们又采访了当地居民对江山雪岭自然保护地的看法与设立保护地以后对他们生活的影响。

村民们说，江山雪岭自然保护地虽然成立于 2020 年，但成立工作却是在很多年前就开始进行了。

最初是相关部门发现了当地的生态保护价值，于是政府开始逐步禁止这里的森林采伐，教导当地居民改以采粽叶、养蜂为生。但这样的措施虽然保护了植被，可村民仍免不了要上山从事生产，而且林、农业生产中也要使用到除草剂、杀虫剂等农药和化肥，这些都会惊扰甚至伤害野生动物。

因此 2019 年 7 月，桃花源团队便深入江山雪岭地区进行实地考察，想要找出一个两全之策。通过几方调研磋商后，终于在 2020 年确定了基于《中华人民共和国物权法》，推行以“生物多样性保护”为目的的地役权改革模式来建立社会公益型自然保护地。

2020 年 12 月 29 日，由衢州市自然资源和规划局、江山市人民政府主办，江山市林业局、廿八都镇人民政府承办的江山雪岭社会公益型自然保护地役权合同签订暨登记发证仪式在江山廿八都镇正式举行。

衢州市自然资源和规划局局长黄孔森、副局长金树平，江山市委常委、常务副市长刘明鹤，深圳市桃花源生态保护基金会副总裁王德智，江山市林业局、自然资源和规划局、改革办、司法局、廿八都镇、周村村等单位代表参加并签订了地役权合同。

需要补充的是，桃花源基金会是一家成立于 2014 年 4 月 10 日的非营利环境保护机构。该机构致力于用公益的心态、科学的手段、商业的手法保护具有重要生态价值的区域。

江山雪岭自然保护地就是桃花源基金会成立的第六块公益保护地。所谓公益保护地，即完全由社会资金支持、民间机构管理、政府部门监督的社会公益自然保护地。

这种不直接拿走林地归属权，而是在当地成立保护地的地役权保护模式一经推出就立刻得到了当地村民的广泛认同和支持。我们去采访的时候，当地居民告诉我们，以前村里生活条件差的时候，的确有不少人曾上山打过野物，吃过野味。但后来这种情况就很少发生了。一是随着国家发展，大家的经济条件都改善了，不再需要打猎充饥；二是政府的法律宣传的逐渐展开，大家都知道野生动物大多是国家保护动物，吃了是要犯法、是要坐牢的。

等到地役权协议签订，江山雪岭保护地正式成立后，当地村民的保护意识更上一层楼。

他们不但不再进山伤害山里的动植物，有些村民甚至还主动承担起了护林员的责任，利用自己多年在雪岭山区生活的经验，带领科考人员进行科考研究，帮忙清理早年间山上遗留的捕兽夹、猎套或捕鸟网等一些会伤害到野生动物的陷阱工具。

其他居民也纷纷改进自己的生产生活方式，不再使用化肥、农药，并积极发展科普、研学、生态旅游业等新型经济产业。

例如，在保护地建立溪石斑鱼繁育基地，既能宣传当地的生态保护建设成果，又可以帮助野生动物繁衍生息。

衢州市资规局负责人黄孔森曾表示说：“雪岭公益保护地项目是贯彻习近平生态文明思想的生动实践，将为中国南方集体林区探索出一条可推广、可复制、可持续的生态保护之路，希望桃花源基金会扎根江山，与当地团结一致，共同做好雪岭的生态保护工作，真正成为绿水青山的守护者，并及时总结经验，形成可复制、可推广的全国典型案例，为新时代生态文明建设做出应有贡献。”

这也是我们最想看到的，生态保护与资源利用不但不必互相损害，反而可以互相成全，共同发展，只要对自然心存敬意，对生态环境有爱护之心，我们总能找到人与自然和谐共处的新方法。正如习近平总书记说的那样：“人不负青山，青山定不负人！”

第 45 章　探访马庄村

不积跬步，无以至千里。我一直认为做任何事都要持之以恒。

疫情暴发之前，我曾给我的老家，河南省扶沟县韭园镇大王庄行政村的 29 名耄耋老人拍纪念照，并制作成 16 寸的照片装帧到精美的相框里免费送给老人。

后来我又回到了我的老家。一来是担心疫情会对老人的健康造成不好的影响，二来也是完成我疫情前未能完成的一桩心愿：我想和他们拍一张合影。

并且我决定此后每年只要有时间回老家，都会给村里的老人免费拍照。这是我迈出的半步，半步的距离不远，但时间总会用它的跨度将这半步之距无限延伸。

也许等我十年、几十年后再回头看，我的这半步也会连成一条沉淀着岁月与往事的历史印记。可我不能把一切都交给时间。时间或许的确可以拓展这半步的长度，却它永远无法拓展这半步的宽度。

我想要的更多。我想要把我的视野打开，于是我不再把拍照的人群局限在我的老家，我开始为更多乡村、更多群众免费拍照，比如徐州市贾汪区潘安湖街道马庄村的“荣誉家庭”。

2022 年春节期间，我来到贾汪区马庄村。我来这里的目的是为我即将到来的毕业准备视频拍摄的选题，就像我在安吉余村、狼岗镇北堤村一样，继续探究马庄村乡村振兴战略和社会治理的好经验、好做法。

2017 年 12 月 12 日，习近平总书记在党的十九大后首次进行的地方考察，就是在江苏省徐州市贾汪区潘安湖街道马庄村。

他提出实施乡村振兴战略不能光看农民口袋里票子有多少，更要看农民精神风貌怎么样。而马庄村就是“把加强精神文明建设实实在在地落实和弘扬”的农村新样板。

一直以来，马庄村都极为重视乡村文化活动和文化氛围。

据《马庄村志》记载，早在 1988 年 11 月，马庄村就成立了自己的农民铜管乐团。该乐团最初的成员之一叫徐传贵。

我去采访他的时候，他告诉我说，马庄村以前也是个传统经济的农家小村，也有封建保守的小农思想。直到 1987 年马庄村决定大胆开矿，大搞经济转型，发展工业生产。

于是 1987 年元旦，马庄村 32 名党员放了挂鞭炮，举行了破土动工仪式。仅用了一年零十个月的时间，就建成了年产 10 万吨的煤矿。

但发展的速度太快，给马庄村村民带来巨大经济收益的同时，也让马庄村的村民产生了虚幻感和不真实感，加之不必再花费大量的时间为生计奔波，村民们开始变得怠惰、浮躁，迷信、酗酒、赌博和斗殴的风气愈演愈烈。

当时的马庄村党委书记孟庆喜看到这幅景象十分痛心，他提出："光抓经济，不重精神不重文化，即便一时发展，也不会长久！"

于是 1988 年，孟庆喜提出"文化兴村"战略，徐传贵所在的第一支农民铜管乐团就正式成立。

30 多年来，马庄村农民乐团不但坚持演农村事、说农村话、道农村情，还把时事政策等内容也以群众喜闻乐见的歌舞、小品等娱乐形式表现了出来。

同时，马庄村还设置了各种节日，在村内组织大大小小的文化活动、文明比拼。

尤其让我惊喜的是，这一次我不仅是文明村的历史发掘者、经验探究者，更是马庄村这个精神文明村的活动参与者。

因为这一次我将为马庄村的"十佳文明实践户"王振侠家、"十佳好婆婆"刘兴英和"贾汪正能量　身边好榜样"非物质文化遗产传承人王秀英等荣誉获得者拍摄纪念照和最美全家福，并将照片装裱后送给他们，作为他们获得该荣誉的奖品和新年礼物。这些荣誉称号都是他们在马庄村创建精神文明评比活动中获得的。

1986 年，马庄村的村民试行建立家庭档案，到 1988 年正式确定以家庭为单位记分，并且随着时间的推移不断完善记分标准。

从最开始参加集体活动、义务劳动、志愿服务和遵守村规民约加分，到后来家庭完成生产任务、门前三包加分。2004 年，又将家庭和睦、尊老敬老、团结邻里、禽畜管理情况等纳入考评范畴，作为年终评优评先发放物质奖励的主要依据。

2021 年，在我到来的前一年，马庄村的家庭档案又进行了一次全面升级。村里建设了相应的网络信息系统，并将全村的家庭档案一一上传，进行更公开透明的信息化管理。

马庄村党委书记毛飞说，家庭档案表面上记录的是每家每户的家事、小事，反映的却是马庄村乡风文明建设和基层社会治理创新的实践与成果。

如今的马庄，文明家庭达到 700 余户，占全村家庭总数的 86%，连续多年被评为全国文明村。

我去拍照的那几户人家就是马庄村最新评比的优胜者。

其中“贾汪榜样”王秀英是非物质文化遗产徐州香包的传承人，也是王秀英香包工作室的创立者。

自 2001 年起，马庄村响应国家号召，关停村里的煤矿井之后，村里就开始依托村里浓厚的文化氛围，搞起了产业转型，成立了民俗文化手工艺合作社。

其中培育香包制作能手就是王秀英带领的一项重要的文化建设，在她的带领下，马庄村及周边村庄的村民纷纷从事香包制作，香包产业从十来个人的分散小工坊，迅速发展为集聚型的香包文化大院，香包产值达到 800 余万元。

贾汪区也相继建起马庄香包文化大院、马庄文创综合体、马庄中草药园，搭建香包网络销售平台，将香包制作产业化、体系化，让小香包成为村民致富的“金荷包”。

到 2021 年，马庄村不但全村生产总值突破 2.25 亿元，集体经济收入 500 余万元，人均可支配收入 3.5 万元，而且还建成全市第一家新时代文明实践站。

除了发展文化产业，开展生态旅游，马庄村还每年评比文明户、文明榜样，为村民们树立学习的楷模和典范，宣传先进典型、学习道德模范，崇德向善已蔚然成风。

王振侠和刘兴英就是2021年度的“十佳文明实践户”和“十佳好婆婆”的优秀代表。

2022年2月9日，我携带相机为包括他们在内的村里的文明户和榜样户拍摄了他们的纪念照和全家福。2月11日，我将装裱好的照片陆续送到他们手上，老人们都非常感动。

“十佳好婆婆”刘兴英说，以前哪拍过照，就算拍也都是小辈们用手机拍，拍完就存在手机里，没想过还可以把照片打印出来。

最让老人们自豪的是，几十年来，文明户得到的奖品五花八门，但从来没有像今天拍一张珍贵的全家福作为奖品。这才是“仪式感满满”，也是他们收到的最有意义的新年礼物。

在我给“十佳文明实践户”王振侠拍照时，王振侠的小孙女刘思汝送给我一个手工制作的莲花灯，以感谢我用镜头留住了他们全家人的美好瞬间。

现在那盏莲花灯还保留在我的书桌上。点面灯、扎花灯虽然不如马庄村香包那样有名，却也是马庄村文化产业的一部分，马庄还有更多的文化产业等待发展和壮大。在将所有的照片都送出去后，我心里也不由得感慨万千。

他们都在感谢我这个大学生志愿者，却不知道我也在心里也悄悄感谢着他们。

他们一家三世同堂，甚至四世同堂的和乐美满的家庭风气就是我此行最想看到的。

尤其是在目睹73岁的刘兴英扶着家中93岁的老人王玉荣慢慢散步的场景后，我更是深刻领悟到，为什么马庄村每年都要进行文明户、榜样户的评比。因为具象化的文明才是最直观、最形象的，道德模范的感召力也可以很具体。

我想我不但今年要来给马庄村的文明户、榜样户免费拍照，以后的每一年，我都要来给新的文明户拍照，我想用自己的相机记录更多美好瞬间，用志愿服务的坚实步伐践行青春奋斗的铿锵足迹。

第 46 章　在 CCTV-7 实习的日子

2022 年暑假，在解放军报社工作的张雷伯伯帮我联系了一家实习单位。

我的实习单位是中央电视台 CCTV-7，所在的栏目组是《军事纪实》。

《军事纪实》由中央电视台国防军事频道推出，并正式开播于 2006 年 6 月 26 日的一档军事栏目。该栏目主要围绕部队中心工作，宣传军队和国防建设的重大典型、重要事件。

“栏目将以独特的视角关注军营，以发现的态度记录军营，探索军营，零距离触摸军人特有的心路历程，全方位展现军营独具的形象风采。”这是《军事纪实》栏目对自己的介绍，也是它对我发出的最好的邀请。

既可以贴近军营生活又可以进行纪录片创作，几乎完美地贴合我想成为一名军事摄影师的理想。

该栏目还同时拥有不同主题、不同拍摄地的多个节目摄制组可供选择。这是《军事纪实》栏目自 2006 年就建立的特殊的节目录制方式，多个节目摄制组多路并进，同时进行拍摄。

因为该栏目每周一到周五晚上 8 点都会准时播出，节目需求量非常大，且节目内容又都是我军相关，可以说每期都是独家报道，没办法像自然风光类纪录片那样可以在空档期播放从国外引进的成品纪录片。

因此栏目组需要采用这种多线并行的摄制模式来提高节目的录制效率，避免到时无内容可播的尴尬局面。

同时，《军事纪实》栏目不仅挖掘基层官兵的故事，也创作了许多追忆历史的文献纪录片。例如《情注香江》《烽火一九三七》《西路军》，等等。

2022 年 8 月 14 日，我接到任务，前往河北唐山某部拍摄实弹射击。这次的拍摄给20出头的我留下了一辈子最深刻的印象。

刚进军营时，看到那一个个迷彩斑斓的矫健身影，一副副斗志昂扬的年轻面孔，我不禁有一种鱼儿入水鸟在天的归家感。只是我不能在这个“家”里久待，因为我们马上就要离开了。

来到栏目的第一次拍摄是在新训基地，而这次要远离军营，跟随部队一起去野外，进行部队野外实战化演练内容的拍摄。

这已经不是我第一次在野外进行拍摄了，不久前我才和新闻学院的同学在江山雪岭自然保护地进行了为期两天一夜的野外拍摄。

区别是上次拍摄时野兽环伺，这次却是待在部队里。按说应该没人能比我们这一觉睡得更安稳，可现实却是我们根本没睡也没得睡。就在我们刚刚抵达演训地点的时候，天色就瞬间暗了下来。黑沉沉的阴云笼罩在天上，地面狂风骤起，尘土满天。固定帐篷的锚钉刚敲下，立即就会被狂劲的大风重新拔起。我们几个合力搭成的帐篷也很快就被大风掀翻，帐篷里的东西轻飘飘如落叶一样满地乱滚。挂在外面的门帘则像旗子一样猎猎作响，声如雷震。

等后面暴雨也落下时，雨水砸在身上，跳进眼里，让人几乎站也站不住。

难怪军迷们总喜欢提“气象武器”，恶劣的天气的确比我们想象中要恐怖得多。

傍晚时，庞大的雷达车、导弹发射车裹挟着泥浆滚滚而来，浑似地龙过境、鼓角齐鸣。它们驶近时引擎的轰鸣声已是震耳欲聋，脚下大地的嗡嗡震颤更让人头皮阵阵发麻。

尽管我对导弹和发射车的体量已经心中有数，可数据的罗列完全无法表达出实物的壮观气势。六七米长的导弹乍听起来不觉得如何，然而随着发令员的一声“起竖”，这些躺在车上的庞然大物整齐划一地凭空竖起两层楼高的伟岸身躯，宛似一座座在平地耸立的森森铁塔，让人不禁屏息凝神，心里隐隐生出些畏惧来。

那时候我满脑子只有一个念头：要不要跑，导弹会不会原地爆炸？不是我不信任咱们兵工厂的产品质量，或是怀疑班长们的操作能力，而是当你真的面对这些庞然巨兽，听见它们从头顶呼啸而过的时候，总是会不由自主地心惊胆战。

我清楚地知道这些家伙可不是花骨朵，它们绽放的瞬间带来的绝不是美艳与馨香。它们都是真正的“杀器”，其岿然不动时已是寒气逼人，待到破鞘而出后更是摄人心魄。

大概我这也算是一种叶公好龙吧。在画中看猛虎总觉得它威武雄壮，并惊叹它美丽的皮毛，恨不能早一天见到实物。等哪天真的在丛林里打了个照面才觉得惊慌与恐惧。不过我总比叶公要强些。

风势消减几分，野外实战化演练在夜间展开。

天上的浓云遮蔽了启明星，外面仍是漆黑的夜景。昨日的狂风势头稍弱，却犹自奔腾未止，寒意料峭，战士们已经开始全身心地投入了这场在恶劣环境下进行的野外实战化演练。

随着防空营紧急集合的警报声响起，防空兵们立即冲出宿营区，并在短暂的时间内迅速进入作战状态。各单位集合赴往自己平时训练时的岗位，跑位准确，口令清晰，目光沉着冷静，几十个人协同并进。

一切准备就绪，导弹班班长王春晖和我们一同等待这个激动人心的时刻。这时，我的腿开始紧张地发抖，我抬头看了看周围，每一个人的眼睛都死死地盯着发射筒，我低声细语道：命中，安全命中。

在雷达锁定“敌机”所在的位置后，导弹升天，双发齐射。导弹划过漆黑的夜空，虎啸龙吟之后在天空留下了长长的白烟。

王班长倒数五、四、三、二、一，当他数到一时，靶机在黑夜的尽头一瞬间变成了无数的火花，此时此刻，我们与导弹班的战士一起欢呼了起来，心里的大石头总算是落地了。

由于部队第二天凌晨还要进行一场防空对抗演练，于是我们一行人被安排在另外一个临时搭建的帐篷里休息一晚。说是“一晚”，实际上只休息了三个多小时。

一闭上眼，眼前黑乎乎的，就像是那漆黑的夜空，利箭破空的景象一直在我眼前浮现，让我不由得惧意渐退，初入军营时的热血重新翻涌上来，并再次开始期待见证新一轮防空演练。

感觉刚闭上眼没多久，凌晨 4 点的闹钟就把我吵醒，我们一行人又匆忙地起来拍摄了。

隐身于黑夜的靶机呼啸而过，几十门高射炮正把密集的炮弹射向天空。那些白炽的炮弹几乎就悬停在天上，乍看过去，如群星闪耀。

只是这些群星的光芒耀眼而短暂，它们很快就在空中渐次爆裂，并在极致的光与热的爆发中，将烟云、弹片和震荡波释放在高空。

陈干事见我望着天空出神，滔滔不绝地向我介绍这些装备的型号与炮弹种类。

我一边认真听着，一边望着外面的炮火连天暗想心事——今天，是我的生日。

我虽然不怎么注重生日、节日，可不论是谁都多少会期盼自己生日那天可以天降喜事。

然而，昨天刚来到演训场地时，我们就被飞沙走石的大风吹得跌了个跟头。

谁过生日时不盼望着晴空万里、鸟语花香呢?

结果我这边倒好，一上来就电闪雷鸣、风雨交加，这哪里是生日，简直就是受苦纪念日。

但是，当我们抵达作训场地后，我心里的失落瞬时一扫而空。感谢昨天的狂风骤雨，也感谢那些遮天蔽日的阴云能让我有机会见证炮火在黑夜里燃烧的绝美景象。

我重新振奋起来，一边心疼我们冒风雨演练的战士，一边立刻穿好雨衣投入拍摄。

如果说白天的炮火如雷霆般气势磅礴，那夜晚的炮火就像极了一簇簇绚烂至极的烟花。炽热的钢铁星辰接连在夜空爆燃，火箭弹与地空导弹拖曳着近乎赤色与白色的尾焰，如流星一样划破长天。

它们抵达的是比云还高的地方。因此当它们自云层中穿越的时候，它们拖曳着的火焰就如闪电一样照彻出夜空上的斑斑云团。那景象竟让我不时生出一种错觉，好像我不是从地面仰拍天空，而是正站在海底仰拍着海面。我的脚下是湿润的泥土，我的头上正波光粼粼。

高射机炮正向那高处的海面发射密集的炮火，画出长长白线的曳光弹仿佛是自海底向海面架起的一座令人目眩的光桥。又或是那幽邃的深空忽然裂开了一道长长的缝隙，于是一束束灼目的阳光从深空倾向大地，而那裂隙深处则是几乎让空气也震荡起来的虎啸龙吟。

我无比荣幸能在生日这天看到这样波澜壮阔又绚烂惊艳的场景。

我想也许这才是天降的生日惊喜，也是部队送给我的最好的礼物。如果说还有比这场壮美的“烟火”更让我惊喜震撼的事，那大概就是焰火掩映下红蓝两军的激烈交锋了。

这次部队实战化演练的主要内容是防空演练。我们来的时候靶机早已升空，并且已经接近我们的防空区域。但是漆黑的天空为靶机提供了最好的掩护，我们用肉眼根本无法观测到靶机的位置。

雷达车对靶机的搜索也总被靶机以灵活多变的战术机动而规避，甚至被突然释放的强磁场干扰。

红蓝双方从战术技能到电子对抗，你来我往，战况胶着。每次有靶机被击中时，我们摄制组的成员都会爆发出阵阵欢呼。可仔细一想，我们的欢呼似乎并不应当，我们好像已经自然地把靶机视作了“反派”。

因此，靶机被击中时，大家备受鼓舞。可一旦防空部队脱靶，我们就立刻会担忧是不是他们哪里的部署出了问题，甚至在拍摄到脱靶画面的时候，我心里还多少会有些不好意思，觉得自己似乎正在揭人短处。

实际上，靶机队作为防空部队的蓝军，其存在的意义绝不是被击落，而是要成为红方部队最强大的“磨刀石”。

因此，靶机队不但会以各种方式避免靶机中弹坠落，还会一直主动骚扰和进攻，试图找出防空部队防守的最薄弱处，争取力挫红军。

一直站在我身边的陈干事说，有一次靶机队的一架靶机一直以超低空姿态在雷达搜索区域内盘旋，并最终成功找出了他们的车载雷达能探明的最低高度，于是神不知鬼不觉地率领整个机群穿过了雷达设下的重重防线。

他们那套单机攻击、机群集群、低空突防的打法，让不少陆军、海军部队都吃了亏。

而且由于近年来无人机技术的迅猛发展，靶机迭代更新非常快，几乎每一场大型演练，蓝方部队都会同时派出十余种、几十架型号不同、性能各异的靶机参与演练。

靶机的机动性、隐身性越来越强，靶机驭手的远程操控水平也越来越高，说是神出鬼没一点也不过分，显然靶机队这块防空部队的“磨刀石”在锤炼红军的同时，也在不断锤炼着自己。

在听陈干事说完这些后，我对防空部队出现的脱靶现象，不再引以为憾，甚至还有点希望他们能多脱靶几次，使他们在装备或战术上的盲区与缺陷尽可能多地在训练中暴露出来。

只有这样，他们才能更好地改进装备，完善战略和战术，提高部队的防空能力和作战能力。等将来有一天，他们终于走上战场的时候，才可以少牺牲、少流血。

这就是实战化演练的目的，也是我们部队不设脚本和预案，设立强大蓝军的意义所在。

红蓝双方在交锋中成长，在对抗中合作，共同为提高祖国的国防能力，保卫祖国的大好河山而不断向着更高更强处迈进！

说起让我备受感动的人，是高射炮班的班长崔路健。他是二期士官，山东人，黝黑的脸上有一双“杀气”十足的眼睛。他与导弹班班长王春晖是同乡同县的同年兵，也是高中同学。

我发现，在相处中，脱下了军装，他们也都是跟我一样的普通年轻人。

他们也会想家，也会迷茫，也会偷偷藏着女友的照片，想念着军营外成扎的啤酒和烧烤摊，甚至也会有彼此的捉弄与调侃，有偶尔的调皮与犯错。

我在军营采访时，由于都是同龄人，相处起来没有太多的隔阂，很快就和他们打成一片。我们经常会聚在一块儿聊聊年轻人的共同话题，说些彼此知心的话。

可是，在这军令如山的军营，为了军人的荣誉，为了保卫祖国和人民，他们选择了把所有的柔软深藏心底，把自己的意志磨砺成钢铁，把自己的腰杆挺成一杆长枪。

他们日复一日地咬牙训练，一头扎在自己的岗位上，直到任务顺利完成前的最后一刻，他们始终不敢放松紧绷的神经。

临走前，我们一起在海边吃了烧烤，看着沙滩上搁浅的水母、蜗居的螃蟹，海风拂过脸颊，那一刻，我感受到了在烈日下期待已久的清凉。

吃罢，我们上车前往宾馆，上一秒喜笑颜开与我们谈笑风生的崔路健一下子严肃起来，从他的脸上我能看出他的失落，相处了半个月他已经把我们当成了他的战友，今日一别，不知何时才能相见。

车发动了，我们道声再见后，离开了那个夜幕中欢声笑语的海岸，崔路健注视着我们，站在原地一动不动。

车子缓缓向前，我在后视镜里也一直看着他。

突然间，他举起右手向我们敬礼，我猛然回头，看着他逐渐缩小的身影，我心头一触，泪水伴随着路程的颠簸润红了眼眶。

第 47 章　追梦人

2022 年 7 月 18 日，刚来栏目不久，我突然接到任务，和央视军事记者朱登玲、李帅到某部采访，这次主要参与一期节目的摄制。

这将是我第一次参与军事题材纪录片的制作。

我在节目摄制组的身份是摄像组的第二摄像师，主要负责一些辅助镜头的拍摄。

我的摄像次数虽说不多，但仍然难掩激动的心绪，尤其是在我听说我们这次将要进驻的军营之后——我们这次要去的不是常规部队，而是位于中部战区空军某部的地空导弹部队。

中国地空导弹部队一直肩负着保卫国家的政治中心、军事要地、交通枢纽及其他重要目标的重任。

部队装备的不同型号的导弹更是真正的国之重器。

在我国还没有先进电子对抗手段的条件下，我们的地空导弹部队就屡屡击落敌机，捍卫着我们的领空，也保卫着我国人民的生命和财产安全。

最有名的战例是在 1965 年 1 月 10 日，我国地空导弹部队在建立仅七年之后，就在内蒙古包头击落了一架美国 U-2 高空侦察机。

其为击落 U-2 高空侦察机而开创的“近快战法”的快速歼敌战法，至今仍是反空袭作战基本战法之一。

现在我有机会一睹我国国之重器的风采，如何能不热血沸腾，心潮澎湃？

为此，在我们摄制组还没开始拍摄导弹装备的时候，我就悄悄找身边的导弹兵们问过导弹发射时的体验如何，有没有想象中的震撼。

我的问题当然不能得到想要的回答，因为他们跟我一样从来没见过实物，更别提亲手进行导弹的发射了——他们都是导弹部队的新兵。

因为我们摄制组定下的主题方向就是跟踪拍摄导弹部队的新兵们，记录他们从部队新兵到成为一名合格导弹兵的成长历程。

这个历程并不容易，除了我们大学军训时就了解到的内务整理和齐步正步走等队列训练，他们还要经受各项体能、战术训练以及相关的专业理论考试。

士兵的体能、战术训练比学生自然要严苛许多。在训练刚开始的时候，新兵们受伤流血是常有的事。例如在进行“匍匐过铁丝网”训练的时候，我就眼看着不少新兵的衣服和手上都有不同程度的刮擦痕迹。但是没有一个新兵因此喊累喊疼。

他们那张跟我差不多年纪，甚至比我还年轻的青涩的脸上只有正在慢慢觉醒的坚毅、刚强和永不服输。

其中有一个新兵让我尤其印象深刻。他是大学生兵，知识基础扎实但身材稍显薄弱，在进行队列训练的时候总走不好正步。但他总是自己跟自己较劲，夜里在路灯下继续训练。新训排长被他的精神打动，亲自对他进行指导。几天突击下来，他硬是凭着一股子韧劲把自己的队列成绩从班里的垫底提到了班里的领先行列。

当然，我们要建设世界一流军队，高素质兵员自是必不可少。现代战争下，士兵们仅拥有过硬的体能和战术水平还不够，也要有充足的知识储备、突出的专业技能和明晰的逻辑思维能力。

地空导弹部队作为一支技术性特种部队，更是对士兵的素质提出了更严格的要求。新兵们在结束体能、战术训练之后，还要统一进行相关专业理论的学习，考试压力不比学生更轻松。这期拍摄虽然没有震撼的实弹射击，但是这个过程同样也是我在拍摄军事纪录片成长路上的“新兵连”。拍摄结束后，这期节目于2022年8月10日播出。

然而，当我还沉浸在喜悦之中时，我的“突击考核”竟也不期而至。在我们返回央视后，制片人张姗姗竟突然要求由我来担任编导。可在此之前，我担任的还仅仅是摄像组的第二摄像。隔行如隔山，从摄像到编导，两个完全不同的领域，接到这个通知的时候，我一时也不知是该受宠若惊，还是该敬谢不敏早早地溜之大吉。

但在短暂的困惑与纠结之后，我也立即做出了决断，这份挑战我接下了！

我虽然没有从军，可我自小就在部队长大，又刚刚在部队与新兵们共同生活了一段时间，自认算是半个军人。军人哪有临阵脱逃的道理！但接受考核还只是第一步，做对做好才是关键。

接下来的一段时间，我在恶补编导的相关知识的同时，也找到摄制组的其他编导，认真向他们请教编导的工作内容与职责，并大量搜集相关资料，对自己写出的方案草稿一遍遍校对，检查错漏，直到最终将完成的成品交给制片人张姗姗审核。

她一笑，对我交了底。

这次突击考核就是她和总编辑魏纪奎定下的。他们见我这个实习生在实习期间各项任务都做得不错，态度诚恳，做事也踏实稳重，所以才有心提点，想让我跨领域尝试下编导的工作，希望我不要只局限在自己擅长的领域，不要总停留在舒适圈里，而是要不断地摸索、不断地开拓，努力往高处攀登。

2022 年 8 月 17 日 20 点 45 分，我第一次导演的《当飞机遇上复杂天气》在中央电视台军事频道《军事纪实》栏目播出，激动的我一夜无眠。

只有站得高，才能看得远，经历得多，思维才会更加开阔。制片人张姗姗对我说的话让我获益匪浅。的确，我还年轻，我的未来还有无限可能，我不该只顾沿着最平坦的路走到底，也该勇于去尝试开拓更多的路线，学习更多的技能，见识更多的风景。

摄像是我最擅长的技能不假，军事记者也的确是我心仪的职业。可我的目标并不仅仅是成为一名摄影师，我还想有一天可以亲自导演一部由我摄制的长篇纪录片。

感谢《军事纪实》栏目组全体成员对我的帮助和照顾，也感谢摄制组对我的提点与教诲，我将保持实习时的良好心态，勇于实践，锐意进取，将自己的人生路走得更远、更宽、更波澜壮阔。

第 48 章　毕业前再次冲刺

收拾东西时翻出了之前的日记本，转眼间一年了，再次翻阅这本记满了密密麻麻文字的日记。

日记会让人静下心，帮你回忆一下最近发生的事。古人云：“吾日三省吾身。”也许这就是日记的作用吧。

马上就要毕业了，我还在为自己的未来担忧，身边的人纷纷考研、考公成功上岸，而我现在的目标依然飘忽不定。最近还在准备事业编考试，希望今年一毕业就能上岸。

2023 年 4 月 7 日下午，实习中的温韬同学来学校办事，我们恰巧相遇，一见面我不知道说什么好。

我们在相处的那段日子里，有太多的计较和针锋相对，既然谈了，我就是奔着结婚去的，因为我很认真地对待这一段感情，现在倒好，分手了。难过吗？谈不上。

不想再折磨对方了。谈恋爱就是为了幸福快乐、放松心情，这些我们俩都没有给到对方，也许她给到我了。虽然跟她在一起的那些时光很安逸、很幸福，但似乎整个世界都停止了，我的大脑好像一直提醒自己，不能总沉醉在乌托邦里。

目前我们俩都还没有找到合适的工作，每每谈及此事，她总是不愉快。

也许我们俩真不合适吧。一年零四个月，这是我谈得最长的一段恋爱，温韬同学是个有着大智慧的小女孩，跟我在一起使她个性受到了很大的压抑，也许我并不适合她。

明天就是 2023 浙传先锋——浙江传媒学院第六届十佳大学生评选活动了，

这是我时隔两年再一次站上这个演讲台，紧张倒是谈不上，只奢求别忘词就阿弥陀佛了。

我也希望能拿到这份荣誉，虽然不是那么耀眼，但这是对我努力奋斗的最好认可与见证。至少不留遗憾！

今年一开始就感觉不是特别顺，没有意外的惊喜与收获，也许是自己还不够努力。但至少可以健康快乐地活着。

先把体重减下来吧，把身材管理好了，完成身体上的磨炼是自律的第一关。

从大二到大四，两年了，我的目标还是一直在动摇，大方向有了，小目标总是摇摆不定。先有个定数吧，再考虑未来的路，新的一天，加油！

刚刚结束的浙传十佳大学生的评选，我以总分第二、个人第一的成绩成功获得这个荣誉称号。

非常庆幸，这份荣誉在我大学四年即将收官之际，终于实至名归。

正式演讲时没有发挥到最好，竟然出现忘词的现象，幸亏我临场不乱，巧妙化解了演讲中出现的这一瑕疵。也许还是准备得不够充分。

在一星期前统计演讲方式的时候，我为了偷懒还选择了鹅颈，也就是在讲台前讲，这样一来可以偷瞄稿子，二来可以不像在台前那样把整个身体“暴露”给大家，也能克服紧张。

但最后我还是选择了挑战一下自己，用手持麦站在讲台前演讲。

这次脱稿即兴演讲，也是对我的一次挑战与突破。

上午彩排的时候，我临时把室友瞿琦雷喊上帮忙助阵，演讲与稿子匹配度基本达到 90% 以上，PPT 衔接得也特别好。

总体来说，我对这次挑战还是比较满意的，就是在正式演讲时出现了一点点瑕疵。

我们四个室友，先说瞿琦雷同学，前两天他刚拿到了中曼石油公司和 OPPO 的 offer，一下从一个技术宅摇身一变成了我口中的“人上人”，这样他终于可以脱离束缚他才华的杭州电视台，去更高的平台发展，作为四年的室友，我打心底里为他感到骄傲。

大个子慕善奇同学现在已经拿到南京电视台的 offer，正在实习期，两个月实习结束就可以转正。

谭家俊同学现在杳无音信，按常理讲他应该回老家湖南，在湖南省台实习，有可能会留在那里工作。

再说说我，目前仍然在为就业发愁，希望申请 UIC（北京师范大学－香港浸会大学联合国际学院）的 offer 能下来，这样我还能过渡一年。另外，浙江省事业编的考试临近，我也要继续加油啦。

回想起四年前来到宿舍的第一天，对于对父母无比的思念与不舍，自己偷偷在被窝里委屈地哭鼻子，如今，这个简陋的四人间却成了我追逐梦想与忙碌后一觉到天亮最温暖的栖息地。

太狼狈了，今天好遗憾！

2023 年 4 月 13 日，刚刚结束的浙江传媒学院最美志愿者评比，我获得全场最高分 92 分的好成绩，顺利成功当选。

但心中留下了无比的遗憾，半个月前，校团委的桑珊老师找我聊关于参加评选的事，我二话没说就答应了。

大学四年，学校因为疫情，一直没有举办优秀志愿者的评选，我也想争取一下这份荣誉。为了不和前天的十佳大学生展示的内容重复，我晚上重新加工，改了稿子，PPT 换了一系列的图，花了两个多小时做了个片尾视频，结果一上场就卡壳了，视频也没有成功播放。很是遗憾，感觉对不起评委们给予我这么高的分数。

赛后，优秀志愿者与评委老师集体合影。合影后，校团委书记刘杳向我表示祝贺的同时，顺口开玩笑地跟我说：今天的演讲内容和你前天参加十佳大学生的演讲内容基本没有大的变化。虽然刘书记只是一句玩笑话，但我心里特别内疚，一直在检讨自己。

我曾担心会出现 PPT 播放不出视频的问题，所以提前来到比赛现场，反复对 PPT 进行了试播放。果真，还真出了问题，我发邮件时特意标注了要把整个 PPT

文件夹拷出来，而工作人员只拷贝了 PPT，我无奈地从兜里掏出 U 盘，现场重新链接了一下视频，正常播放后交给现场工作人员，最后我才知道是因为工作人员没有保存才导致我的视频没播放出来。

我顿时火冒三丈，但想想自己已经稳夺桂冠，就默默消化了情绪。

细节决定成败，这次的演讲经历给了我深刻的教训。老子说：天下难事，必作于易；天下大事，必作于细。

第 49 章　父亲毕业典礼发言前的准备

大学毕业开始进入了倒计时，毕业典礼的准备也在如火如荼地进行着。

毕业前最让我一筹莫展的事情，非毕业论文莫属，今年教育部规定，严格审查本科生毕业论文的质量，对高校进行随机抽查，因此原本学院规定的毕业作品创作阐述就要变成一篇具有较强学术性、专业性的创作阐述研究文章。

对于搞实践专业的艺考生来讲，动笔杆子写文章无疑是“猪八戒绣花，硬装手巧”。

我倒还好，在大学参加了大大小小的评奖评优、演讲比赛，党课宣讲也练就了我的文字功底。

写一篇四五千字的材料我基本上可以拿捏，但是写一万多字的学术性论文，还真是第一次，于我而言可以说是一个新的挑战。

2022 年 11 月，全新对话式 AI 模型 ChatGPT 正式发布，这对于科技领域是突破性的出现。可以把它理解为一个能进行文本对话的智能机器人，或者是升级版的语音助手。

你可以向它提出问题，它通过算法给出较为接地气且专业的解答。

这对于检索资料来说，是很大的便利。

现在正值毕业季，学生的毕业论文都纷纷打起了 ChatGPT 的主意。我也好奇，特地在网上下载了这个软件，确实不同于以往的聊天软件。

输入一段文字，比如：帮我写一篇 500 字的毕业感悟。经过几秒钟的等待，它就能帮你完成。

它不仅可以与人类进行自然对话，还能成为编码高手、图书管理员、职业规划师，等等，可以说功能非常强大。

于是，我便围绕此次论文的研究方向，尝试着搜了搜，结果让我不是很满意。

我仔细看了看反馈给我的文字，长篇大论却毫无逻辑，语言表述简单，这根本不像是一篇学术性的研究。

我又试着将以前参加微团课比赛的题目“让青春力量在防疫一线绽放”输入进去，对比了一下我的定稿材料，结果还是言之无物。

我当机立断，关闭了页面。信别人不如信自己，自己磨出来的东西才是真正的实力。

在这里我不得不提起我的指导老师——何煜。她算得上是我们学院在专业上数一数二负责任的老师，我的论文一共修改了近 30 个版本，每次写完一版我信心满满地交稿，都会在 24 小时内被数十条每条长达一分钟的微信语音“轰炸”，这是何老师的修改意见。

有同样选何老师当指导老师的同学经常跟我吐槽说，这突如其来的轰炸实在是让人崩溃，我却很平常心。毕竟忠言逆耳，虚心地听他人指出的问题反而是对自己的提高。话说回来，我写毕业论文的过程可以说是从信心满满到信心崩塌再到信心重建的过程。不但可以锻炼自己写论文的功底，还可以磨炼心智。

正当我整天焦虑地修改文章的时候，终于等来了一个好消息，我爸给我打来电话说：“儿子，你几号毕业典礼，我跟你妈过去。”

原本被论文搞得焦头烂额的我不耐烦地回了一句：“爸，我这一堆事，您就别来添乱了。”

“那哪行，儿子的毕业典礼我跟你妈必须得去。”也罢，我在杭州上学，四年来都没有带爸妈好好逛逛西湖，正好我也尽一下“地主之谊”。

“好，你们来吧。”我回应道。

“再告诉你个好消息，你爹我被学校邀请作为参加毕业典礼的家长代表发言了，怎么样？惊讶不？”

“真的假的？那恭喜你咯，6 月 8 日见。”

我能从电话这头听出老爸内心的喜悦，他笑得合不拢嘴的样子我都能脑补得出。

我四年取得的每一份荣誉都离不开老爸在背后默默地付出。

通话结束后，仿佛电话那头的开心从电话筒里传到了我的身体中，从这时起，我写论文的干劲更足了。

回想大一时，我的文字功底很差，大一下学期因为在疫情期间表现突出，再加上符合条件，我有幸参评了国家奖学金。

可是，2000 字的事迹材料把我难住了，两天时间我绞尽脑汁才写了不到 500 字，我也上百度搜了许多资料，例如，材料怎么写、如何起标题、怎么样结合实际等。父亲看我惆怅不安，过来给我解围，把打印好的 3 张密密麻麻、装订整齐的 A4 纸放到了我面前。

还没等我仔细看这份于我而言珍贵的事迹材料，老爸就说："建议你把这个背下来，老爹不可能跟你一辈子。"

几天后，我收到了老爸的演讲稿初稿，此时我的毕业论文也已经逐渐成形。

经过四年来的一次次打磨，众多演讲、宣讲机会的锻炼，写一份 2000 字的稿子对我来说已经得心应手。

今天，换作是我来给老爸改稿子了。我看了一遍稿子，大框架很标准，但是我当即就指出了一个致命的问题，那就是脱离实际。

我建议在长篇大论的间隙，加入一些学校的内容，比如学校的历史、建筑，以及我，他的儿子在大学的所知所学。

这天晚上，我把即将定稿的论文放在一边，帮父亲改起了发言稿，第二天一早发给了他。他过目后不禁感叹，确实没有白练。

我建议大学生应该多锻炼自己的文字功底，笔杆子也是一种战斗力。鲁迅弃医从文，他深知学医救不了中国，用自己的文字刨根截骨、冷嘲热讽、举重若轻、言简义丰，反映了旧中国封建社会的黑暗。由于文风太过犀利，受到了北洋政府和国民政府的通缉。

同样，在体制内，尤其是政府机关，有一个好的文笔更会受到领导的青睐。

稿子有了，但是最让我头疼的环节来了。

学校发出通知建议家长代表脱稿演讲，得知这个消息后我大为震惊，父亲年近花甲，已是快退休的老同志了，别说我爸了，估计连我都不一定能背下来。

我脑中开始了对父亲台前演讲的各种幻想，由此变得紧张起来。

毕业论文通过，是今年再好不过的开心事。

我也接到通知，要求省级优秀毕业生参加毕业典礼颁奖。

2023 年 6 月 7 日下午 3 点， 毕业典礼彩排。

我爸妈一早六点出发，一路从徐州开到了杭州，我带着逛了逛校园，之后带他们到国际交流中心安顿好，准备一同去彩排。

这里有一个小插曲，我看见妈妈从包里掏出一个面包袋。标签上写着边角料，我问妈妈为啥吃这个，她笑了笑说：“我喜欢吃这个。”

这可是做面包剩下的面包坯啊，我知道妈妈是为了省钱，平时用这些来代替正餐，我没有说话，带着这份沉重来到了排练现场。

今年年初，国家疫情解封，浙传对我们 2023 届毕业生特地开放了一条政策，允许毕业生家长来到学校参观毕业典礼。消息一出，各个微信群都“炸开了锅”。“家长进学校需要办理手续吗？”“最多能带几个人啊？”“家长座位准备得够不够啊？”……

可想而知，同学们在学校里苦读了四年，学校里的每一个角落都有属于自己的故事，而父母大多不在本地，有了这样的契机，当然想把在“浙”里的点点滴滴分享给最亲近的人。

排练时，我的同班同学陈文瀚带着父亲提前来到体育馆踩点，碰巧赶上了我爸演讲的环节。他们这两个联络了四年的网友这下终于在四年后的今天线下见面了。

看到我爸在台上慷慨激昂地演讲，陈文瀚的爸爸投来了羡慕的目光。听完演讲后，陈文瀚的父亲找到了我爸，两人见面寒暄了一阵，随即就把聊天的话题转向了我们。我们俩互相看了一眼，害羞地笑了。

2023 年 6 月 8 日上午 9 时，开学典礼正式开始。

首先全体起立奏国歌，而后校党委书记杨丽萍做了 2023 届毕业生最后一次点名，在阵阵掌声中，毕业典礼的节目陆续开始了。

几个节目热场后，我被场务老师叫去后台候场，和父亲在后台相见。从上午坐到观众席的那一刻，我就一直为父亲捏一把汗。

用父亲的话来说，这都是小场面："我在部队的时候，在军里给新闻干事讲课，那阵仗不亚于你的毕业典礼，儿子放心吧。"

话虽然这样说，但我能看得出老爸还是比较紧张的。彩排时，他的语速很快，我戏谑地开玩笑说，人家领导讲话都是几个字几个字地说，句句之间要有停顿，留好气口。

没想到这个有些固执的老头竟然真听进去了，我在后台一直在给他加油打气，一遍遍带着他深呼吸，告诉他放平心态。

后来老爸告诉我，他这不是紧张，是激动，能作为家长代表在儿子毕业典礼上发言，他真的为儿子感到自豪。

他上场后，我一直在后台仔细地听他演讲，其实我在台下比他还紧张，就怕他因为忘词或者念错行了在台上尴尬，我巴不得他赶紧念完最后一段，这种感觉真的是度秒如年。

后来，我的微信收到了好多老师、同学发来的信息，纷纷称赞我父亲演讲得神采奕奕，很有军人的气场。在全校一万多名师生的注目下完成演讲，并且今年的毕业典礼还在浙江传媒学院微信视频号、官方抖音号、潮新闻、Z 视介、浙江卫视中国蓝新闻等平台直播，这称得上是我爸的高光时刻。我四年在学校的努力为老爸争取到这样一个露脸的机会，这是我为他准备的最有意义的毕业礼物。

伴随着深深的一鞠躬，掌声雷动，我爸的演讲顺利地结束了，我终于松了一口气，他也因此成了我们 2023 届毕业生眼里的"红人"。

第 50 章　小民警大情怀

作为艺术生，毕业作品一定是自己理想主义火花碰撞的结晶，每个人都会格外地重视，集人力、财力、物力于一体，实现自己的想法。

搞毕业创作花了十几万的大有人在，我却觉得没有这个必要。因为对于我们学校而言，培养的是新闻媒体领域的工作者，至于拍电影，那可就和行业内的作品相差甚远了。

北京电影学院有一个惯例，本科一年级的学生拍作业不允许加台词，因为电影是视听的艺术，能让观者在这种苛刻的条件下看懂一部短片，那么用镜头讲故事的基本功就一定很扎实。

反观我们学校的学生，很多人都有电影梦，幻想着自己的作品某天能够上银幕。拍纪录片倒是很有可能，但拍电影可谓是难上加难。

再说回陈文瀚，大一疫情期间，大家都蜗居在家里无所事事。他却一直没有闲着，他把镜头对准了那一届准备艺考的高中生。

2020 年 3 月 31 日，教育部宣布，2020 年高考因疫情原因延期一个月举行，志愿填报与录取也将推迟一个月，预计 2020 年 8 月底结束。也就是说本届考生距离真正填报志愿的时间又多出了一个月左右的时间。

许多学校的校考改为线上进行，并且是先高考后艺考。

陈文瀚围绕这群特殊背景下的艺术青年，跟拍了小半年，筹备创作了一部独立纪录片。

他的勇气不是一般人能够拥有的，我的班主任范高培跟我说过，做独立纪录片的人都为了创作省吃俭用，一没资金，二耗时间，对人的意志是一种磨炼。

如果你没有特别强大的信念感和对这个选题的情怀，不要去碰这种类型的纪录片。

2020 年 4 月初，我们回到了学校，陈文瀚一天晚上跑到我宿舍给我看他剪出来的片花，时长 3 分多钟，节奏紧凑、叙事逻辑强，他把这部作品命名为《疫考生》并投递了广州国际纪录片节，没想到获得了 2020“中国故事”国际提案大会最具市场潜力纪录片方案的荣誉。

我与纪录片的缘分始于大二的一门选修课——纪录片作品鉴赏，是桐乡校区华策电影学院的张潇方老师授课的。

在她的课上，每节都给我们放独立纪录片，虽然有些片子后来被禁播了，但是老师在课程开始前说得很清楚，仅供艺术参考，我们班的同学无论以后搞艺术还是从事传媒行业都要爱党爱国爱人民。

课程是在晚上，在一个大的阶梯教室，每次上课都是座无虚席，18 点 30 分张老师准时关门关灯，随后就和我们一起投入到纪录片的世界里。

《中国市长》《摇摇晃晃的人间》《微观世界》……

让我印象最深刻的是第一堂课播放的片子，片名叫《被遗忘的时光》，该片讲述的是不断丧失记忆与认知功能的失智老人的故事，是一部关于亲情的纪录片。

该片的拍摄周期长达 2 年，在滚动黑幕的时候，我深深地被这部纪录片震撼了。

于是，我除了上课时间一有空就去看独立纪录片。看一部纪录片就如同跑一次步一样，能够让你抛下杂念，专注于对某件事的思考，是一个养心的过程。

特别建议大家，在心浮气躁的时候把自己关在屋子里全神贯注地看一部纪录片。

当然，我的毕业设计同样也是一部纪录片，一个记录警察工作与家庭的故事。

通过协调，我联系到了一位民警，他叫沈继承。他在徐州市公安局泉山分局巡特警大队工作，负责人民广场警务站的网点巡逻。

第一次去他家中拜访时，他给我的第一印象是很热情且待人温和。

沈继承曾经也是一名军人，转业已经快十年了。他从空军工程大学研究生毕业后被分到了西北艰苦地区，从事装备科研工作。

在跟拍他的一个月时间里，他经常给我们讲他在部队的故事。

他对部队的感情很深，那是他刻在骨子里的记忆。

虽然在一线搞科研条件比较艰苦，但是他跟战友苦中作乐，总能留下一些难忘且美好的回忆。

直至今日，他在巡逻的空隙，无聊了还自己一个人得警点的院子里踢正步。

他为人朴实，不爱追求名利，他只想扎根在自己的岗位上，为老百姓多做些事。

沈警官的夫人是名外科医生，夫妻俩都在一线，家中的两个娃都是两人错峰照顾。对家人陪伴少是沈继承的心头病。

2023 年，沈继承已经 7 年没有回家过年了，恰巧我们拍摄，在与领导协调后，领导特地批准了沈继承 3 天的假期，这难得的机会让他终于有时间带着一家四口人回家过年了。

2023 年春节，我们毕业设计小组一行三人跟随沈继承来到了他的宿迁老家，和他同吃同住，也在他家里跟他一起过了年。

我们先到了村口，村子很大，一直找不到去他家的路，沈警官骄傲地对我说：你到了只管问路就行了，大家都知道我家在哪儿。

苏北农村，四合小院，作为家里的老二，小时候方圆五公里都知道沈家的孩子成绩优异，考第一那是再寻常不过的事了。

现如今，沈继承 2014 年从部队转业后来到徐州定居，哥哥是某电子科技大学计算机学院的院长，对比之下，沈警官就成了父亲酒足饭饱后调侃的对象。

在与他相处的这段时间里，我慢慢明白了他继续坚持在基层的苦衷，他虽然没有哥哥功成名就，但是俗话说得好："三百六十行，行行出状元。"他在百姓的心中是守护神，有他在，辖区里的百姓就如同吃了定心丸。

他坚守在基层，时刻不忘头上红五星和国徽赋予他的使命，他把部队里的大无畏的奉献精神传递到了地方，带到了警队，也传递到了人民的心中。这让我想起来电视剧《士兵突击》中许三多在农场修路的桥段，脑海中不停回荡着一句话：

“光荣在于平淡，艰巨在于漫长。”

大年初一清晨，沈继承一家收拾好行李，准备启程返徐。

车缓缓开出家里的小院，他摇下车窗，向爸爸妈妈挥手道别。车辆驶出村口，不知道他下一次回家是什么时候。

2023 年 8 月 26 日，我结束了在 CCTV-7 的实习回到了江苏徐州。第一件事就去看望了沈警官，他见到我的第一句话是：兄弟，你可算来了，终于有人能陪我说说话了。

沈继承 20 年前从空军工程大学毕业，研究生学历，在那个年代算得上是知识分子。一毕业就被安排去了祖国的大西北搞科研，一干就是 14 年。

没想到，我今年暑假正好去了他曾经待过的那个西北科研所，我陪他一起回忆那里的每一条公路，他不禁感叹：“兄弟啊，遇见你真的太有缘分了。”

第 51 章　我亲爱的战友，你们还好吗

当兵后悔两年，不当兵后悔一辈子。

“战友”这个词是军营里常有的称呼，2023 年研究生开学前的暑假，我再一次来到 CCTV-7《军事纪实》栏目学习，第一个任务就把我派去了祖国的大西北——甘肃。

虽然我没有当过兵，但是我亲切地称呼这里的弟兄为战友。

此次拍摄我们来到 72 集团军某部的驻训基地，摄制组除了我还有两个女编导。

此行我们也是栏目里最年轻的团队，巧合的是，这是我与编导车盼雯一年后的第二次合作。

原本为期一周的拍摄因为天气原因拍了将近半个月，就是在这半个月里，我结识了一群可爱的战友。

这次拍摄的意义非同寻常，由于栏目人手不足，制片人临时决定派我一人去担任摄像一职，累积多年的摄影经验终于能够派上用场了，我倍感荣幸。

此行我们去的地方是严格保密的单位，车子开入营区我就被眼前的一个标语给镇住了——“窃密必被抓，被抓就杀头”。

因此，我深知此行的保密性，考验我是不是一名合格党员的时刻终于到来了。

接待我们的是宣传科章干事，1997 年出生，他亲切地称呼我们为老师。在我们了解到年龄后，发现他比我们仨年龄都大，我们三个在车上互相看了看都笑了。

回想此行，当然少不了章干事在专业上的援助，他从事新闻工作多年，非常热爱纪实摄影，我看过他一些训练中抓拍的照片，确实水平不一般。

自从艺考正式踏上摄影这条路以后，我看过许多摄影杂志和摄影报上的作品，

也把老爸柜子里他拍的军旅作品拿出来看过，相比之下，章干事的水平不亚于那些报纸杂志上发表的作品。

西北大漠，晴空万里，夜晚的银河肉眼可见，不巧的是拍摄的头一天，迎接我们的不是西北大地的“明月出天山，苍茫云海间”，漫天袭来的沙尘暴给我们送了一个见面礼。

我们的拍摄计划一瞬间泡了汤，但是车导坚持拍摄，只是在原先的计划上做了些删减。我顶着沙尘保护好机器下了车，发现人在沙尘暴里真是寸步难行，能见度不到三米，眼睛也根本睁不开。

我一脚陷进一个沙坑，眼睛里不知吹进了多少沙子，我拍了些空镜就立马回到了车里。

就这不到 5 分钟的时间，我的黑色登山鞋已经换了个颜色，白 T 恤也变成了沙黄色，机器外面也堆积了厚厚的一层沙子。

这可咋办啊？就在一筹莫展之时，车导决定结束拍摄，回宿营地暂作休整。

我去西北前带了 5 件 T 恤、3 条长裤、十几双袜子，每天都要洗衣服，但是发现无论怎么洗，永远漂洗不干净，总是有大大小小的沙粒藏在犄角旮旯里。

夏日的戈壁昼夜温差大，白天奇热无比，战士们在营区睡在帐篷里，中午被太阳暴晒的帐篷内如蒸炉一般，不少战士睡在水泥地上，条件好点的睡在担架上，实在睡不着的干脆就坐在帐篷的阴影里发呆。

在这种恶劣环境下，战士们每天还要穿着 20 公斤的装备，头顶烈日，脚踏黄沙，坚持搞训练。

刘庭杰是我们的拍摄对象，第一次见面是在拍摄前的协调大会上，他操着一口广普再加上他总是笑嘻嘻的样子让人感到非常幽默。

另一位是他引以为傲的战士，名叫荣世杰，皮肤黝黑，眼角旁有颗黑痣，刘庭杰曾是他的班长。

我们一行人就这样相识了。

荣世杰是“00”后，和我们同岁，在得知我们的真实年龄后，他很惊讶。

实弹打靶当天，我与章干事提前去蹲点，选定拍摄机位，并约定好凌晨两点起来拍星空。

这是我开始摄影后第一次拍星空，我们在那个漆黑的晚上聊了好久，在得知他的新闻理想后我很受震撼。如果他的理想实现了，我会在以后的书里详细分享。

凌晨5点，伴随着第一颗信号弹打响，实弹打靶开始了。这是我第一次近距离地拍摄大口径榴弹炮，心里还是有些害怕。

第一声炮响后，我感受到了整个大地在颤抖。章干事很照顾我，他经验丰富但还在尽全力地配合我，看到我刚开始有些局促不安，他没有任何抱怨的情绪，在打实弹的一整天他都在陪我一点点地适应，从离炮100米一步步向前，最后我的勇气停在了离炮不到20米的地方。

听老炮兵们讲，对装备就如同对自己的亲兄弟一样，你爱护它，它才会保护你，甚至能够协助你出色地完成任务。这和父母从小告诉我们要爱护自己的眼睛是一个道理。

拍摄的间隙，我一有空就去触摸炮两翼的铁甲，一直想着老兵说过的话。

这个冷冰冰的家伙一动不动地矗立在那里，我对它说，谢谢你无声的战友，无论以后执行什么样的任务，希望你能保护兄弟们的安全。

驻训场虽然热浪逼人，条件艰苦，但是每当夕阳西下，战士们就纷纷练起自己的“独门绝技”。

有拉二胡的、弹唱的、打鼓的，在炮兵营最火的莫过于“战神”乐队了。

这支由三连连长带头组建的乐队，他自己担任鼓手，另外还有吉他手、贝斯手，再加一个主唱。

在看了他们休息时排练的节目时，我给车导提建议，可以把乐队节目编排一个出来当成花絮。她也觉得妙极了。

第二天清晨，我们与“战神”乐队约了凌晨5点30分在阵地集合，就在这广袤无垠的沙地上，尽情地演奏，自由地高歌。

这是夏日特别的起床号，一首《我们的时光》伴随着鼓点和旋律演唱了起来。这时，太阳刚刚升起，他们的影子在沙场上拉出了巨人的倒影，悠扬的歌声打破了军营的沉寂，消逝在那看不到头的地平线上。

透过相机，他们在镜头下的剪影，是我至今为止见过最美的身影。就像歌词里唱的那样："这里就像与闹市隔绝的另一个世界，让我们疲惫的身体在这里长久地停歇。"

祖国辽阔的西北大地，倘若你自驾在无人区，看到了一抹迷彩绿，那种感觉就像是看到了家的方向。

我们几名记者从地方来到部队，手机自然可以随身携带。进场地前，章干事跟我们说有些地方可能手机信号不是太好，如果你是刚刚来到这里，你可能会觉得这是个鸟不拉屎的地方，没事了会掏出手机打发打发时间。但是，当你融入了部队的生活后，你会发现原来也是可以没有手机这个东西的。

每天拍摄，我晚上都会给手机充满电，拍摄一天晚上回到宿舍手机基本上还是保持原来的电量。

就是没怎么掏手机，我的手机在戈壁上还丢了两次，幸亏班长们看我掉了提前帮我收好了，要不然可就真走不了了。

在社会上，很多人都理解不了部队都要收手机这个条例，没了手机怎么能行？那不会无聊吗？

过年时家里吃年夜饭，个个都是"低头族"，抱着手机各玩各的，谁也不理谁，一个家庭聚会就变得非常冷漠。

在智能手机普及之前，那时候的人们多纯粹啊，一些公共场合或者社交场合就是用来互相交流的，"低头族"这种风气把社会中激情火热的氛围弄得面目全非，能说会道的人从此也沉默寡言。

手机只是一个通信工具，应该是为我们服务，而不是作为精神鸦片来腐蚀我们的思想。

事实上，在部队这个大熔炉里，为什么那么多人离开部队后怀念部队，不单单是因为这里有铁的纪律，而且是因为这里很团结、很有凝聚力，战友们能放下一切，投入一百分的专注去完成一项任务，无论成败得失都是一段美好的回忆。

此行让我们最难忘的莫过于采访了，出于对拍摄光线的要求，我们要避免太阳直射拍摄对象，所以要趁着日出后和日落前天空微微亮的时刻抓紧拍。

这个黄金时间，一天只有不到 3 小时，但是大量的采访问题，对拍摄对象来说无疑是一种折磨。因为在后期剪辑时，单人 3 小时的采访也最多会用两三句，所以拍摄前采访问题的精编细选对导演来说是一种考验。

大西北天黑得晚，我们几乎每天要工作近 16 小时。

从拍摄第三天开始，每天早上 6 点到阵地成了我们和刘班长心照不宣的契约。

此行车导共定了 4 个拍摄对象，在拍摄完刘庭杰和荣世杰后，我们还要进行下一位主人公的采访，连续拍摄了一星期后，他们俩的作息也变成了我们摄制组的作息，我们也成了形影不离的伙伴。

每天早晨，刘班长早早地在阵地等着我们过来，每次看到他，我心里都会有一种舒适的安全感。

杀青的当天中午，车导临时需要补拍一场荣世杰班长与妹妹微信打电话的镜头，荣世杰提前和妹妹沟通好，一切按计划进行。

这是这对从小一起长大的兄妹分开的第六个年头，我拿着相机看着屏幕里他已经长大成年的妹妹，当荣班长说起在西北驻训的恶劣环境时，妹妹突然间哭了，看着妹妹抑制不住的情绪，荣班长一边笑着一边哄着，我抬头看了看荣班长，这时他的眼眶也被泪水湿润了。

我知道，荣班长为了配合拍摄特意压制住自己的情绪，因为他知道，妹妹不爱哭。看到这里，我按下了相机的暂停键。

14 天的时间转瞬即逝，我们走的那天天气格外晴朗，看到碧蓝的天空飘着一串串洁白的云，我心中顿时感觉无比纯净，这就如同战士们纯洁朴实的心灵。

上车前，十几名战友围在停车场与我们道别。

其中，除了拍摄对象，还有保障我们出行的司机，有安排我们吃住的排长，有参与拍摄的营长，有曾经也从事新闻工作的教导员，站在这里的每一个人都给我留下了深刻的印象，这短短的半个月里，我珍惜这里的一草一木，就像珍惜这额济纳旗稀少的水一样，这是我一辈子抹不去的回忆。

离别前，我与他们一一相拥，在车窗内看着他们立在那里挥着手，这渐行渐远的感受再一次让我回想起去年的唐山靶场，心中默默地道一声，战友再见。

十号公路旁的那棵胡杨
——致扎根西北大漠的无名英雄

三伏大漠，热浪滚滚。
履带轧过石场，炮火冲破云烟。
风儿渐止，月儿正圆。
余晖里熟悉的身影，
是你，十号公路旁的那棵胡杨。
你那挺拔的姿态，给了我自信刚强。
你那粗壮的枝干，给了我坚韧不屈。
你那金黄的叶儿，给了我无尽思考和生机希望。
我仿佛是你枝叶下的一株小草。
依偎在你身旁，你呵护我成长。
挺立风霜雨雪，四季如一。
十号公路旁的人们熙熙攘攘。
大西北的戈壁，筑起了一片坚实的城墙。
星空下的灯火，闪耀在你们守护的远方。

2023 年 7 月 28 日于北京

大学四年，经历了疫情、河南洪灾，在这些国家的紧要关头，人民子弟兵始终冲锋在一线。

他们把光明留给别人，把苦痛默默地留给自己，没有怨言，不求回报。每当在抖音上刷到抗洪结束，一辆辆军车开出城区，老百姓千里相送的视频时，我心中的梦想就会再次被点燃。

这群伟大的人都有自己的小家，但是洪灾影响的却是千千万万个大家，他们不顾自己安危，舍己为人的精神是我们青年学习的榜样。

如今，我的战友们辗转到南方海训场，每天劈波斩浪。看到东部战区官微发的一组战士们下海海训的照片，他们皮肤被晒破皮，双脚被泡出褶子，身体上被礁石划出伤口，一股酸劲涌到了我的鼻尖。

我对部队有太多的情结和回忆，之所以把这章放到靠后的位置，是因为我想时刻提醒自己不要忘记最初的梦想，要保持全心全意为人民服务的热忱。

每当我踌躇、懈怠的时候，想起一线的战友，想起 2023 年这个西北的酷夏，想起我们之间纯粹、真诚的感情，我就会再一次迸发出无限的激情。

第 52 章 轻舟已过万重山——上岸

2022 年 9 月，不知不觉开学已经大四了。

这学期，我发现班里的同学一个个都变得不爱说话了，有的搬出去住，有的在外创业，还有的天天早出晚归备战考研。

就连我的 106 寝室里曾经那个爱社交喝酒的“交际花”谭家俊都每天出去学习了，看看周围的人，只有我天天还无所事事，游戏也打腻了，去打球也约不到人，无聊极了就自己一人去阳台吹吹风。

我的潜意识一直在跟我作对，说不能这样闲下去，会出问题的。

有天晚上，妈妈给我打来了电话，得知我的近况后，问我要不要试一试考研。

“考研？这都什么时候了，根本就来不及。”

我妈让我报名，无论考上与否都去试一试，万一考上了呢？

电话挂了后，我把这事放在了脑后，感觉老妈在跟我开玩笑，于是我点开了朋友圈，看到了发小的妈妈发的儿子被警察大学研究生录取的朋友圈，我顿时知道妈妈这通电话背后的含义了。

前不久，爸爸战友的家庭聚会，大家都在夸赞自己的小孩，我爸在这种场合那一定是分毫不让的，当发小的妈妈提起儿子要读研究生时，我低头笑了笑，抬头却看见了妈妈脸上瞬间消失的笑容，没想到她一直对这件事耿耿于怀。

想到这里，我决定考研。要给老妈争口气。

距离考研还有 88 天，我开始了紧锣密鼓的复习。听政治、刷英语、背专业课。我拿出高考的劲，每天 5 点 30 分起床，简单对付一下早饭，6 点 10 分准时到自习室。

我每天来得算是比较早的，基本上想坐哪里就坐哪里。

晚上 10 点闭馆，回到寝室简单洗漱一下，再爬上床听考研政治陆寓丰老师的 keywords 音频带，每晚都在红色知识的熏陶下入梦。

那段时间，我几乎放下了一切，甚至连我的女朋友也抛在了脑后，她经常因为我不理她而生闷气。我纯属无意，备考的时间所剩不多，我为了防止自己频繁玩手机，一进图书馆就把手机设置成饭前解锁，这样就“管”住了我的手，也“收”住了我的心。

后来，温韬告诉我，那段时间我已经接近走火入魔的程度了。

我知道，这次考试很难有好的结果，坚持下去是首要的，其次我一直是抱着对这个学科学习、观察、理解的心态。

我报考的专业是新闻与传播专硕，一个全新的领域。

我通读了《中外新闻史》，发现里面的许多观点和现在社会新闻热点有很多相同之处，比如把关人、沉默的螺旋、文化帝国主义等。

我背会了这些专有名词的定义后，会联系社会事件进行更深层次的解读。以把关人为例，把关人是对信息进行筛选过滤的人或组织。在新媒体时代，由于信息的爆炸性和实时传播性，其职能逐渐弱化，可行性降低，难度系数增高。

恰巧，在今年发生了许多舆论热点新闻，人教版小学插画事件、河北唐山烧烤店打人事件、钟薛高高温不化事件、易烊千玺编制事件……

其实每一起舆情事件的背后都是我们时代境况的缩影，著名政治学家、传播学家诺依曼在她的一本著作中寓意深刻地写道：舆论——是我们的社会皮肤！

伴随着一股寒潮，疫情又开始反复了，考研时间已定，教育部印发通知，2023 年全国硕士研究生招生考试初试时间为 2022 年 12 月 24 日至 25 日。

从 2020 年疫情到现在，我还没有阳过，生怕中招了影响学习。

自习室每天人来人往，是重灾区，进去必须戴口罩，在里面空气流通不佳，间接感染的风险很大，我当机立断，回班里找一间空寝室学习。我国自疫情暴发以来又迎来了一个感染高峰期，因此今年考研也变得特殊起来。

教育部、国家卫健委、国家疾控局三个部门经过研究决定，各地可以根据实际需要，增设阳性考场。也就是说根据考生提供的核酸报告结果，将考生一分为二。

这样可以有效保障健康考生能够安心考试。大家目前最关心的就是今年能否顺利走进研究生的考场。生怕自己准备得很充分，在临考试前阳了，那从一定程度上讲可就前功尽弃了。

不过有考生对此喜忧参半，规定确实彰显了人性化，但是想要实施起来难度非同一般。因此就有了网上的一个梗。网友戏称2023届本科毕业生真是太不容易了，大一上学期刚适应新环境，就迎来了疫情，然后就开启了为期三年的网课生涯。临近毕业，就业环境不乐观，再加上疫情，一战成硕难度很大。但是上天不会辜负有心人，考研成绩出来后，许多在“阳”考场发着烧还坚持考完试的考生，成绩反而还都不错，我身边就有许多这样的例子。

而我，意料之中地落榜了。这88天埋头苦读的经历让我悟透了一个道理，其实考研是一个考验意志力的过程，看谁能够一鼓作气坚持到最后。

有些人前期干劲很足，可是越到考试关头越走下坡路；而有些人放长线，一直保持着不骄不躁的心态，稳定地输入，在考场上持续地输出。

我们班的团支书褚宣铭就是一个例子，他是我的好兄弟，也是院篮球队的主力，大三那年暑假生了一场大病，体质下降，也逐渐有了抑郁、焦虑的心理问题。大四开学见到他时，发现他消瘦了许多。

据我所知，他从5月就开始准备考研，暑假因为生病被迫把考研的书丢在了一边。

今年是我们电视艺术学院第一年招研究生，9月出招生简章他又重新定了目标——考本校，专业课没有规定的书目，一切要从头学起。

其间，他戒掉了烟瘾，戒掉了暴饮暴食，戒掉了不必要的社交，变得自律起来。晚上去他寝室串门，在走廊听到他在背书，我就默默地走开了。

2023年3月28日，拟录取名单放出，不出意外，他上榜了。

自此，他的心态也变了，心理问题也有了好转，也成了我的榜样。

2023年5月9日，我在自习室备战浙江省事业编的考试，刚写完一篇公文写作，我伸个懒腰，便从兜里掏出手机。这时，我看到了有一封未读邮件，点开后我瞬间释怀了。这压抑我长达半年之久的负面情绪顿时烟消云散。我收到了来自北京师范大学 - 香港浸会大学联合国际学院的研究生录取通知书。

2023 年 9 月 6 日，我乘坐飞机，来到了这座陌生的城市——珠海。

这座海滨城市很美、很安静，生活节奏很慢，很适合潜下心来搞学术。

来到学校的第一天，我坐上了城际大巴，看着沿途的风景，一向在学校独来独往的我从下飞机的那一刻就已经适应了这突如其来的孤独感。

我第一个来到寝室，当天下午我约上室友把整个校园逛了一遍，奇形怪状的现代建筑颇有些国际学校的风范。

我从兜里拿出手机，记录下了校园的美景。

给我留下印象最深刻的是体育馆，地上四层地下两层，集健身房、篮球馆、游泳馆、乒乓球馆、羽毛球馆、网球场于一体。相较于浙传的体育馆，这里真的不仅种类全，相对应的运动康复保障设备也特别完善，关键是早上 7 点到 9 点还免费，对于我们爱运动的人来说真是一个福利。

从小在苏北接受应试教育的我来到了粤港澳大湾区这个多元化的城市，这里的学生从小在素质教育的熏陶下，真的可以做到德、智、体、美、劳全面发展。走在校园的路上，许多同学彼此用英文交流，学习氛围非常浓厚。当然了，这也无时无刻不提醒着我学习英语的重要性。

Learning Resource Centre（学习资料中心）是我们的图书馆，别看从外观看起来不大，但是里面的中英文书籍应有尽有。

学习资料中心现有藏书超过 60 万册，种数 51 万种以上，中英文藏书比例为 1∶1。

中心着重建设英文藏书，以期达到总藏书量的 70%。此外，中心还订阅有 300 多种中英文期刊、报纸。

我虽然没有出国深造，但这里的氛围真的让人仿佛身临国外一般。看到书架上一列列摆放整齐的、装订成册的书籍，我真想花上一整天时间徜徉在文学的世界里，就算是在书架前发呆，也感到十分幸福。

在每一层楼的公共区域，一排排的苹果电脑映入眼帘，我不禁感叹真是一所

"贵族"学校。

这种学习环境是我一直以来追求的梦中情地，我喜欢静，爱思考，以后我会成为这里的常客。

2023 年 9 月 9 日，授课型研究生开学典礼在大礼堂举行，中国科学院院士、欧洲科学院院士、UIC 校长汤涛教授在台上发言。在阵阵雷动的掌声下，我的思绪又开始了无限的放空……

研究生的求学生涯很短，仅有一年，从进入学校的那一刻就已经进入了倒计时。

理论的学习每天很枯燥、很乏味，毕竟学术是严谨的。我所学的传播学属于人文社科大类，这为做研究提供了广阔的空间，因为它研究的课题时刻紧扣时代命题，这就要求研究者多调研，与社会多打交道。

我独爱与社会打交道，由于本科是实践派，每次拍摄纪录片自然要与社会接触，与人沟通已经成为家常便饭。在拍摄了一些题材后，我时常会思考所拍选题的深层含义，小到家庭纠葛，大到家国情怀。

在这个由人组成的社会中，思想火花的碰撞是在所难免的事，一千个人眼中有一千个哈姆雷特，想要围绕一个命题将人们分门别类地对号入座，首先要做好充足的调研，在此基础上再进行专业且权威的分析，拍纪录片是这样，做学问亦是如此。

在做学术这条充满未知的路上，我要拿出十二分的勇气，还有更重要的是要有一颗耐得住寂寞的心。

尾　声

2023 年 9 月 23 日，正值秋分，第 19 届亚洲运动会在杭州开幕了。我期待这一天已经很久了。

2022 年 5 月 6 日，亚洲奥林匹克理事会（亚奥理事会）官网发文宣布：经过和中国奥委会以及杭州亚运会组委会的详细协商，原本定于今年 9 月 10 日至 25 日在杭州举办的 2022 年亚运会将延期至 2023 年。

亚运会开幕式结束的这天晚上，朋友圈已经被刷屏了，看到在赛场做志愿者的学弟学妹，我心里羡慕不已。

就在 5 月，我收到了亚组委寄来的亚运会、亚残奥会预录用志愿者纪念书，虽是喜事，但这意味着我们这批 2023 年毕业生自愿放弃了亚运会的志愿。

潮起，向未来。钱塘江畔，灯光四起，伴随着亚运圣火熊熊燃起，亚运会顺利开幕。也许，这是给在疫情中念完大学的我们最好的送别。

四年生活已逝，落笔时，这些潮水般的回忆在我的脑海中再次涌动。

怀念浙传，怀念那些育我成才的老师，怀念曾经一起挥汗球场的兄弟，怀念上早课前女朋友提前为我准备的早餐……学源街 998 号，在这里我们该说再见了。

我的大学就这样充实而又不圆满地结束了，我用我大学时代拙劣而又不成熟的文笔，写下了大学四年的终章。

这虽然是终点，可也是一个新的起点，是迈向我人生下一阶段的开始。

人生短短几个秋，每逢春秋，钱塘江的潮水汹涌，就像大学时期的我，时而激情澎湃，时而又苦闷自艾。

现在恰逢夏日，漫步在西湖边，池塘里荷花盛开，微风划过我的面颊，空气中的水汽夹杂着清新的泥土的清香，吸一口凉气，这似乎是我与大自然最近的距离。

四年前的我，带着18岁的懵懂与未知来到这个只在课本里学到的南方城市——杭州。

不禁让我想起苏轼笔下的“欲把西湖比西子，淡妆浓抹总相宜”和《题临安邸》中林升的感叹“暖风熏得游人醉，直把杭州作汴州”。在《钱塘湖春行》里，西湖的景色美不胜收，可是再美也会有不尽如人意之处。但是，在白居易眼中，它无疑是天下最美的景致……

至于不圆满，我想说，人有悲欢离合，月有阴晴圆缺。

大学里，我在从跌倒过的地方一次次爬起来的过程中，学会了行事低调，学会了谦虚谨慎，学会了饮水思源，学会了与人为善……

但是“爱”，是需要我用一生去体验与感悟的东西。

向阳而生，忆过去，向未来，希望每天清晨推开窗，阳光如期而至地洒到床前。每每沐浴在阳光下，再糟糕的心情也会变得积极起来。阳光滋润万物，也滋养着我内心深处的灵魂。

也许在未来，我会在体制内考取一份安稳的工作，用笔杆子继续书写时代跳动的脉搏；也许我会成为一名纪录片导演，用镜头记录人间温情；也许我投笔从戎，如果需要，我会将我的身躯永远埋葬在祖国的山岗……

我的人生是个变数，但是每天清晨，太阳都会从东方升起，这是自然不变的规律。她是正义的化身，温暖的阳光赐予我力量，让我时刻不忘做人的修养，时刻不忘要全心全意为人民服务。

愿世界和平，国家富强，百姓安康。